그 여자의 불온한 일상

그 여자의 불온한 일상

초판 1쇄   2025년 3월 5일

지은이   오유경
펴낸이   조영환
펴낸곳   현대경제신문사
주소   서울특별시 마포구 마포대로 4길 18, 3층
대표전화   02-786-7993
팩스   02-6919-1621
홈페이지   www.finomy.com

출판등록 서울, 다 09956, 2010년 2월 26일
© 오유경, 2025

* 이 책의 전부 또는 일부 내용을 재사용하려면 사전에 저작권자와
  현대경제신문사의 동의를 받아야 합니다.
* 잘못 만들어진 책은 구입하신 서점에서 교환해 드립니다.

ISBN : 979-11-986855-1-3 (03810)

그 여자의
불온한 일상

오유경 장편소설

2025
현대경제신문
신춘문예
당선작

현대경제신문사

작가의 말

우리가 서로를 이해할 때까지

　우표 옆에 크리스마스씰을 붙이던 시절, 나는 석촌 호수 근방의 예식장 엘리베이터에서 일했다. 흰 블라우스에 검정 미니스커트, 앙증맞은 베레모에 아찔한 힐을 신고 '올라갑니다, 내려갑니다'를 외쳤다. 대부분의 탑승객은 질서 정연했지만 몇은 그렇지 않았다. 버튼을 누르는 척 내 엉덩이에 손을 쓰윽. 그럴 땐 적절한 타이밍에 닫힘 버튼을 눌러 그들을 응징했다. 실수인 척. 승강기의 철문이 기요틴이라 생각하며. 그날 집에 오자마자 글을 썼다. 소설의 시작이었다, 고 생각한다.

　아니면 더 거슬러 올라가야 할 수도 있다.

　일기예보보다 더 정확하게 날씨를 예측했던 사람들. 갑자기 하늘이 어두워지며 후드득 빗방울이 듣으면 어디선가 우산장수들이 나타났다. 그들은 능숙하게 우산을 나눠주고 재빨리 오백 원짜리 지폐를 걷어갔다. 그들의 머리와 어깨가 푹 젖어가는 것을 보며 어린 나는 의아했었다. 저렇게 많은 우산을 가지고 있으면서 왜 자신은 안 쓰는지. 왜 속수무책 비를 맞는지. 이유를 물어보면 어른들은 웃기만 했다. 그때도 나는 뭔가를 썼다. 공책 속에서 나는 우산장수가 되고 빗방울도 되었다.

이해할 수 없는 일을 겪을 때마다 왜 글을 썼는지는 알 수 없다. 쓴다고 해서 해답을 얻는 것도 아니고, 누가 읽는 것도 아닌데 말이다. 습관은 굳어졌다. 길을 걷다가, 운전을 하다가, 젖을 먹이다가도 문장이 떠오르면 멈췄다. 설거지하다 말고 고무장갑을 벗어던졌고, 출퇴근 지하철 인파에 묻혀서도 메모장에 글을 적었다. 내가 만든 문장은 위로이자 미로였다. 스스로 만든 세계에서 난 헤맸다. 이토록 가성비 떨어지고 대책 없는 일을 왜 해왔냐고 묻는다면 최대한 아름답게 문학적으로 포장하고 싶다. '인간을 이해하기 위해서'였다고. 그럴듯하게 들렸으면 좋겠다.

이 소설은 팬데믹 시기에 재택근무를 하면서 썼다. 집합 금지, 거리 두기로 누구 한번 쉽게 만날 수 없는 상황이었다. 내 주변엔 아무도 없었지만 언제나 많은 사람들로 붐볐다. 세상과 거리를 두었지만 세상은 어느 때보다 가장 가까이 있었다.

'넌 무엇을 기대했나?' 초고를 쓰고 「스토너」처럼 자문한 적이 있다. 그저 누군가에게 위로가 되길 바랐다. 다만 오랫동안 아이를 기다리는 분들에게 상처가 되지는 않을까 조심스럽다. 열대어 키우는 인물을 과잉으로 묘사한 것도 걸린다. (송구합니다. 즐거운 물 생활 되시길 바랍니다.)

　이 작품이 자전적이냐고 묻는다면 아니라고 대답할 것이다. 나와는 관계없는 이야기라고, 오로지 상상 속에서 발현한 허구라고 할 것이다. 하지만 개운하지는 않다. '한 작가의 작품은 어떤 식으로든 그 작가인 것이다.' 이승우의 「생의 이면」에 나오는 문장 때문이다.

　원고를 다시 읽으니 또 고칠 것이 보인다. 파일 이름을 '최종'에서 '무한수정'으로 바꿨다. 참 신기하다, 소설이란 것은. 고치면 고칠수록 고칠 것이 나온다. 어디가 끝일까? 뫼비우스의 띠 같기도 하고 시시포스의 바위인 것도 같다.

　혼자 쓴 소설이지만, 나만의 작품이 아님을 깨닫는다. 지분을 나눠드려야 할 때다. 심사위원 이상문 선생님, 이정 선생님, 그리고 현대경제신문사에 감사드린다. 흑석동에서 만난 스승님들과 문우님들, 일일이 호명해 드리지 못해 마음이 무겁다. 제2의 한강이 되길 바란다는 나의 친구들. 많은 축하를 받는 바람에 한강은 범람위기다. 서소문의 동료들, 새벽감성 1집. 뜨거운 여름을 함께 견뎌주었다.

아내가 빛을 못 보는 건 작업실이 없어서라고 안타까워하는 남편, 당신을 임장 전문가로 임명합니다. 엄마는 소설가라면서 왜 책이 없냐고 했던 하정, 의문이 풀렸기를 바란다. 글을 쓸 때만큼은 다정한 아내, 인자한 엄마가 되지 못했다. 정말 미안했고, 앞으로도 많이 미안할 예정이다.

치매를 앓고 있는 아버지는 의사소통이 어려워졌다. 장편소설로 상을 받았다고 말씀드렸다. 반응은 기대하지 않았다. 아버지는 심각한 표정으로 뭔가 생각하더니 내게 물으셨다. '무엇이 널 집어삼켰냐'고. 난 할 말을 잃었다. 평생 서로를 이해하지 못했으나, 이제는 아버지만이 날 이해하고 있을지도 모른다.

생활 속에서 분투하고 있을 문청들에게 이 책을 바친다.

2025년 3월

오유경

차례

작가의 말	4
Intro	11
도끼와 백조	19
나의 문화센터 답사기	37
백일장 스나이퍼	61
잡채의 파토스	91
그들의 라운드	103
시추에이션, 시추에이션, 시추에이션	125
난소의 동정과 스노볼	141
바이쥬 번역기	157
그대로 다 될 것이다	175
게으르고 님과 시발의 밤	193
로드 무비	215
강에 구슬을 던지다	233
그도 어쩌면 나만큼	243
비혼주의자들의 결혼식	259
20 대 80	265
네가 어떻게 임신을	277
가벼운 입원	285
젊은 시절의 글	295
심사평	311

Intro

버스는 20분 후 도착 예정이었다. 알림판의 글자가 점멸했다. '곧 도착'이라고 표시된 번호들이 순서대로 사라졌다. 파란색, 초록색 버스들이 번갈아 정차했다. 타는 이는 적었고, 내리는 사람은 많았다. 바람이 불 때마다 가로수의 나뭇가지들이 부딪치는 소리를 냈다. 이번 겨울 들어 가장 추운 날씨라는 일기예보가 매일 반복되는 시기였다.

보도는 북적였다. 사람들과 부딪쳐 숄더백이 자주 흘러내렸다. 나는 가방을 고쳐 매고, 들고 있던 쇼핑백을 앞으로 안았다. 인형을 포장한 투명 비닐에 메모가 붙어 있었다.

'즐태 하고 순산하기를'

즐태는 개뿔. 나는 쪽지를 떼어 주머니에 구겨 넣었다. 배에서 소리가 났다. 조금 떨어진 곳에 천막으로 된 노점이 보였다. 허기를 때우기에 시간은 충분했다.

- 2천 원어치 주세요.
- 조금 기다리셔야 되는데.

주인이 손놀림을 재촉하며 양은 주전자의 반죽을 빵틀에 부었다. 비닐커튼이 열리며 찬 바람이 불어왔다.

- 다섯 마리 주세요.

가슴에 아기를 맨 여자가 유모차를 밀고 들어왔다. 유모차에는 다른 아이가 잠들어 있었다. 핑크색 요술봉을 들고 있는 여자아이가 따라 들어왔다. 나한테는 왜 아이가 셋인 사람만 보일까. 나는 좋은 소식이 가져다준 미래의 암담함에 대해 생각했다.

- 잠시만 기다리세요. 이쪽 손님 먼저 드리고요.

아저씨의 손이 더 빨라졌다.

- 괜찮아요. 저분 먼저 드려도 돼요.
 내가 말했다. 아이 엄마가 미소로 가볍게 인사를 건넸다. 나는 버스가 오는 방향을 살펴보며 붕어빵을 만드는 과정을 지켜봤다.
 - 하율이가 사탕이 다섯 개 있어. 엄마한테 세 개를 주면 몇 개가 남지?
 - 두 개.
 - 이번엔 할머니가 초콜릿을 일곱 개를 주셨어. 그중 엄마한테 네 개를 주면?
 - 음…… 세 개.
 - 그럼 붕어빵이 이렇게 열두 마리 있잖아. 엄마가 세 마리를 먹으면?
 - 아홉 마리. 그런데 왜 엄마는 자꾸 내 것만 가져가?
 어른들이 동시에 웃었다. 아이는 요술봉을 흔들었다. 버튼을 누를 때마다 불빛이 깜빡이며 '메이킹 드라마 샤이닝 온'하고 주문이 흘러나왔다. 여자가 붕어빵을 후후 불어 아이에게 내밀었다. 나도 곧 한 마리를 해치웠다. 나는 뜨거운 붕어빵 하나를 더 입에 물고, 나머지는 봉투째 가방에 넣었다.
 '샘은 꼬리부터 드시네요?'
 익숙한 목소리였다. 나는 소리가 나는 쪽으로 돌아봤다. 아무도 없었다. 의지와 상관없이 줄곧 한 사람이 떠오르고, 그의 목소리까지 들려오는 건 멈춰지지 않는 일이었다.
 - 와, 인형이다.
 바닥에 내려놓은 가방을 보고 아이가 말했다.
 - 인형 좋아하는구나? 이거 가질래?

그때 멀리서 굉음이 들렸다. 우르릉, 하고 천둥소리가 땅을 울리더니, 자동차의 요란한 가속에 이어 급제동 소리가 났다. 마치 영화의 효과음처럼 부딪치고 깨지고 날아가는 소리가 요란했다. 그 소리는 빠른 속도로 가까워지고 있었다.

사람들의 날카로운 비명에 섞여 누군가 '피해요!'라고 외쳤다. 방금까지 바로 앞에 있던 아저씨가 보이지 않았다. 버스 정류장에 있던 사람들이 순식간에 건물 안으로 뛰어 들어갔다. 네모난 그림자가 나를 향해 정면으로 돌진하고 있었다. 아이와 눈이 마주쳤다. 나는 반사적으로 아이를 안아 들고 사람들 쪽으로 뛰었다. '빨리, 빨리!' 아이 엄마는 유모차 바퀴가 비닐커튼에 걸려 빠져나오지 못했다. 그녀의 일그러진 얼굴이 보였다. 나는 아이를 사람들 쪽으로 밀어내고 도로 뛰어갔다. 유모차의 손잡이를 힘껏 당겨 커튼에서 빼냈을 때였다.

나는 날아올랐다. 긴 비행의 시간이 빠르게 흘렀다. 가방 안에 들어있던 발도로프 인형은 나보다 더 높이 날고 있었다. 이제 다시는, 또는 적어도 당분간 집에 갈 수 없겠다는 예감이 들었다. 나도 모르게 씩 웃음이 났다. 몇 명의 익숙한 얼굴들이 차례로 머릿속에 떠올랐다. 지상에 서 있는 한 사람과 눈이 마주쳤다. 그의 놀란 눈은 점점 커지고 있었다. 잠시 허공에 떠 있던 그 시간, 꼬리 없는 붕어빵이 검붉은 내장을 쏟아내며 부유하는 비현실적인 장면을 보았다. 어떤 힘이 나를 다시 세게 잡아당기는 걸 느꼈다. 진흙 덩어리가 맨땅에 떨어지는 듯 찰진 소리와 함께 내 몸이 바닥에 내쳐졌다. 널브러졌다는 표현은 정확하지 않다. 그건 너무 얌전하고 가지런한 동사다. 왼쪽 발목이 기묘한 방향으로 꺾여 있는 게 보였다. 나는 자세를 고쳐 보았다. 팔은 구부릴 수 있었고, 아프지도 않았다.

검고 매캐한 연기가 바람에 실려와 내 시야를 흐렸다. 사람들이 다가와 나를 내려다봤다. 내가 눈을 깜박이자, 그들의 표정이 제각각으로 변했다. 큰 사고를 목격했다는 놀라움이 자신들은 용케 불운을 피했다는 안도로 바뀐 듯했다. 누군가 분주히 움직였고, 다급한 목소리로 전화를 걸었으며, 몇 명이 뛰어갔다. 여러 명의 목소리가 주파수를 찾는 라디오처럼 제멋대로 섞였다. 나는 눈을 감았다. 희한하게도 실실 웃음이 나왔다. 그리고 중얼거렸다.

- 괜찮아요. 진짜 괜찮아요.

뺨에 닿은 아스팔트는 너무 차갑고 거칠었다. 뜨겁고 찐득한 액체가 흘러 머리카락을 간지럽혔고, 코에서 목구멍 안으로 차가운 게 넘어가는 느낌이었다. 침을 삼키려는데 삼켜지지 않았다. 빨리 이 상황에서 빠져나가고 싶은 생각뿐이었다. 나는 손을 짚고 일어섰다.

- 아휴, 애기 엄마. 가만히 있어요. 움직이다 큰일 나.
- 구급차 불렀어요. 잠깐만 있어 봐요.
- 아휴 저거 어떻게 해. 어쩌려고 저래.

누군가가 울먹이며 발을 동동 굴렀다. 나는 하나도 아프지 않은데, 구급차라니. 별일 아닌 것으로 호들갑이었다. 불과 몇 초 전만 해도 나는 붕어빵을 씹으며 멀쩡히 서 있지 않았나. 바로 길 건너에 병원이 있다. 저 정도면 충분히 걸어갈 수 있다. 의사는 이렇게 말할지도 모른다. 정말 기적 같은 일이네요. 기적은 하루에 두 번도 일어날 수 있다. 1448, 1448……. 나는 첫 번째 기적의 숫자를 읊었다.

- 잠깐 제 손을.

교복을 입은 여학생이 다가왔다. 나는 그 친구를 잡고 겨우 설 수 있었다. 내 꼴이 말이 아니었다. 코트의 앞섶이 찢어지고 뒤집혀 있었다. 나는 겨우 허리끈을 추슬렀다. 앞머리를 쓸어 넘기자 손바닥에 피가 흥건했다. 다리는 내 명령을 알아듣지 못했다. 걷기 위해 왼쪽 발을 내딛다 앞으로 휘청했다. 나는 반사적으로 옆에 있는 아저씨의 팔뚝을 잡고 말았다. 그의 소매에 피가 잔뜩 묻었다.

 - 아줌마, 그냥 여기 가만히 계세요.

학생이 말했다. 다시 일어서서 한 발을 내딛으려 했으나 여전히 왼쪽 다리가 말을 듣지 않았다. 제발 걸어. 걸을 수 있어. 잠자고 있는 다리를 깨우듯 흔들었다. 무릎이 구부러졌다 펴졌다 했다. 그러자 허벅지 아래로 다리가 힘없이 늘어졌다. 나는 그대로 고꾸라졌다.

사이렌 소리가 가까워지고 있었다. 여러 대의 구급차가 도착했다. 그중 한 대에서 문이 열리더니 그가 내렸다. 그가 뛰어온다. 내게로. 어떻게 여기까지 와주었을까. 코끝이 시큰했다. 나는 있는 힘을 다해 손을 뻗었다. 그 사람이 틀림없었다.

도끼와 백조

오랜만에 지수를 만난 날이었다. 안전선 뒤로 한 걸음 물러선 우리 앞에 출입문이 열렸다. 두 개의 좌석이 보였다. 1호선은 붐비고 있었음에도, 함께 앉으라는 듯 나란히 비어 있었다.

우리는 낮에 종각에서 만나 점심을 먹고 차를 마신 후 서점에 들렀다가 청계천을 산책하고 오는 길이었다. 오랜만의 외출이라 피곤했고 다리도 아팠다. 자리를 차지하고 싶어 나는 사람들을 헤집고 들어갔다. 한 무리의 청년들이 당황한 듯 비켜주었다. 나는 출입문이 가까운 쪽에 앉는 데 성공했다. 마지못해 끌려 온 지수가 내 옆자리에 앉으려는 순간이었다.

휘익 툭. 빈자리에 뭔가 시커먼 게 날아왔다. 배낭이었다. 마치 LA 다저스 류현진의 직구처럼 정확하고 강렬한 투척이었다. 뭐가 들어 있는지 크고 빵빵한 검정 가방은 지퍼 이빨이 터질 듯 벌어져 있었다. 미확인 비행물체에 움찔해 있던 주변 사람들은 일제히 가방이 날아온 방향을 쳐다봤다.

출입문 방향에서 할머니가 천천히 걸어오고 있었다. 등산 점퍼에 하늘거리는 꽃무늬 몸뻬 바지를 입고 크록스를 신은 기이한 차림이었다. 키는 작고 머리는 짧은 웨이브였으며, 두껍게 바른 파운데이션이 주름 사이에 뭉쳐져 있었다. 커다란 선글라스보다 눈에 띄는 입술은 등산 점퍼와 비슷한 톤의 빨간색이었고, 벌어져 있는 입술 사이로 앞니에 립스틱이 묻어 있는 게 보였다. 그 모습이 어느 이모티콘과 비슷해 웃음이 나왔지만, 괄호 모양을 닮은 듯 휘어진 다리로 뒤뚱거리며 걸어오는 모습에서는 카리스마가 풍겨지기도 했다. 과녁을 명중시킨 궁수 같은 모습으로 의기양양하게 다가온 할머니는 가방을 이영차, 하고 들어 안더니 여유 있게 앉았다.

지수는 뭔가를 억울하게 뺏긴 아이의 표정이었다. 할머니는 가방을 무릎에 놓고 팔짱을 올린 채 미동도 없었다. 나는 약간 흘깃, 째려보려다가 그냥 쳐다볼 수밖에 없었다. 지수는 못다 한 이야기나 더 해보자고 했다. 우리는 학창 시절부터 서로의 고민을 아낌없이 털어놓는 사이였고, 그렇게 털어 내다보면 어떤 문제든 파편화되고 부서져 보이지 않는 먼지로 저 우주 어딘가를 떠돌게 만들 수도 있던 것이다.

요즘 지수의 고민은 아들이 잘하던 공부를 때려치우고, 래퍼 도끼처럼 살겠다며 힙합밴드를 결성한 것이었다. 요는 친구들 때문에 아이가 엇나갔다는 것에 대한 분노였는데, 모쪼록 문제의 핵심은 공부였고, 어떻게든 공부만 잘하면 용인될 문제 같기도 했다. 결혼 10년이 훌쩍 넘도록 아이가 없는 나로서는 그녀의 고민을 드론의 시각으로, 어쩌면 구글어스의 높이에서 차분하게 바라볼 수 있었으나, 깊이 공감하기는 어려웠다.

- 자기가 하고 싶은 거 하는 게 잘못이냐?

지수는 나를 노려봤다. 일상적 고통을 삭감해 주기 위한 절친의 도리는 나의 치부를 끄집어내는 것이었다.

- 나 회사 그만뒀어.

옆 할머니가 움찔하며 나를 쳐다봤다.

- 야, 너 미쳤어?

턱이 한 뼘쯤 내려온 지수가 말했다. 동시에 손바닥이 날아왔다. 지수가 내 머리를 세게 미는 바람에 할머니와 부딪칠 뻔했다.

지수는 곧장, 너의 경력은 이걸로 끝이다, 자본주의 사회에서 퇴사는 자살행위다. 사회에서는 죽었다고 봐야 한다, 우리 나이에 재취업은 어림도 없는 거 아냐 모르냐. 경력단절 여성이란 일하는 게 예전만 못하니 저임금 막노동도 감지덕지하겠다는 타이틀이라 주장했다. 게다가 아이도 없는 네가 집에서 놀게 되면 시댁은 물론 주변의 질타를 받으며, 집안의 심부름꾼으로 전락해 버릴 거라는 우려였다. 충분히 예상할 수 있는 반응이었고, 덕분에 지수는 억눌려왔던 양육자의 괴로움을 잠시나마 잊은 듯 보였다. 비보를 아껴둔 보람이 있었다.

― 나, 그거…… 하려고.

할머니가 나를 또 쳐다봤다. 고개를 돌리지 않아도 시선이 느껴졌다. '다음 정차하실 곳은 용산, 용산역입니다. 내리실 문은…….'

― 도대체 하고 싶은 게 뭔데.

팔짱을 낀 채 짝다리를 하고 지수가 물었다.

― 너도 알잖아. 내가 뭘 할지.

지수는 질문과 동시에 정답이 생각난 모양이었다. 문이 열렸는데 내릴 생각도 않고 멍하니 서 있었다. 나는 보다 못해 지수의 가방을 밀었다.

― 내려, 빨리.

문이 닫히고 열차가 옆으로 천천히 움직였다. 차창 너머로 지수가 손가락을 얼굴에 대고 전화하라는 사인을 보냈다. 무서운 눈을 하고.

대학을 졸업하며 나는 호언장담했었다. 회사는 딱 3년만 다니고 그 후엔 내가 하고 싶은 것을 하며 살겠다고. 레몬 소주를 탑처럼 쌓아놓고 삼배 주를 원샷하며 나는 외쳤다. 미래에 대한 공수표 남발이 가능한 나이였다. 그다음엔 소설을 쓸 거야. 수표의 유효기간은 20년 가까이 경과했다.

나는 일상적인 야근으로 피곤에 절었고, 잦은 해외 출장으로 시차에 적응하지 못했으며, 늘어나는 업무량과 비례해 책임의 범위가 커졌으나, 지루했다.

하루종일 '박 과장! 그런 이슈가 있으면 알규 생기지 않도록 스무스하게 어프로치 해야지.' '어이, 이 대리가 썰베이해서 메일 좀 리센드 해봐. 리플라이 올 때까지 홀드 해 놓고.' 같은 말을 하기도 하고 듣기도 했다. 이런 문장이 통용되는 곳은 내가 있을 곳이 아니라고, 속으로 수없이 되뇌었다.

힘들게 구축해 둔 언어 저장소는 오염되고 있었다. 나는 은장도를 품듯 사직서를 지니고 다녔다. 이 오더만 계약되면 그만둬야지, 이 클레임만 처리하고, 이번 선적만 끝나면…… 등의 수많은 조건들로 사직서의 날짜는 여러 번 갱신됐다.

무엇보다 내 안에 있던 조그만 오리가 자라지 못했다. 오리가 아무리 꽥꽥거려도 나는 모른 체했다. 오리가 울든 말든 아무 욕망도 꿈도 없이 안온하게 살자 싶었을 때, 나의 얼어붙은 바다를 도끼로 내려쳐 오리가 익사할 뻔했던 일이 있었다. 25년 만에 미국에서 돌아온 사촌 언니 때문이었다.

- 난 네가 글 쓰는 사람이 될 줄 알았어.

무역회사 명함을 보며 언니는 의아한 듯 말했고, 나는 인생의 태엽이 반대 방향으로 감기고 있다는 걸 깨달았다.

지수가 시야에서 멀어지자 나는 가방에서 이어폰을 꺼냈다. 줄이 엉켜 있어 풀기가 쉽지 않았다. 풀려고 애쓸수록 더 꼬였다.

- 글 쓰시는 분이구만.

난 두리번거렸다. 어디서 나는 소리지? 바로 옆에서 할머니가 날

보고 있었다.

― 글 쓰는 분이야. 글.

선글라스 때문에 눈동자가 보이지 않았지만, 분명히 나를 보며 말하고 있었다.

― 그래, 글 쓰려고 회사를 그만두셨구먼.

나는 눈을 뗄 수가 없었다. 내가 소설을 쓰기 위해 배수진을 치는 심정으로 회사를 나온 건 아무도 모르는 일이었다. 심지어 남편도, 부모님도. 방금 지수와 나눴던 대화를 복기해 보았으나, 거기엔 어떠한 단서도 없었다. 그런데 고어텍스 잠바에 몸뻬 바지를 입고 검정 배낭을 직구로 던지는 오자 다리의 할머니는 날 알아봤던 것이다.

― 아…… 그걸…… 어떻게 아셨어요?

나는 홀린 듯이 물었다.

― 내가 시를 몇 년 썼는데. 꾼은 꾼을 알아본다고. 척 보면 알지. 우린 말할 때 쓰는 단어만 봐도 압니다.

붉은 입술이 씩 웃었다. 앞니에 묻은 립스틱 자국엔 입술의 주름 모양까지 선명했다. 할머니는 말을 이었다.

― 본격적으로 글쓰기를 시작하면 많이 좌절할 겁니다. 아주 미울 거예요, 자신이. 이러려고 내가 회사 그만뒀나. 자괴감은 말도 못 하지. 여태 읽은 게 있으니까. 눈은 높은데 내가 그걸 따라주지 못하는 거야. 생각대로 안 돼, 절대로. 그런데 말이요. 자기가 쓴 글에 만족하는 사람은 아무도 없어요. 만족한다면 그건 실패한 거야. 끊임없이 좌절해야 합니다. 그러다 보면 어느 날 아주 조금 성장해 있을 겁니다. 중요한 건 계속 쓰는 일이에요. 젊었을 때 나랑 같이 시 쓰던 사람들? 그 사람들 지금 뭐 하게요. 왜 나만 시인이 됐을까. 그 사람들

은 안 썼고 나는 계속 썼기 때문이지. 지금 내 나이가 몇인데. 난 지금도 매일 써요. 시를.

긴 대화가 이어졌고 어느새 나는 두 손을 모은 채 모범생의 자세로 경청하고 있었다. 푹 빠져 듣다 보니 열차는 내가 내려야 할 신도림을 훨씬 지나 부평을 향하고 있었다. 하지만 모를 일이었다. 정말 시인인가? 평일 오후에 지하철 1호선에서 시인이 옆자리에 앉을 가능성은 얼마나 될까. 그냥 약 파는 사람? 혹은 시를 써본 경험이 있는 관상쟁이 정도?

할머니는 연락처를 알려주겠다고 했다. 내 폰에 자신의 번호를 찍더니 초록 동그라미를 터치했다. 할머니의 폰이 울렸다.

- 내 이름은 김서린. 입력해 두고 힘들 때 연락해요. 난 언제든 환영.

주소록에 이름을 저장하고 나니 할머니는 없었다. 내가 본 게 환영인가? 옆 좌석에 그녀가 남긴 움푹 팬 엉덩이 자국과 온기로 봐서는 실제가 분명했다. 나는 다음 역에 내려 반대편 승강장으로 건너갔다. 지수에게서 톡이 와 있었다.

'장하다. 장하다. 장하다!'

90년대 정통 X세대인 데다가, 시니컬하기로는 세계대회에 내놓아도 부끄럽지 않은 그녀였다. 지수에게 칭찬을 들은 건 밀레니엄 이후 처음이었다. 장하다고? 나는 얼마 전 노안 판정을 받은 눈을 게슴츠레 뜨고 다시 폰 화면을 보았다. 그제야 제대로 보였다.

'징하다. 징하다. 징하다!'

역시 지수는 나에 대해서 잘 알고 있었다. 못된 소리를 들으니 맘이 편했다.

나는 집에 돌아와 검색창에 김서린을 쳤다. 본명: 송세헌. 1940년생. 시인. 전남 순천 출생. 1995년 「시간의 마음」을 출간하며 작품 활동 시작. 한국 여성 문인 사전 등재. 과연 프로필에는 검정 가방 할머니의 얼굴에서 메이크업과 주름이 제거된 수수한 여인의 얼굴이 있었다. 근작: 2003년 문학과 지성사 시인선. 000권. 나는 지수에게 프로필 공유를 눌러 톡을 보냈다.
 '아까 가방 던진 할머니, 이분이었어.'
 '오, 그러네. 그런데 시인할 게 아니라 야구나 투포환 선수하셔야 할 것 같던데?'
 하며 ㅋㅋ 거렸다.
 '시인은 하느님처럼 신성한 사람인 줄 알았더니 가방도 던지는구나. 자리 맡으려고. 그런데 시인이라는 건 어떻게 알았어?'

*

 나는 본격적으로 책을 읽기 시작했다. 줄기차게 꽉꽉 대던 조류의 정체를 알아야 했다. 내가 상상하고 있는 목이 길고 하얀 백조일지, 아니면 천변의 흔한 직박구리일지, 또는 그냥 목우촌 생오리일 뿐인지 알 수 없었다. 분명 울음소리는 오리에 가까웠는데, 신기한 것은, 회사에 다닐 때는 미친 듯이 울던 것이 책을 읽고 있으면 조용해진다는 것이었다. 이상한 일이었다.
 나는 매일 도서관에 출석했다. 좋은 자리를 맡기 위한 줄이 길어 아침마다 서둘러야 했다. 덕분에 입장 순위 탑 파이브 안에 들었는데, 5인끼리의 자리는 거의 바뀌지 않았다. 곧 그들과 안면이 생겼고, 나를 제외한 모두는 고시 공부를 하거나 자격증 취득을 준비 중이라는 걸 알았다. 그들의 가방은 크고 무거웠고, 나의 것은 작고 가벼웠다.

반창 바로 앞, 볕 좋은 지정석을 맡은 뒤 나는 계속 어슬렁거렸다. 800으로 시작하는 번호의 열람실이었다. 타원형 모양의 거대한 서가를 중심으로 지구가 공전하듯 같은 방향으로 돌며 제목과 작가를 훑었다. 아무리 봐도 어느 것부터 읽어야 할지 전혀 알 수 없었다. 주로 해가 길지 않은, 어둡고 침침하고 비가 자주 오는 나라의 작가들이 쓴 책을 골랐다. 역시나 모두 나의 맥박을 재촉했다. 기분이 좋아진 나는 읽는 것마다 지수에게 인증 샷을 보냈다. 그녀는 '무모한 도전이 시작되었구나. 너같이 날씨 기준으로 작가를 편식하는 인간은 없을 거야'라며 모진 말을 했다.

편식은 몸에 좋지 않았다. 시선을 다른 코너로 옮겼다. 주로 오만과 심연과 폭풍과 전염병과 호밀밭, 형제들과 위대함과 실격과 변신 등이 즐비한 쪽이었다. 고등학교 때 필독서 목록에서 봤던, 그때는 이해할 수도, 이해하려고 노력도 하지 않았던 고전들이었다.

최근의 문예지들도 찾았다. 젊고 예쁜 작가들이 먼 곳을 바라보며 개운한 표정을 짓고 있었다. 난 어떻게 하면 글을 잘 쓸 수 있을까 고민하다가 조지 오웰의 「나는 왜 쓰는가」와 레이먼드 챈들러의 「나는 어떻게 글을 쓰게 되었나」에서 문장을 모으기 시작했다. 내가 하고 싶은 얘기를 내가 태어나기도 전에 먼저 다 써 버린 대표 작가들이었다.

스티븐 킹이 제안하는 대로 모닝 페이지도 써 보았다. 어느 날은 위화의 「글쓰기의 감옥에서 발견한 것」을 보다가, 좀 이상한데, 이 양반은 탈옥 내지는 가석방에 성공할 수 있었을 텐데, 라며 혼자 중얼거렸더니, 남편은 날 천왕성에서 온 외계인 취급했다.

기근에 허덕이는 언어 저장소를 채우기 위해 시집도 기웃거렸다. 번역시는 내게 한 번 더 번역이 필요했으므로, 주로 국내 작가들을 찾았다. 과연 문학과 지성사의 시리즈가 눈에 띄었고 김사인의 「화양연화」를 반복해서 읽었다. 도서관에는 김서린 작가의 책도 비치되어 있었다. 「시간이 달음질치다」라는 시집이었다. 적확한 표현이었다. 나는 항상 걷고 있었고, 시간은 줄곧 뛰었으니까.

나는 잊고 있던 할머니의 검은 가방과 눈이 보이지 않는 선글라스와 붉은 립스틱과 시인의 뇌 구조와 해마에 대해 생각했다. 나의 해마는 음주측정기에 불과했지만, 시인에게는 그렇지 않아 보였다.

취향에도 수류가 생겨서 다음은 2차 세계대전을 배경으로 한 소설로 흘렀다. 전쟁은 진즉에 끝났지만, 아무것도 해결되지 않은 느낌이었다. 어려운 책에도 도전 정신이 생겨났다. 모든 영문학과 학생들이 원서를 읽고 토한다는, 윌리엄 포크너의 소설이었다. 8개의 시제가 한 단락에 나오는 것으로 유명한 모양이었다. 그걸 시간별로 어떻게 구분했을까 하는 의문이 생겼고 구글 검색 결과, 과연 시제별로 문장 색깔을 다르게 인쇄한 원서가 존재하고 있었다. 영어를 잘하지도 못하면서, 꼭 사야만 했다. 하지만 연간 수백만 달러를 주물렀던 20년 무역업 경력자는 200달러짜리 책을 직구하는데 실패하고 말았다. 망설이는 사이 이미 품절이었다. 역시 아마존은 정글답게 잔혹했다.

이러저러한 책들을 쌓아놓고 문장을 솎아내던 나는, 이제 조심스럽게 뭔가 써 봐도 되지 않을까, 라는 생각이 들었다. 무엇을 근거로 그런 느낌이 들었는지는 모르겠다. 그냥 헤밍웨이가 서고에서 덥수룩한 얼굴을 쑤욱 내밀고 '이제 고만 삽질하고 당장 써.'라고 말했기 때문이었다. 그의 머리에는 피가 흐르고 있었다.

 다음날부터 나는 도서관에 매일 노트북을 가져와 소설일 거라고 여겨지는, 또는 그렇다고 생각할 수도 있는 문장을 쓰기 시작했다. 어느 날은 쓸 게 너무 많아서 손가락이 생각의 속도를 따라잡지 못했고, 어떤 날은 한 글자도 쓰지 못해 다리를 떨며 멍하니 앉아 있기도 했다. 후자의 경우가 압도적이었다. 그래도 처음이니까. 뭐든 쓴다는 게 어디야, 하는 심정으로 문장을 이어 나갔다. 마음 같아서는 아이러니와 메타포를 양손에 들고 저글링하고 싶었지만 어림도 없었다.
 일단 가장 먼저 떠오르는 이야기를 막무가내로 써보기로 했다. 다소 더럽고 잔인하지만 적당히 위트 있는 데다가, 묵직한 주제를 의무적으로 때려 넣은 이야기였다. 당연히 서로 어울리지 않았다. 나는 중학교 때 야한 소설 - 지금 생각하면 야하기는커녕 볼펜 똥만 가득한 - 을 쓴 대가로 친구들에게 오락실용 동전 몇 푼을 손에 쥘 수 있었는데, 바로 그 친구들에게 보여준다는 생각으로 써 나갔다. 제목은 「가위질」.
 주인공 소미는 지방에서 상경해 대형 미용실에 취업한다. 그녀는 업주와 손님들의 갑질, 열악한 근무환경으로 매일이 힘겹다. 원장은 VIP 손님인 최 여사에게 잘 보이기 위해 소미에게 과도한 노동을 요구하고, 최 여사는 소미를 하녀처럼 부린다. 소미는 미용실에 식사를 대주는 함바집 아줌마를 찾아가게 된다. 조선족인 아줌마는 어릴 때 먹던 쥐 고기에 대한 추억으로, 재개발 예정인 폐가에서 쥐를 잡는다. 소미는 아줌마에게 공짜 파마를 해 주겠다는 조건으로 쥐 고기

요리를 만들게 해서 최 여사에게 몰래 먹인다. 일이 발각되어 식당은 영업이 정지되고, 소미는 경찰서에 탄원서를 보낸다.

드디어 원고지 90매짜리 소설이 완성되었다. 오리는 한동안 조용했다.

- 썼어. 그다음엔 어떻게 할까?

오리한테 물었으나 꽥꽥거리기만 할 뿐 대답이 없었다. 나는 빨간 펜을 들고, 공장에서 제품 출고를 점검하는 QC의 자세로 돌아가 원고를 검토했다. 스콧 피츠제럴드가 「위대한 개츠비」를 열일곱 번이나 퇴고했고, 아버지가 「제 5 도살장」을 몇 년간 고쳐 썼더라는 마크 보니것의 회고를 상기하며. 물론 나의 글은 열일곱 번의 퇴고를 열 번 해도 부족할 지경이었지만, 일단 첫 작품을 썼다는 게 기뻤다.

- 아아, 이로서 현생에 한을 남기지 않으리니.

나는 도살장에 끌려가는 개츠비마냥 만트라를 읊조렸고, 퇴고의 흔적으로 얼룩진 원고를 찍어 지수에게 전송했다.

'옜다, 소설!'

*

며칠간 나의 삽질을 지켜본 학생이 물었다. 그녀는 탑 파이브 멤버 중 한 명으로, 휴학을 하고 공무원 시험을 준비하고 있는 터였다.

- 소설 쓰신다면서. 모임은 없어요?

- 모임요?

- 글쓰기나, 독서 모임 같은 거요. 제 친구가 문창과 다니는데요. 모임을 자주 하더라고요, 같이 글 쓰고 평가해 주는.

- 아, 안 그래도 알아보려고요.
　- 무료 강좌도 많고요. 저기도 있잖아요.
　학생은 벽을 가리켰다. 구립 문화원에서 주최하는 행사 포스터였다.

　　<한태원의 글쓰기 특강>
　　글쓰기에 대한 심오한 질문을 던진다.
　　작가란 무엇인가.
　　왜 글을 쓰는가.
　　참가자 전원에게 저자 친필 사인본 증정.
　　* 희망자에 한해 작가의 첨삭을 받을 수 있습니다.

　등잔 밑이 어두웠다. 열람실을 탑돌이 하느라 필요한 정보를 놓치고 있었다니. 곧장 강사 프로필을 찾아보았다. 검색 내용으론 무슨 글을 쓰는 사람인지 알 수가 없었다. 출간 저서로 봐서는 주로 글쓰기 방법에 대해서만 글을 쓰는 사람인 듯했다.
　나는 바로 수강 신청을 했다. 강사에게 미리 작품을 제출하면 특강이 끝나고 개인 첨삭을 받을 수 있다고 해서, 나는 반색하며 원고를 메일로 보냈다.
　강좌가 열린 문화원 강당에는 많은 사람들이 있었다. 지역 인사들이 내빈으로 초대되었고, 화려한 현수막으로 분위기는 고조되어 있었다. 분명 나만 몰랐던, 유명 강사인 것 같았다. 하지만 강의 내용은 글쓰기에 대해서라기보다는, 아침 TV 토크쇼에나 나올 법한 – 자신을 아끼라든지, 내가 행복해야 아이가 행복하다든지, 한쪽 문이 닫히면 다른 쪽 문이 열린다는 당연한 괴변들뿐이었다. 나는 중간 자리라서 빠져나갈 수도 없었다. 폰으로 메일 발송을 취소하려 했으나, 이미 수신 확인까지 떠 있었다.

행사가 끝나고 사람들은 줄을 지어 책을 받아갔다. 몇몇 이들은 앞다투어 작가를 둘러싸고 사진까지 찍느라 분주했다. 나는 행사 진행자에게 언제 코멘트를 받을 수 있는지 물었다. 그녀는 나의 이름을 확인한 뒤 서류 봉투를 내밀었다.

- 이거예요. 작가님이 회원님들 원고 다 프린트해서 읽으셨어요. 코멘트도 직접 써주셨습니다.

비록 강의는 미약하였으나 첨언은 창대하리라. 두근대는 가슴을 진정시키며 소중히 봉투를 품었다. 돌아오는 버스에서 나는 비밀편지를 확인하듯 원고를 살짝 들춰봤다.

'글이 딴딴하고 좋네요. 하지만 파토스적인 측면을 고려했으면 좋겠습니다.'

원고지 90매에 대한 평은 달랑 한 줄이었다. 심지어 띄어쓰기나 맞춤법 교정부호도 없이 깨끗했다. 내 작품을 읽어나 봤는지 의심스러웠다. 나는 별점 테러를 받은 영화감독이라도 된 듯,

- 네 책 리뷰에 전무후무한 한 줄 평을 올려주마. 씨펄!

하고 탄식했다. 전두엽을 거치지 않은 감탄사였다. 버스에 있던 사람들이 나를 힐끔 봤다. 아까 그가 강의에서 말하길, 글쓰기는 자신과의 싸움이라더니, 우선 그 사람과 한판 뜨고 싶었다.

그의 논평을 전달받은 지수는 말했다.

'파토스? 먹는 거야? 식당이 배경이야?'

나는 다시 굴 속으로 들어갔다.

*

  도서관에 틀어박혀 하루종일 글을 쓰면 더없이 행복했다. 사실 글이라기보다는, 맥주 두 캔 먹고 기분 좋을 때 하는 실없는 말들이 대부분이었다. 틈나는 대로 블로그에 문장을 올렸고 덕분에 나와 비슷한 고민을 가진 몇을 이웃으로 삼을 수 있었다. 그간 읽었던 몇 권의 북 리뷰를 포스팅하자, 그들은 작법서를 읽는 것은 개그맨 지망생이 신문 난의 오늘의 유머를 공부하는 것과 마찬가지라며 비판의 댓글을 달았다.

  두 번째 소설을 쓰기 시작했다. 아무리 써도 글자는 계속 분리되며 넘어졌고 깊은 상처를 남겼다. 내용과 문법이 정확한 문장 하나를 쓰는 것조차도 여전히 어려웠다.

  노트북을 두드리고 있으면 어디선가 검열관이 나타나 '음…… 아냐, 아냐 그렇게 쓰는 게 아니지'라며 훈수를 두었지만 바른 문장을 얘기해 주지 않고 사라졌다. 아침에 쓴 원고를 저녁때 읽어 보면 쉰내가 났고 곰팡이도 슬어 있는 걸 발견했다. 대문호들은 어떻게 수백 년이란 시간의 압력을 견디는지 짐작조차 할 수 없었다.

  캐릭터를 만드는 일도 쉽지 않았다. 때론 내가 겪었던 실제 인물을 빌려 오기도 했는데, 소설 속 상황과는 어울리지 않았다. 주인공을 방해하는 인물을 만들면, 순순히 협조를 일삼았고, 사람을 죽여야 하는 범인은 칼을 뽑아 들지 못하고 머뭇거리기만 했다. 지나가는 역할의 배경 인물을 만들면 그는 갔던 길을 되돌아와 내 어깨를 툭 치며 '어이, 나에 대해서 더 써보는 건 어때?' 하고 말을 붙였다. 주인공의 친구는 멀쩡한 이름을 두고 왜 K라고 부르냐고 항의까지 했다.

나는 아무도 알아주지 않는 고민을 잔뜩 끌어안고 노트북에 계속 허구를 두드렸다.

오리는 계속 꽥꽥댔다. 언제쯤 하얗고 커다란 백조가 돼서 푸드덕 날아오를지 알 수 없었다. 이제 나의 글은 죄다 머리는 소설이고 몸통은 에세이인, 반인반수의 괴생명체를 낳고 있었다. 나에겐 언제나 버킷 리스트의 상위권을 차지하던 것이므로 글을 취미로만 삼을 수는 없었고, 특기라고 하기엔 아무 성과가 없었다.

시간은 잘도 흘러갔고, 파지는 쌓여갔으며 통장 잔고의 자릿수는 빠르게 줄어갔다. 수많은 종이들과 석탄 가루를 무용하게 만든 죄로, 난 아무래도 노르웨이의 숲에 사장되어야 마땅할 것 같았다. 언젠가는 나무의 거름이 되어 내가 생전에 지은 빚을 모쪼록 갚아야겠다고 생각할 무렵이었다.

전 직장에서 연락이 왔다. 다시 복귀할 생각은 없느냐는 것이었다. 봉급은 이전보다 섭섭지 않게 챙겨주겠다, 업무 양을 조절하고, 출장도 웬만하면 줄여주겠다는 파격적인 제안이었다. 통장 정리를 할 때마다 정말 통장이 깨끗이 정리되는 느낌을 받았던 나는 흔들릴 수밖에 없었다. 이미 마음은 회사가 있는 선릉역 9번 출구를 향해 달려가고 있었다. 오리가 밤새도록 꽥꽥거렸다.

나는 지수에게 미쳤다는 말을 왕창 듣고 나서야 무슨 짓을 한 건지 깨달았다. 라스트 콜이 여러 번 울렸는데도 비행기를 놓쳤다는 걸 알았을 때는 이미 늦은 상황이었다. 대신 나는 문화센터 글쓰기 반에 탑승 중이었다.

나의 문화센터 답사기

정부에서 운영하는 센터는 분기마다 개강이었는데, 온라인 접수는 눈 깜짝할 사이에 마감되곤 했다. 마침내 결원이 생겼다는 문자를 받고 크게 기뻐하며 현장 접수를 하러 갔을 때였다.

- 착오가 있었네요. 다른 분 차례인데, 연락이 잘못 나갔나 봐요. 정말 죄송합니다.

센터 직원이 당황해하며 모니터를 주시했다. 옆에 서 있던 남자가 나와 그녀를 번갈아 쳐다봤다.

- 저 말고 또 대기자가 있나 봐요?
- 네. 박상윤 님 맞으시죠? 선생님이 대기 1번이세요. 박주연 님이 2번이시고요.
- 아니, 착오가 있으면 일찍 연락을 주셔야죠. 다 와서 뭐예요, 이게.

나는 신경질적으로 신분증을 가방에 집어넣었다. 남자는 「젊은 시절의 글」이라는 책을 옆구리에 끼고 있었다. 담배를 물고 있는 알베르 카뮈의 사진 일부가 보였다. 절판되어 구매가 어려운 책이었다. 그가 직원에게 말했다.

- 이분 먼저 등록해 주시죠. 저는 더 기다려도 괜찮습니다.

나는 직원에게 항의하고 싶었으나, 격무에 시달리는 비영리기관의 주말 근무자에게 진상을 부리는 민원인이 되고 싶지는 않았다.

- 아, 그러실 필요 없어요. 선생님 잘못도 아닌데요.
- 안 그래도 일이 생겨서요, 어차피 이번 달은 결석이 잦을 것 같아요. 다시 연락 주세요.

남자는 신청서를 접어 책에 끼우더니 나에게도 가볍게 고개를 숙였다.

- 그럼 다음에 또.

본의 아니게 다른 사람의 기회를 뺏는 느낌이었지만 은근 안심이었다. 뜻이 있는 곳에 길이 있다는 게 이건가? 역시 카뮈를 읽는 사람은 다르구나, 나는 쾌재를 부르며 수강신청서를 적어나갔다.
담당자는 나의 인적사항을 컴퓨터에 입력하며 조용히 물었다.
- 그런데…… 정말 괜찮으시겠어요?
'뭐가 괜찮냐는 거지? 그 남자가 나에게 순서를 양보한 게 잘못되기라도 한 건가?' 하지만 나는 이 말이 무엇을 뜻하는지 곧 알게 되었다.
11명의 시부모를 모시는 기분이었다. 나는 실버타운에 조기 입주한 새내기가 되어 잔뜩 긴장했다. 어르신들이 나를 둘러싸고 앉아 질문을 퍼부었다.
- 아이고, 애기네, 애기. 몇 살이야?
- 결혼은 했어? 남편은 뭐 해?
- 애는 몇이야? 몇 학년?
- 집은 어디고? 어느 아파트 살아?
나는 팬심에 부응해야 했다. 현재 40대이고, 결혼은 했으나 아이는 없고, 취미는 일본어 공부와 뜨개질. 남편은 다달이 은행에 조공을 바치는 평범한 직장인이며, 근처 아파트에 살고 있는데 언제 이사를 가게 될지 모르는 신세이며, 아침 일찍 안양천을 뛰고, 집에 와서 채소를 갈아 마시고 샤워를 한 뒤, 도서관이 열면 하루종일 책을 보며 소설을 두드리다 집에 와서 어쭙잖은 살림을 하는 게 일과다, 라고 동의한 적 없는 개인정보를 제공했다.
- 오, 소설을 쓴다고? 왜?
처음 듣는 질문이었다.

- 왜……인지는 모르겠어요. 그냥 써요.
- 역시 무자식이 상팔자네.

어르신들의 눈에는 한창 육아를 해야 할 나이의 여자가 문장을 배우러 다니는 게 꽤 한가해 보이는 모양이었다. 알고 보니 그들은 같은 수업을 연속으로 듣고 있어 친밀감이 대단했다. 기존 회원들은 자동 재수강으로 고정 멤버를 이루게 되어, 신규 회원으론 내가 오래간만이었던 것이다.

그곳은 막내가 차와 간식을 준비하는 전통이 있었다. 로마법에 따르기 위해 나는 시간보다 일찍 와서 회원들의 차를 주문받아 탕비실에서 조제해 날랐다. 수업이 끝나면 나는 콩가루가 흥건한 책상을 물티슈로 닦으며, 언제까지 등록을 취소해야 일부 수강료라도 환불받을 수 있는지 회원약관을 떠올리려 안간힘을 썼다.

먼저 글쓰기 개론부터 익혔다. 수사법, 문법, 장르와 구성 등에 관해 배우고 작문 연습도 하는, 이론과 실기가 합쳐진 수업이었다. 강사가 글제를 주면 제한시간 내에 즉흥적으로 작품을 써냈다. 어떤 글이라도 상관없었지만, 시를 쓰는 회원이 대세였던 관계로 뭣도 모르는 시를 같이 끼적대거나 어르신들의 단어를 힐끔거렸다. 우리는 수학 경시대회에 출전한 학생처럼 비장하고 신중하게 문장을 써 내려갔다. 강사는 시간 내에 쓰지 못한 원고도 가차 없이 걷어갔다.

- 거기까지. 그만! 오래 붙들고 있어 봐야 뭐 대단한 거 나오지 않습니다. 처음 떠오르는 게 진짜 영감이지요. 몰입의 힘을 믿으세요.

역시나 나는 글제를 발로 툭툭 차며 이리 굴리고 저리 굴리다 시간을 다 썼다. 본격적으로 가동되기 전까지 너무나도 느리게 예열되는 머리를 쥐어뜯었다. 백지 위에 자음과 모음 몇 가지를 늘어놓고 머뭇거리다 보면, 이미 내 원고는 사라진 뒤였다.

　반면에 어르신들은 유려한 문장을 씨실과 날실로 엮어 냈는데 그 직조는 촘촘하고 아름다웠다. 단어는 수수하지만 찬란했고, 조급했지만 여유로웠으며, 날카롭지만 모난 곳이 없었다. 책에서는 읽을 수 없었던 생생함이 있었고, 냄새와 촉감이 있었고, 세월에 딸려온 진득한 사연들이 있어 나는 감동했다. 나는 바퀴벌레처럼 납작 엎드려 동료들의 작품을 들었다. 몇 회차의 수업 후, 담당자에게 받아놨던 문화센터 회원약관을 꺼내 쓰레기통에 버렸다.

　나는 남편에게도, 지수에게도 보여줄 수 없는 글을 그들에게 거리낌 없이 내밀었다. 누렇게 된 속옷을 남의 집 앞마당에 널어놓는 기분이었지만 부끄럽지 않았다. 무엇보다도 그들은 내게 글 쓰는 즐거움을 일깨워주려고 노력했다.

　- 내가 저 나이만 됐어 봐. 하룻밤에 책 열두 권도 쓴다.

　- 무슨 아라비안나이트야?

　- 그러지 말고 모임 하나 만들어 줍시다. 강사 선생님이 그러잖아요. 소설은 열 편만 제대로 쓰면 등단한다고. 그러니까 열편네 어때요? 우리 여인네들만 열 명이고 하니.

　- 여편네도 아니고 열편네?

　어르신들은 나의 비루한 젊음을 부추기며 9명의 독자를 자처했다. 정말 고마운 일이었지만 자신이 없었다. 자신은 항상 없었지만 더 없어지고 있었다. 가능성 없어 보이는 일을 가지고 끈질기게 질척대는 나 자신이 미웠다. 후회와 반성으로 얼룩진 하루를 밤마다 손바닥으로 발바닥으로 닦아보았지만 소용없었다. 1호선에서 들었던 말이 떠올랐다.

'아마 본격적으로 글쓰기를 시작하면 많이 좌절할 겁니다. 아주 미울 거예요, 자신이.'

*

나는 꾸역꾸역 몇 편의 소설 조각을 썼고, 조각을 맞추며 실컷 좌절하는 일을 반복했다. 인터넷을 뒤져 몇 개의 공모전에 응모했고, 고배를 마셨다. 떨어지는 것도 경험이라는 강사의 충고는 달콤했지만 위로가 되지는 않았다. 투고하고, 기다리고, 실망하고, 지수를 불러 진탕 술을 마시는 사이클을 돌았다. 그것이 몇 번인지 손가락을 헤아리다 겨우 다섯 번째 소설을 썼다는 것을 알았다.

그때 과열된 머리를 식힐답시고 최윤 작가의 단편을 읽은 게 화근이었다. 정말 내 글은 재활용도 못하는 일반 쓰레기 그 자체였고, 점점 나아지기는커녕, 오히려 뭣도 모르고 겁 없이 쓴 첫 번째 작품이 제일 나아 보일 지경이었다. 오리는 한동안 조용했다.

아니나 다를까 출력해 놓은 종이 더미 주위에 파리가 날아다니고 있었다. 나는 원고를 들어 파리를 내려쳤다. 놈은 잽싸게 멀리 도망치더니 금방 제자리로 돌아왔다. 나에게 얼씬거리는 파리를 본 순간, 지금이라도 그만둘까, 한다고 뭐가 되기는 할까 하는 생각이 들었다. 아주 조금은 해봤으니 후회는 안 할 거란 마음도 있었다. 인생이란 후회할 것이 두려워 괜한 도전을 반복한 뒤, 단념하고 다시 후회로 돌아오는 과정인 것만 같았다.

글을 계속 쓰느냐, 돈이라도 버느냐, 의 문제로 돌아왔다. 대학 졸업 때 했던 고민을 이십 년이 훨씬 지나서 똑같이 하고 있는 나를 발견한 건, 두 가지 색 블록이 지그재그인 보도 위를 하염없이 걸을 때였다. 나이만큼 걸어서 왼발이 흰색에 떨어지면 계속 글을 쓰고, 오른발이 녹색에 닿으면 취업에 도전해 보기로 했다. 여러 번을 해봐도 자꾸 오른발이 이겼다.

집에 돌아오던 길에 나는 갑자기 엄청난 한기를 느꼈다. 에어컨을 많이 쐬인 탓인 듯했다. 시베리아 기단 상공에서 벌거벗은 채로 서 있는 것 같았다. 옷깃을 여미고 팔다리를 비벼대도 누가 내 뒷덜미 속으로 계속 얼음을 쏟아붓는 느낌이었다. 감기약으로는 어림도 없었고, 열은 떨어지지 않았다. 나는 벌벌 떨며 내과를 찾았고. 독감 진단을 받았다.

- 여름 독감이 무서워요.

의사가 말했다. 타미플루를 먹고 열이 떨어졌지만, 바로 좀비 상태가 되었다. 온몸의 관절이 의지와 상관없이 덜그럭거렸다. 이십 년 된 봉고차를 타고 자갈길을 전속력으로 후진하는 느낌이었다. 어지러워서 고개를 들 수조차 없었고, 뭐라도 먹으면 바로 토했다. 기운이 없어진 나는 계속 잠만 잤다.

　　나는 창가에 서 있다.
　　언덕 위의 집 2층이다. 저 멀리 산등성이에서 먼지가 일어나는 게 보인다. 작은 먼지 폭풍이 흩어져 안개처럼 넓게 퍼지더니, 엄청난 진동이 느껴지기 시작한다.
　　소떼들이다. 몇 마리일까. 어림잡아 백 마리도 넘는 것 같다. 이쪽으로 맹렬히 달려온다. 발바닥에 전해지는 땅의 울림이 머리끝까지 전달된다. 집에는 나 혼자다. 나는 얼른 1층으로 내려가 집의 앞문과 뒷문을 모두 활짝 연다. 다시 2층으로 재빨리 올라와 방으로 들어와 문을 꼭 잠근다. 소들은 1층을 통과해 지나가겠지.

벌써 그들은 집 바로 앞에 왔고 속도를 줄이지 않은 채 앞문으로 뛰어 들어간다. 나는 얼른 다른 창문으로 내려다본다. 밖으로 나가고 있다. 내 예상이 맞았다. 공격하지 않을 거야. 조용히 지나갈 거야. 그런데 소들이 되돌아와 집 주변을 맴돈다.

난 보았다. 그들은 모두 황금 소다. 몸 전체의 금빛 깃털이 햇살에 반사되어 눈부시게 반짝인다. 금가루가 사방에 퍼진다. 잔디는 온통 황금색이 된다. 금가루는 곧 바람을 타고 올라와 내가 서있는 2층 창가에까지 닿는다. 손을 뻗어 반짝이는 것들을 그러쥔다. 사해의 진흙처럼 곱고 부드럽다. 내 손은 황금색으로 물들어 반짝인다.

나는 손을 마구 털기 시작한다. 어? 왜 이게 안 떨어지지. 양손을 탁탁 치며 마구 흔들어도 가루는 떨어지지 않는다.

긴 꿈이었다. 온몸이 땀에 젖어있었다. 황금소를 봤으면 누가 봐도 길몽인데, 뭔가 찜찜했다. 금가루가 아직도 붙어 있는 느낌이 들어 손바닥을 연거푸 옷에 문질렀다.

꿈 얘기를 들은 지수는 태몽이 확실하다고 했다. 긴 기다림 끝에 드디어 자신에게도 조카가 생기는 것이냐고. 그러곤 문을 왜 열었느냐, 소는 왜 쫓아냈느냐, 금가루는 왜 털었느냐 성화였다. 정석대로라면 난 문을 닫아 소를 집안에 가둬야 했으며, 아니면 소를 치마폭에 받아 안거나, 그것도 정 안되면 금가루라도 잔뜩 손에 쥐고 놓지 말아야 했던 것이다. 난 모두 정반대로 했던 거고.

지수는 자꾸 날짜를 계산해 보라고 했다.

*

　며칠이 지난 줄도 모른 채 문화센터에 복귀했다. 독감 후유증은 컸다. 대체 그 많은 콧물은 어디에 저장되어 있는 걸까. 뇌가 흔들리며 두개골에 부딪치는 느낌이었지만, 내가 깨작거렸던 문장은 기억해 낼 수 있었다. 보도블록 점괘의 결과를 만지작거렸다. 흡사 9인의 사무라이 같은 열편네 조직도와, 저주받은 듯 반복적으로 걸려들었던 녹색 블록과, 먼지를 일으키며 질주하던 황금소를 생각했다.
　강사는 '공감'을 시제로 하여 작문을 해보라고 했지만, 아무것도 생각해 내지 못했다. 볼펜을 공중회전시키며 힘없는 손가락에 무한 근육운동을 시키던 중 내 앞자리가 비어 있는 것을 보았다. 늘 간식을 챙겨 오던, 최 샘 자리였다. 수업이 끝나고 나는 물었다.
　- 최선자 선생님은 오늘 안 오셨네요. 한 번도 빠지시는 걸 못 봤는데요.
　- 갔어.
　- 어디 가셨어요?
　- 소설 쓴다는 사람이 은유법을 모르네. 갔다고요.
　김 샘은 가방지퍼를 열다가 손가락으로 위를 가리켰다.
　- 3층에 가셨어요?
　- 갔다고 하늘나라에.
　옆에 있던 박 샘이 거들었다. 턱이 떨렸다.
　- 놀랄 필요 없어. 우리 나이 때는 다 그래. 독감 걸리면 폐렴이야.
　- 왜 저한테……
　- 연락을 뭘 해. 아픈 사람한테. 우리도 몇 명만 갔었어.

눈과 코에서 뜨겁고 찐득한 액체가 걷잡을 수 없이 흘러나오기 시작했다. 입에서 괴상한 소리가 터져 나왔다.
- 입원하기 전에 문자를 보냈더라고. 후회 없이 열심히들 쓰시라고. 자기도 갈 걸 알았는지. 그나저나 이제 신입회원 자리 하나 생겼네.
사람들이 하나둘씩 일어서는 게 보였고, 다들 내 어깨를 다독이며 지나갔다. 그들의 얼굴에는 슬픔의 기색은 없었다. 오히려 밝았고, 더 빛났다.

*

그러니까 최 샘의 일이 아니라면, 내가 보도블록 점괘에 불복하는 일도 없었을지 모른다. 어르신들은 여느 때와 같이 성실하게 글에 안착해 있었다. 후회 없이, 원 없이 쓰라던 그의 마지막 메시지가 확산된 듯, 강의실은 조용히 가라앉았음에도 보이지 않는 기운이 꽉 차 있었다. 세상은 어떤 일이 있어도 영원히 존속할 거라는 느낌을 주었다. 누군가는 죽고 누군가는 살더라도. 사람들은 그걸 다 알면서도 모른 척하는 것처럼 보였고, 나는 그것이 약간 웃겼다.
'왜 어떤 이는 살고 어떤 이는 죽는지 그 이유를 아는 사람은 아무도 없습니다. 단지 우리가 던져야 할 질문은 이것입니다. 난 지금 과연 제대로 살고 있는가.' 나는 엘리자베스 퀴블러 로스의 책을 읽다가 문장의 모퉁이에서 멈췄고, 마침표는 도돌이표가 되고 있었다. 나는 최 샘의 빈자리를 바라보았다.

곰곰 생각해 보면, 나는 일찍부터 적지 않은 죽음을 겪은 편인 것 같다. 덜된 인간의 비겁한 변명이겠지만, 그런 일이 있을 때마다 난, 나의 실존 문제가 누군가의 부재보다 훨씬 버거운 탓으로, 남의 애도를 대충 따라 하거나, 눈치껏 방관하다 얼른 제자리로 돌아오곤 했다.

마지막에 손주들에게 '니들은 꼭 서울대에 가야 한다. 거기가 제일 싸다.'라고 명료한 유언을 남겼던 할머니를 보내드리자마자, 남자 친구를 불러 노래방에 갔다. 등교 길에 11톤 트럭에 치어 무지개처럼 길고 높은 포물선을 그렸던 친구를 본 날에도, 학교 매점에서 우유를 사 카스텔라를 찍어 먹었으며, 잠깐 화장실에 다녀오겠다던 예비역 선배가 다시는 볼 수 없게 되었어도, 그가 입었던 군용 깔깔이를 껴입고 동아리방에서 잠을 자던, 뭐 그런 인간이었다. 그건 몇 차인지도 기억나지 않는, 뒤풀이 자리가 자정을 넘기고, 피우다 만 담배가 당구대 모서리에서 위태하게 구를 때, 3단 폭포처럼 계단을 흐르던 토사물이 만취자에게 부비트랩으로 작용한 밤이었다.

만약 누구라도 그와 함께 화장실에 갔더라면, 선배는 머리를 부딪치지 않았을지도 모른다. 서둘러 길을 건너려던 친구한테 다음 신호에 같이 가자고 내가 붙잡았다면, 그 애는 살았을까. '알겠어요. 서울대 꼭 갈게요.'라는 공염불이라도 외쳤다면 할머니는 편히 눈을 감았을 수도. 뭐 그런 생각을 끈덕지게 하게 되는 날들이었다. 나와 관계가 있을 것 같기도 하고 없는 것 같기도 한, 멀리 지나가 버린 일말의 가능성에 대해.

나는 예측 불가능한 과거의 사건을 되짚으며 다시 소설을 쓰기 시작했다.

*

　지독한 독감 균이 흉터를 남긴 곳은 폐가 아닌 혀인 것 같았다. 얼마 후, 길을 걷다가 시작된 증상은 버스카드를 태그 하거나, 주문한 커피를 기다릴 때 발현되더니만, 그 뒤로도 계속되었다.
　날숨마다 빈번히 욕이 나오는 것이었다. 실로 놀라운 일이었다. 끝을 알 수 없는, 이전에 학습된 적도 없는, 한숨 섞인 순백의 육두문자였다. 두루마리 휴지를 놓쳐버린 듯 가늘고 긴 욕이 아무 때나 떼구루루 굴렀다. 이렇게 진지하게 욕지거리를 웅얼거린 건, 엘리엇이 굳이 주장하지 않아도 충분히 잔인했던, 그 4월 이후 처음이었다.
　무심코 욕이 튀어나오려 할 때를 의식하느라, 내 팔은 언제든 소매를 뻗을 준비를 하고 있었다. 집이 아닌 곳에서는 늘 긴장 태세였다. 일부러 마스크를 쓰고 외출하기도 했다. 아무리 생각해도 이런 현상은 스트레스로 인한 것이 틀림없었다. 지수는 소위 '황금 소 태몽 사건' 꿈 뒤로 임신 테스트를 재촉하고 있었다.
　'해봤어?' 지수에게 또 문자 왔다. '내가 그 얘기하지 말랬지.' 느낌표를 8개 정도 붙여 보냈더니 답이 없었다. 나는 욕의 발원지를 성지 순례한 기분으로 다시 노트북 앞에 앉았다.
　타인의 죽음을 겪는 건, 내가 살아 있다는 걸 가장 강력하게 인지하는 순간이다. 이건 방금 그때가 떠올라서 쓴 문장이지만, 어디선가 읽었거나 들은 것인지도 모르겠다. 내가 이렇게 멋진 말을 할 리는 없으니까. 나는 욕을 자동 생산하며, 다소 이방인의 자세로, 그러니까 엄마가 오늘 아니면 어제 죽었을지도 모르겠다는 정도로 현실을 혼동하고 있었다.

도서관과 문화센터에 가야겠다는 생각은 있었지만, 의지와 상관없이 욕이 튀어나오니 누군가 대화하기도 겁이 나고, 밖에 나가기도 어려웠다. 루틴이 깨지며 달리기도 그만두었다. 탑파이브와 문화센터 멤버들에게서 안부의 톡이 가끔 왔으나, 곧 뜸해졌다.

내 안 어딘가의 두꺼비집이 내려간 게 틀림없었다. 누전이 차단되는 대신 정상 전류도 끊긴 상태였다. 하루종일 침대에 누워 책 읽는 게 유일한 위안이었는데, 나름 규칙적인 패턴은 있었다. 왼쪽으로 누워서 50페이지, 오른쪽으로 누워서 50페이지. 엎드려서 50페이지. 그리고 쓰고 싶은 문장이 떠오르면 누운 채로 핸드폰에 딱딱 소리를 내며 메모했다.

남편은 어디가 아픈 거 아니냐며 병원에 가보라 했지만, 그가 방문을 4.5센티 정도만 열고 말한 덕에 못 들은 척할 수 있었다. 아침에 일어나 씻고, 출근하고, 일하고, 퇴근하고, 집에 와서 밥을 먹은 후 졸면서 TV를 보다 잠드는 생활. 나도 그런 생활을 꽤 오래 한 게 분명한데, 이제는 그가 기인처럼 보였다. 어떻게 매일 씻을 수가 있지? 어떻게 매일 일을 할 수가 있어? 어떻게 그렇게 매일 먹을 수가 있지? 그것도 세 번씩이나.

*

지수는 전형적인 틱 증상이라 단언했다. 아이의 친구 중 하나도 치료를 받고 있다는 것이었다.

- 그건 소아 청소년과를 가야 하는데……. 아니면…….

하면서 얼버무렸다. 검색을 한 바로는 유전적 또는 심리적 요인에

의해 주로 18세 이하에서만 발병한다고 했다. 마흔 넘어서 무슨 틱이야. 말은 그랬지만, 내심 걱정이었다. 귀여운 표정의 라마가 불시에 침을 뱉듯이, 갑자기 욕을 뿜는 현상은 수그러들지 않았다. 마치 추임새처럼, 접속사나 연음처럼 자연스럽게 흘러나오는 거로 봐서는 어딘가 이상이 생긴 게 틀림없었다.

나는 방에 틀어박혔다. 집에서의 동선은 하루에 채 30보가 되지 않을 정도였다. 씻지도 않았다. 거의 먹지 않았지만 신기하게도 살은 쪘다. 가끔 배가 고프면 사발면을 먹었는데, 물 끓이는 것도 귀찮아 생으로 씹어 먹었다. 나는 아무것도 하지 않고 방바닥에 붙어 계속 책을 읽었고, 끄적였다. 내 안에 심해어처럼 납작 엎드려 있는 몹쓸 언어들이 거장들의 단어에 덮여 보이지 않길 바랐다.

그렇게 몇 주가 지나갈 무렵, 정작 심해어를 쌍끌이 어선으로 포획하려고 한 사람은 남편이었다. 삼계탕에 있는 마늘과 닭고기도 구분 못하고, 안마의자의 1단계와 10의 차이를 모를 정도로 둔감한 사람이지만, 나의 몰골을 보고는 가만히 있을 수 없었던 것이다.

그는 베란다에서 뭔가를 뒤지더니 상자를 하나 가지고 왔다. 안에는 신혼 때부터의 사진이 들어 있었다. 순서가 뒤죽박죽이었다. 그는 차례대로 들춰보더니 그중 한 장을 나에게 내밀었다.

- 이때 기억나?

회사 창립 기념일 사진이었다. 내가 연단에 서서 마이크에 대고 뭐라 말하고 있었다. 나는 당시 회사의 숙원이었던 샘플 제작비용과 항공운임을 바이어 부담으로 협상하는 데 성공했고, 성과를 인정받아 감사패를 받았던 것이다. 연간 수만 불의 비용을 절감할 수 있게 되었는데, 돌아온 건 조악한 크리스털 감사패 하나뿐이라며, 난 투덜

그 여자의 불온한 일상 51

대면서도 좋아했다.

 다른 것은 회식 때 사진이었다. 취기가 올랐는지 나는 누구보다도 잔을 높이 들고 건배를 하고 있었다. 무척이나 밝은 얼굴로. 불과 몇 년 전 일이었는데도, 마치 폼페이 화산의 유해를 보는 것처럼 아득하면서도, 생생했다.

 - 같은 사람 같지 않네, 씨.

 나는 머리를 벅벅 긁었다. 긴 손톱에 하얀 때가 묻어 나왔다.

 - 이때가 참 좋아 보이네.

 남편은 천천히 사진을 넘겨 보다 고개를 돌리더니 나를 봤다. 동전이라도 몇 개 던져주고 싶은 표정이었다.

 - 내가 도와줄 게 있으면 말해. 아니면, 이모한테라도 가보든가.

 - 잠깐 좀 쉬는 거야. 내버려 둬 좀.

 - 가 보자. 한 번만.

 사진을 던져놓고 방으로 돌아와 남편이 했던 말을 곱씹었다. '이때가 참 좋아 보이네.' 이 한마디가 소화되지 않아 명치가 답답했다. 그 말은 곧, 지금은 좋아 보이지 않는다는 걸 의미했으므로. 위가 네 개인 소처럼 삼켰던 말을 뱉고 다시 꾸역꾸역 씹어 삼키기를 반복했다. 아무리 우물거려도 내려가지 않았다. 어떻게 하고 싶은 걸 할 때보다 하기 싫은 걸 할 때가 더 좋아 보인다는 건지 알 수 없었다. 회사를 그만두겠다고 했을 때 누구보다 기뻐했던 그였다.

 '잘했어, 이제부터는 네가 하고 싶었던 거 해.'

 나는 깨달았다. 왔던 길을 되돌아 꿈을 향해 저벅저벅 걷는 것이 얼마나 위험한 것인지를. 어릴 때부터 간절히 원했던 일, 그것만 하게 되면 행복해질 거라는 희망, 후회 없는 인생을 살 것이라는 기대, 내부에 있던 꿈이 외부로 나와 실체를 보여 주었을 때에야 비로소 알게 되는 보잘것없음과 아무것도 해내지 못할 거라는 좌절감이 어떤 것인지. 그의 한마디를 통해 알 수 있었다.

*

그는 나를 정확히 건물 입구에 내려주었다.
- 다시 사무실에 들어가 봐야 해. 오늘 늦어.
야근이 핑계라는 걸 알고 있었지만, 나는 끄덕였고 손을 흔들었다. 오래간만에 씻고 밖에 나오니 거리의 모든 사람들이 나만 쳐다보는 것 같았다. 밤이 차가웠다. 나는 돌고 있는 회전문 앞에서 선뜻 발을 내밀지 못했다.
이모는 엄마의 막내 동생으로, 어릴 때부터 공부에 두각을 보였다. 이런 아이는 서울에서 키워야 한다는 아버지의 주장에 따라, 고등학교 때 상경했고, 나와 한 방을 썼다. 한의사가 된 이모는 TV나 라디오에 고정으로 출연하고 건강 실용서를 내며 유명세를 탔다. 이모는 퇴근하지 않고 날 기다리고 있었다.
- 이게 얼마만이야. 얼굴 좋아졌네.
- 좋아지긴, 살찐 거지. 썩을. 누가 보면 보톡스 맞은 줄 알 거야.
- 일 그만두니까 어때. 지낼 만 해?
- 좋다고는 못하겠네. 아 나, 나도 뭐가 어떻게 돌아가는지 모르겠어. 씨.
- 요즘 글 쓴다며. 하고 싶었던 거 하니까 얼마나 좋니.
이모가 컵에 찻물을 부으며 말했다. 나는 진료실 안을 천천히 둘러봤다. 벽에 약력이 붙어 있었다.

　- 이모는 왜 성을 두 개나 써? 성이 이유인 이유가 뭐야?
　- 여전하구나. 말꼬리 잡고 늘어지는 거.
　- 아직도 평등을 꿈꾸나 보네.
　- 어째 좀 시니컬하게 들린다?
　- 만일 이혼하고 재혼하는 사람들은 어떻게 되는 거지? 자식은 성이 네 글자일 수도 있겠네. 손자는 여덟 글자가 되고. 무슨 적립식 펀드야? 진짜 개 같다.

　이모는 미소 지으며 차를 테이블에 놓았다. 나는 회전의자에 앉아 소매를 걷었다. 빨리 불편한 상황을 끝내고 밥이나 먹으러 가자고 할 생각이었다.

　- 맥이 좋지는 않네. 애 갖는 건 이제 포기한 거니?
　- 내가 그 얘기 제일 싫어하는 거 알고 있을 텐데.
　- 나는 할 수 있잖아. 이모가 아니면 누구랑 이런 얘길 해.
　- 현대 의학이 해결해 주지 못하는 걸 나보고 뭐 어떡하라고. 젠장.
　- 10년, 15년 만에 아이 갖는 사람도 많아, 요즘은.
　- 있겠지. 이 지구 어딘가. 75억 중 몇 명은. 근데, 내가 결혼할 때 중학생이던 사촌은 있잖아. 그 사이에 고등학교 나오고, 대학 가고, 군대 갔다 오고, 학교 졸업하고, 결혼해서 애 낳고. 심지어 얼마 전에 돌잔치까지 했어. 아무리 노력해도 안 되는 건 진짜 안 되는 거라고 봐야 하는 거 아냐? 전문가 입장에서 말해봐. 언젠가는 되니까 될 때까지 하라는 얘기 빼고.
　- 그래도 계속 시도는 해 봐야지. 더 나이 먹기 전에.
　- 빨리 나이 쳐 먹는 게 낫지. 차라리. 모든 가능성이 없어지니까.

나는 이모가 잡고 있던 손을 내치고 옷소매를 내렸다. 측면에서 발사된, 측은한 눈빛을 느꼈다.
　- 축하한답시고 돌잔치에 간 내가 잘못이지. 그 새끼는 나한테 자꾸 지 애를 안겨주더라. 샘을 내야 애가 빨리 생긴다고. 개새끼. 식탁에 있던 나이프로 눈알을 찍어 버리려다 참았네. 아니다. 지금이라도 쫓아가서 혀를 잘라버릴까. 올드 보이처럼?
　- 그래, 그렇게 말해, 이모한테라도. 속으로 쌓아두지 말고.
　- 맞아. 얘기하니까 좀 낫네, 글 쓸 때처럼. 그나마 뭔가를 쓰면 좀 후련해지더라고.
　- 뭘 쓰고 있는데?
　- 여러 가지를 쓰지. 될 대로 되라는 심정으로.
　- 잘할 수 있을 거야. 어릴 때부터 잘 썼어, 너는.
　- 이게 씨. 다 이모 때문이야.
　- 뭐가?
　- 이모가 방에다가 책을 쌓아 놓지만 않았어도 내가 안 읽었을 거 아냐. 그럼 쓸 마음도 없었을 테고.
　- 그런 게 어디 있어. 책 읽는다고 다 글 쓰는 사람 되냐.
　- 이모가 태백산맥 읽어보라고 해서 담임한테 개처럼 두드려 맞았잖아.
　- 내가 언제 읽으라고 했냐. 네가 야한 장면 본다고 가져간 거지.
　- 그게 금서였으면 말을 해줬어야지. 괜히 학교 가져갔다가. 그때만 생각하면. 아이씨.
　- 언제 적 얘길 하는 거야, 지금.
　- 나 고등학교 때도 이모가「사랑의 기술」읽어보라고 해서 야자시

간에 몰래 읽었다가 선생한테 뒤통수 처 맞았잖아, 그 책으로.

- 그건 좀 심했다. 그게 어때서.

- 씨이. 쪽팔리게. 친구들 앞에서.

- 얇아서 아프지는 않았겠네. 「한밤의 아이들」같은 걸로 안 맞은 게 어디야.

- 이런 책은 대학 가서 읽으라는 거야. 네 남자 친구 생기면.

- 무식한 새끼네. 선생이란 작자가. 무슨 성행위 바이블인 줄 알았나?

- 그뿐이야? 하여튼 이모는 독재자들 책도 많이 가져와서.

- 내가 그런 걸 좋아하긴 했지.

- 「나의 투쟁」부터 해서 무솔리니 자서전, 스탈린, 김일성 그 빨간 제목의 책들.

- 야, 그게 얼마나 구하기 힘든 건 줄 알아? 구경이라도 한 걸 고마워해야지.

- 아무튼 내 독서력에는 이모 지분이 있어, 분명히.

- 넌 역시 책 읽을 때랑, 컴퓨터 앞에서 담배 물고 자판 두드리는 모습이 제일 잘 어울려.

- 훗, 내가 무슨 수전 존택이야?

- 아니, 한나 아렌트에 가까운 거 같아. 수전 존택은 미녀잖아.

- 한나 아렌트도 젊었을 때 사진은 괜찮던데.

- 너 지금 욕 안 하는 거 알지?

이모 말이 맞았다. 나는 어느새 원래의 어투로 돌아와 있었다.

- 사람은 가끔 노래의 한 구절을 반복할 때가 있어. 너도 그런 경험이 있지?

- 응. 있지.
  - 그만하려고 해도 하루 종일 같은 소절을 되풀이하지. 옆에 있는 사람이 짜증 낼 정도로.
  - 그런데?
  - 멈추려면 어떻게 해야 하는 줄 알아?
  - …….
  - 노래를 처음부터 끝까지 부르는 거야. 완벽하게.
 우리는 탕수육에 칭다오 맥주를 시켜놓고 이야기를 나눴다. 이모와 밤을 새우던 시절로 돌아온 것 같았다. 창밖을 내다보니 퇴근길 교통 정체가 극심했다. 저 긴 자동차의 행렬에도 분명 맨 앞에 가는 차가 있겠지. 그 앞에는 분명 뻥 뚫린 도로가 기다리고 있을 것이다. 첫 번째 차가 움직이자 뒤의 차들도 서서히 전진하기 시작했다.

 이모는 언제나 나의 첫 번째 독자였다. 대학교 때 드라마를 쓰겠다고 덤벼든 게 시작이었다. 나의 따끈한 스크립트를 읽은 이모는 난감한 표정을 짓더니 내게 소설을 써보라고 했다. 시험 삼아 짧은 소설을 썼을 때는 차라리 시나리오를 써보는 게 어떠냐는 말을 던졌다. 정말로 힘겹게, 독학으로 쓴 시나리오를 보여 주니, 뜬금없게도 넌 시가 맞을 것 같다는 의견을 흘렸다. 마침 시가 몇 편 있었으므로, 나는 기대했다. 써놓은 글줄을 내밀었을 땐 넌 에세이를 써야지만 공감을 얻을 수 있을 거라고 했다.
  - 이모는, 무슨 돌려 막기도 아니고. 순진한 애한테 왜 글을 써보라고 해서.
  - 다 훈련이지. 그래서. 네가 끝까지 썼냐. 때려치우고 취직했으

면서.

 - 그럼 어떻게 해. 나도 미래가 있는데. 먹고는 살아야지. 언제까지 집에 빌붙어 있어.

 - 조금만 더 썼으면. 뭐라도 됐을 수도.

 - 세상에서 제일 무책임한 말이 뭔 줄 알아? '너 글 한번 써보는 게 어때?'야. 잘 알지도 못하면서 어마어마한 말을.

 - 빼주시킬 걸 그랬나. 맥주는 좀 그렇다.

 - 불리하니까 딴소리하시네.

 - 근데, 네가 결혼할 때 중학생이던 사촌, 얼마 전에 돌잔치 했다는. 딱 그 시간만큼만 써 보는 건 어떨까. 언젠가는 되니까 될 때까지 한다는 각오로.

 - 가능성 없는 일을 기대하는 건 임신 하나로 끝이야.

 - 꼭 책을 쓰고 유명해지고 해야 한다는 얘기가 아니야. 괴테는 82세에 「파우스트」를 탈고했고, 주제 사라마구는 73 인가에 「눈먼 자들의 도시」를 썼지. 「눈뜬 자들의 도시」는 80 넘어서 썼고. 앨리스 먼로가 노벨상을 받은 게 82세 때야. 그거에 비하면 엄청 빠른 거지.

 - 할 때 하더라도 센트룸 실버 먹기 전에는 끝내야지. 80까지는 모르겠고.

 - 한번 해봐. 이거다 싶은 게 나올 때까지 써봐.

 - 쓰는 건 좋은데. 이모. 나이는 정말 숫자에 불과한 걸까? 그럼 나이를 왜 세는 건데? 나는 뭘 해야 하는 걸까. 뭘 해야 잘할 수 있을까. 차라리 월급쟁이로 늙어가는 게 안전빵이라는 생각이 들어.

 - 너 모르는구나. 안전빵이 세상에서 제일 위험한 빵이야. 먹지 마.

 - 내가 대단한 예술을 하는 게 아니니깐.

- 그게 중요한 게 아니라니까. 얼굴에 씌어 있어, 네가 진짜로 원하는 게. 일단 써봐.

- 내가 지금 원하는 건 다른 거야. 몇 달째 그게 없어.

잔이 비고 술병이 마지막으로 기울었다. 밖은 어두워져 있었다. 빌딩 숲은 검게 윤곽만 보였고, 하늘에는 붉은 점이 선명한 시간이었다. 저건 별일까, 인공위성일까. 아니면 지나가는 비행기일 수도. 나는 무엇인지 알 수 없는, 점멸하는 빛을 보며 걸었다. 이모의 택시가 멀어져 갔다. 나는 바로 톡을 보냈다.

'엄마한테는 아무 말하지 마. 난 어떤 노력도 하고 있지 않다고 전해줘. 바닥에 몸을 깊숙이 박고 머리만 내민 채 흐느적거리면서 입만 뻥끗거리는 정원 장어처럼. 지나가는 먹이가 입에 걸리면 먹고, 아니면 그만인, 그런 생활을 하고 있다고. 아마 좋아하실 거야.'

폰만 보며 지하철역으로 걸어가다가 유모차와 부딪칠 뻔했다. 급히 걸어가던 여자가 내게 인상을 쓰더니 빠르게 옆으로 지나갔다. 아이는 이불에 푹 싸여 자고 있었다. 남자아이가 잰걸음으로 엄마를 따라갔다. 저런 게 진정한 삶일까. 누군가에게 헌신하는 생활. 내가 만든 생명을 책임지는 삶. 나는 정말로 아이를 포기한 걸까? 글을 쓰는 건 포기를 잊기 위한 도피가 아닐까. 만약 지금이라도 아이가 생긴다면, 다른 고민도 저절로 해결될까. 하지만 난 아무것도 준비되어 있지 않았고, 앞으로 준비될 것 같지도 않았다.

뭘 하자는 걸까, 난.

집에 돌아와 테스트기를 해보았다. 익숙한 한 줄이었다. 역시 희망은 소모품이었다. 언젠가는 다 닳아 없어지는 소모품. 기대하지 않으면 실망할 일도 없다는 건, 실망하지 않았으니 기대도 없었다는 뜻이었다. 안심하는 나를 발견했고, 그 모습에 조금 놀랐다.

  나는 더 이상 아이를 원하지 않는 걸까. 내가 나에게 조용히 질문했다. '원하는 거라곤 오로지 아이가 전부였어? 그거면 돼? 다른 건 없었어?' 대답할 수 없었다. 고마운 hCG. 내 몸에 있지도 않은 성분에게 고마워하기는 처음이었다.

  오리가 꽥꽥댔다. 아직 살아 있었구나. 오랜만에 듣는 소리였다.

백일장 스나이퍼

며칠 후 집으로 택배가 왔다. 검붉고 따끈한 한약이었다. 나와 몇 시간 대화한 걸 근거로 대체 이모가 뭘 만들어 보낸 것인지 알 수 없었다. 먼동이 트기 전에 피를 마셔야만 하는 드라큘라가 된 것처럼 난 끼니마다 게걸스럽게 빨아먹었다. 다시 관에 들어가 봐야 할 시간이었다.

노트북을 들고 도서관에 갔다. 지구 한 바퀴를 돌고 온 것 같았다. 나를 제외한 빅 파이브 멤버들은 각자의 고정석을 그대로 지키고 있었다. 고시 일정 때문에 밥 먹을 시간도 아껴가며 박차를 가했다. 가끔 자리를 비울 때는 서로의 짐과 노트북을 향해 무언의 보초를 섰다. 의리가 가득한 전장에 나는 슬그머니 낙하산을 타고 안착했다. 이제 작전을 수행해야 했다.

제대로 된 소설을 써봐야겠다고 마음먹었다. 처음으로 돌아가야 했다. 나름의 시놉시스를 쓰고 이론서를 들춰보며 소설의 3요소를 생각했다. 주제, 구성, 문체. 다시 구성의 3요소. 인물, 사건, 배경. 독일어의 관사 변화처럼, 툭 치면 잠결에도 줄줄 읊을 수 있었다. 내가 쓴 것 중에 하나라도 갖춰진 게 있던가. 중요하다는 걸 알면서도 모른 척했던 것들이었다.

다만 소설을 쓰는 데 있어서 실패의 3요소는 잘 깨우친 바 있었다. 자괴, 불신, 포기. 특히 스스로를 믿지 않는 것이라면 자신 있었다. 글을 꼭 써야 할 이유는 한 가지도 없었는데, 쓰지 않아도 되는 이유를 대라면 백 가지도 가능했다.

그럼에도 불구하고 나는 3요소 두 세트를 양팔에 장전하고 노트북에 앉아 허구의 세계를 치기 시작했다. 피아니스트가 되어 8옥타브 건반을 전부 두드려 보겠다는 각오였다. 각 인물에게 고질적인 문제를 짊어지게 하고, 새로운 사건에 연속적으로 부딪치게 한 뒤, 죽도록 생고생을 시켜볼 생각이었다.

더 이상 쓰는 것이 무섭지는 않았다. 언제부터인가 앉아 있는 시간과 쓰는 양이 정비례했다. 하지만 이후가 심각했다. 후련하게 쓰고 다시 첫 문장으로 돌아왔을 때, 깎아 놓은 사과마냥 갈변하는 문제였다. '이것밖에 못써? 네가 그럼 그렇지.' 하고 비웃는 나와 '아니야, 희망은 있어. 고치면 돼.' 하는 소심한 나 – 둘이서 대면할 각오가 필요했다. 이것보다 더 두려운 건 저승사자처럼 출몰하는 검열관이었다. 그는 비웃는 내가 헐값에 스카우트해 온 까다로운 독자였는데, 사사건건 대안 없는 비판을 퍼부었다.

한 가족이 대상이었다. 일단 주인공의 아버지를 가출시켰다. 어머니는 의외로 남편의 행불을 기꺼워하며 잼을 만들고 있었는데, 그가 다시 돌아오자, 끓고 있는 냄비를 엎어버렸다. 애꿎은 어린 주인공은 화상을 입었다. 오빠는 사고뭉치였다. 주인공은 방황하면서도 끝까지 희망을 속삭이는 인물이었다. 이런 식으로 나는 가상의 인물들을 괴롭히는데 재미를 붙이고 있었고, 점점 아버지를 닮아가는 오빠를 어디 해외 파병이라도 보내 버릴까 구상 중이었다. 문장은 매일 망했고, 재기는 불가능해 보였다. 언제까지 이렇게 내가 쓴 글과 맞짱을 떠야 하는지 알 수 없었다. 문화센터에서 전체 문자가 온 건 그때였다.

[Web발신] 제18회 ○○구 성인 · 학생 백일장 및 사생대회. 일시:○년○월○일, 장소: ○○공원, 인터넷 사전 신청, 현장접수 가능.

글쓰기 특강에 참석한 이래 꾸준히 오던, 지역 행사 알림 문자였다. 부쩍 쌀쌀해진 날씨에 야외에서 웬 백일장인가 싶었는데, 지난달 가을 태풍으로 일정이 미뤄진 거라고 했다. 태풍이 언제 왔었지? 이제야 늦가을을 실감했다. 장소는 내가 출석하고 있는 도서관 앞 공원이었다.

나는 코웃음을 쳤다. 백일장이라면, 국민학교 때부터 휩쓸던 나였다. 나는 글을 잘 썼다, 기보다는 어떻게 쓰면 상을 받을 수 있는지 아는 아이였다. 주로 작품은 희비극의 범주에 있었고, 그것은 유효했다.

예를 들어 글제가 '까치'인 경우다. 아침부터 집 마당에서 까치가 운다. 왠지 기쁜 소식이 있을 것 같다. 그날 오후 타국에 있던 아빠가 불의의 사고로 돌아가셨다는 연락이 온다. 엄마는 슬피 울고, 언니와 나는 열심히 공부해서 훌륭한 사람이 되기로 한다.

이쯤 되면 선생님들도 감동하겠지 하는 계산이었고, 치밀한 산술의 답은 수학의 어떤 공식보다도 정확하게 들어맞았다. 무조건 장원이었다. 내가 생각해도 어린것이 여간 잔망스럽지가 않았다.

애국조회 때 전교생 앞에서 상장을 받던 날도 기억한다. 유독 감성 넘치던 교장 선생님은 나를 보고 눈물을 글썽이며 이런 훈화도 잊지 않았다.

- 앞으로 씩씩하게 살아야 한다. 아빠가 하늘에서 지켜보고 계실 거야.

하늘에서 지켜보기는커녕, 안방에서 TV나 보고 있던 아버지는 내가 상을 받아와도 별 반응이 없었고, 부상으로 받아온 칸나 앨범만 쓱 훑어봤다. 내 친구들은 어떻게 하면 매번 상을 탈 수 있는지가 큰 관심사였다. 비결을 알려달라는 질문이 쇄도했고, 나는 이렇게 복음을 전파하곤 했다.

　- 그냥 소중한 사람이 죽은 걸로 해. 병아리나 강아지도 괜찮고. 그리고 슬퍼하면 돼.

　비밀을 알고 있는 건 문예반 선생님이었다.

　- 넌 벌써부터 플롯을 아는구나.

　난 그 단어를 플룻으로 알아들었고, '저 플루트 못 부는데요? 피아노는 쳐도.'라고 대답했던 것 같다. 나는 남을 속이는 게 어떤 건지 학교에서 배웠고, 글 속에서는 얼마든지 사기를 쳐도 된다는 것을 알게 되었다.

　소설을 주무르며 인간을 탐구하겠다는 자가 백일장이라니. 혹시나 당선될까 봐 걱정이었다. 행운을 낭비하기 싫었다. 하지만 장원의 부상이 문화상품권 30만 원이고, 가작과 입선을 포함해 총 10명에게 시상한다는 것을 알았을 때, 난 펜을 꼭 쥐고 참가 신청 줄에 얌전히 서 있었다.

　- 아이가 몇 학년이죠?

　접수처의 담당자가 물었다. 과연 내 뒤로는 초등학생들뿐이었다. 주변에는 엄마들이 수채화 도구와 화판을 들고 자리를 잡느라 분주했다.

　머리 위에 있는 현수막을 다시 확인했다. 성인·학생 백일장 및 사생대회라고 뚜렷하게 적혀 있었다.

　- 제가 하려고요. 성인. 산문이요.

　그는 이름과 나이, 연락처를 적고 주소지를 확인한 후, 원고지와 볼펜을 건넸다. 원고지는 20매가 한 묶음이었다. 마음껏 쓰려면 모자랄 것 같았지만, 그렇게까지 애쓸 필요는 없을 터였다. 1등 하면 안 되니까. 운이 나빠 상을 받더라도 최하위에 상품권 몇 장이면 족했다.

조용히 쓸 만한 자리를 물색했다. 대부분의 벤치는 아이들이 그림 그릴 준비를 하며 차지하고 있었고, 돗자리 위에 캠핑 테이블을 펴고 있는 이들도 있었다. 노트북이나 블루투스 키보드로 봐서는 먼저 컴퓨터로 쓰고, 나중 원고지에 옮겨 적으려는 것 같았다. 아무 준비 없이 온 건 나뿐인 듯했다. 잔디밭에서 원고지 한 장을 뜯어 깔고 앉으려는데, 익숙한 목소리가 들려왔다.

- 여기 앉아요, 여기.
- 이리 와요, 박 샘. 같이 앉아요.

문화센터 열편네 멤버들이었다. 김 샘이 나를 향해 손을 흔들었다. 다들 소녀같이 달뜬 얼굴이었다. 나는 뭘 훔쳐 먹다가 들킨 기분으로 돗자리에 합석했다.

- 얼굴 좋아졌네.
- 요새도 소설 써?
- 뭔 일 있었어? 이제 슬슬 나와야지.

대답도 하기 전에 송 샘은 내 입에 고구마를 넣어주었다. 반갑게 질문만 하고 대답 안 듣는 건 다들 여전했다.

- 쓴 것 좀 가져왔어?

밤고구마의 갑작스러운 습격에 우물거리며, 난 뭘 가져와야 하는 거였냐고 물었다. 샘들은 노트를 각자 여러 권씩 들어 보였다. 그간 습작한 것들이었다.

- 난 전 재산 다 가져왔지.

장 샘이 말했다.
- 나도. 이 중에 하나 다듬어서 내면 되지 뭐.

마치 사전에 글제라도 입수한 것 같은 자신감이었다. 나는 시험 족보의 기출문제를 훔쳐보듯이 장 샘의 노트를 주시했다.

- 백일장 주제? 뭐 뻔하잖아, 매년. 자연물 아니면 행복, 사랑.
- 봄이면 꽃과 나비, 가을이면 낙엽.
- 아니면 부모님, 가족.
- 강사님이 그러는데 여태까지 제일 어려웠던 글제가 약속이었대.
- 약속이래도 뭐, 맞게 손봐서 내면 되지. 뭐 어려워?
- 우리는 다 시 쓸 건데. 박 샘은 산문이지?

곧 글제 발표였다. 무대에서 구의원, 시의원, 구청장, ○○문화원 원장, 시, 산문, 회화 심사위원 대표들 등 내빈들의 긴 축사가 이어졌다. 진행자가 상자를 들고 나왔다. 복권을 쥐고 로또 추첨을 생방송으로 보는 기분이었다. 먼저 뽑힌 사생대회 주제는 '아름다운 우리 마을'이었고, 백일장의 글제는 '가족'이었다.

- 거봐. 내가 맞췄지?

글제를 명중시킨 송 샘이 으쓱했다.

나는 격투기에 출전하는 각오로 손가락을 우두둑 꺾었다. 이게 얼마만의 백일장인가. 비장한 마음이었다. 하지만 가족에 대해 특별히 의식해 본 적이 없는 게 문제였다. 차라리 아름다운 우리 마을에 대해서 써보고 싶은 지경이었다. 매일 안양천을 달리며 봐온 가슴 뻐근한 풍경이 선했고, 그것에 대해서라면 무한히 묘사할 수 있었다.

그런데, 가족이라면. 내게 떠오르는 것은 있었지만 유독 그 단어만은 소등상태라 어두워 잘 보이지 않았다. 간신히 불을 켜면 어떤 게 보이긴 했는데, 언젠가 사진관에서 본 것 같았고, 엄마 아빠와 아들, 딸아이가 하얀 가족 티에 청바지를 맞춰 입고 같은 곳을 바라보는 장면이었다. 나는 불을 껐다.

부모님에 대해서 쓸까, 나의 어린 시절이나. 자세히 들여다보면 필시 즐거운 일도 있을 거였다. 하지만 육안으로는 보이지 않아 현미경이 필요했고, 배율을 조절할 시간은 충분치 않았다. 아니면 없는 언니를 만들어 볼까. 급작스런 사고로 위독한 언니에게 가는 길은 갑자기 함박눈이 내려 오도 가도 못 하는 게 좋을 것 같았다. 옴짝달싹 못 하는 상황에서 자책하는 나의 모습을 연출하고 싶었다. 아주 지리멸렬했다.

- 아직도 고민해? 우리는 다 썼어.
- 우리는 이거 내고 한탕 더 뛸 건데.
- 건너 ○○구. 거기도 오늘 백일장이잖아. 거긴 거주지 상관없대서.
- 이따 시간 되면 박 샘도 와.

역시 백일장 저격수들다웠다. 나는 자리를 옮겨야 했다.

- 센터는 언제 나올 거야? 우리 신입회원 들어왔는데.
- 무대 앞쪽에 있던데. 아까 봤어. 애들 데리고 왔더라고.

나는 장 샘이 가리키는 쪽을 보았다. 벤치에 앉아 있던 한 남자가 일어서는 게 보였다. 나는 대기 1번이었던 남자를 기억했다. 송 샘이 손을 흔들자 그가 모자를 벗고 우리 쪽을 향해 허리 숙여 인사했다.

- 박상윤 샘. 저분도 소설 쓴다던데. 이제 박 샘이 덜 외롭겠어.

스나이퍼 군단이 떠나고도 한참 동안 아무것도 쓰지 못했다. 글제에 관해 도통 떠오르는 게 없어서, 차라리 쓰고 싶은 걸 아무거나 써내는 게 나을 것 같았다.

그즈음 난 덴마크에서 겪은 백야를 그리워했다. 샘플이 가득했던, 터질듯한 트렁크 모퉁이에 보물처럼 숨겨온 튀김우동을 먹겠다고 뜨거운 물을 갈구한 날이었다. 핸드폰이나 지도도 없이, 무작정 육감에 의지하여 낯선 동네를 몇 킬로나 걸어 다니던 환한 밤에 대해 얘기하고 싶었다.

미치도록 철저한 유럽의 휴가. 심지어 호텔 직원도 부재중인 상황이었다. 체크인을 하려고 다가간 로비에는 '우리는 부활절 휴가 중이야. 너의 열쇠는 방에 꽂아 놨으니 잘 쉬다 가. RM #205.'이라고 쓰인 노란 포스트잇만 덩그러니 붙어 있었다. 객실은 깔끔했으나 전기포트가 없었고, 식당은 닫혀 있었다.

텅 빈 도시 브란데에서 「나는 전설이다」의 윌 스미스가 된 것 같았다. 한 시간을 걸어 물을 구했던 곳은 주유소였다. 이국만리에 있는 주유소에 기름이 아닌, 물을 구하러 밤길을 걸어온 한국 여자라니.

나는 사무실 창문으로 얼굴을 내민 직원을 보고 너무 반가워 '하이, 보일드 워터, 플리즈! 노, 핫 워터!'라고 다짜고짜 외쳤다. 지금 생각하면 성문 기본 영어를 깡그리 백지화시켰던, 급하디 급한 회화였다. 그는 좀비라도 본 표정이었다. 신입의 패기와 야망이 넘쳐 주체할 수 없던 시절이었다.

결혼 전이었고, 부모님과 살던 때였으므로, 실제 의도는 길을 좀 잃어버려서 웬만하면 고국으로 돌아가지 못하는 상황을 만드는 거였다. 출장 가는 곳마다 틈만 나면 시도했다. 외출할 땐 여권이나 호텔 명함 따위는 들고 다니지도 않았다. 하지만 난 유독 길눈이 좋았고, 언어가 통하지 않는 곳에서도 잘 소통했으며, 현지인들은 두리번 거리는 나를 보고 그냥 지나치지 않았다.

 이야기를 쓰다 보니, 가족에게 돌아오고 싶지 않지만 돌아오게 되는 현상에 대해 토로하게 되어 버렸고, 주제는 자연스럽게 글제에 귀결되었다.

 나는 동그란 종이 뚜껑을 열었다. 그가 전기포트의 물을 조심스럽게 부었다. 수프가 녹고 면이 잠겼다. 나는 나무젓가락을 뜯어 반으로 뚝 잘랐다. 그에게는 조금 더 긴 부분을 주었다. 몇 분이 지났고, 나는 그의 종이컵에 면과 국물을 덜어주었다. 그의 젓가락질은 서툴러 보였지만 먹는 데는 문제가 없었다. 우리는 아마도 브란데에 하나뿐일 농심 튀김우동을 함께 먹으며 백야에 대해 이야기했다. 말 한마디도 하지 않고 자기의 밥만 떠먹는, 서울에 있는 그들이 아니라, 이 수줍음 많은, 터코이즈 색 눈의 Shell 주유소 직원이 나에겐 더 가족 같았다. 자정이 가까웠고, 밖은 대낮처럼 환했다.

 마지막 문장을 쓰자 검열관이 나타났다. 그는 언제나 구글 지도보다 더 내 위치를 잘 알고 있었다. 그는 나에게 물었다.
 - 왜 그런 걸 써?
 '왜'는 그가 하는 참견 중 내가 제일 싫어하는 말이었다. 나의 오리가 자라면 반드시 저 녀석의 목을 물어 버리게 하리라. 나는 모른 척하고 써놓은 분량을 원고 뭉치에서 부욱 뜯었다. 18매였는데, 왠지 처음부터 다시 쓰고 싶은 충동이 들었다. 난 그걸 구겨 버렸다.
 - 구겨 버리라는 얘긴 아니었는데. 그냥 왜냐고 물어본 건데.

놈은 멋쩍어하며 공원 출구 쪽으로 유유히 사라졌다. 그곳엔 운동기구가 여러 대 있었다. 이런 쓸데없는 글을 쓸 시간에 저 하늘 걷기나 옆 파도타기를 하는 게 건강에 훨씬 좋을 것 같았다. 쓰고 싶은 욕구를 누군가 거세해 줬으면 좋겠다는 생각이었다. 왠지 생각만으로도 좀 슬펐고, 외로웠다. 나는 구겨진 원고를 잘 펴서 접수처에 제출했다.

결과 발표는 1주일 뒤라고 했다.

*

- 이게 뭐야, 다?

집에 못 보던 게 있었다. 거실 구석에 나무로 된 선반이 놓여 있고, 커다란 상자와 비닐이 굴러다녔다. 불투명하고 커다란 물체가 뽁뽁이 비닐로 단단히 싸여 있었다. 남편은 커터 날을 조심해 가며 테이프를 자르는 중이었다. 그는 연신 노래를 흥얼거렸다.

- 왔어? 잘 봐. 얼마나 멋있는지.
- 이게 다 뭔데?
- 어항. 아니 수족관. 아니다. 미니 아쿠아리움.
- 이게 어항이야? 미니 같지 않은데. 언제 이사 갈지도 모르는데 이런 걸 왜 사.
- 선반을 2단으로 짜길 잘한 거 같아. 아래에는 큐브 어항 두 개. 위에 큰 거 하나. 3가지나 키울 수 있어.

비닐을 벗기자 사과 상자의 두 배쯤 되는 수조가 나타났다. 남편은 그걸 번쩍 들더니 선반에 올렸다.

- 물은 어떻게 갈아주려고. 이거 손이 엄청 많이 갈 텐데.
- 환수하는 기계가 있어. 연결해 놓으면 찌꺼기도 다 빨아들여. 새 물 넣을 땐 수도에 미네랄 필터 연결해서 직수. 정수기 같은 원리지. 걱정 마. 내가 다 알아서 할 테니까.

그제야 거실에 널려 있는 물건들의 정체를 알 수 있었다. 바닥재와 여과기, 수초, 먹이와 약재 등이 가득했다. 공기가 빵빵하게 들어있는 기다란 투명 백 안에는 물고기 수십 마리가 겁을 먹은 듯 이리저리 헤엄치고 있었다. 전부 네 봉지였다.

나는 선인장이나 다육이 같은 난이도 하급의 반려식물도 급사하게 만드는 재주가 있었으므로, 가급적 아무것도 건드리고 싶지 않았다. 남편은 봉지 하나를 들더니 내 눈앞에 내밀었다.

- 인사해. 새 식구야.
- 나한테 갖다 대지 마.
- 뻐끔뻐끔. 반갑다고 인사하잖아. 대답 좀 해줘.
- 살려달라고 하는 거 같은데.
- 한마디 해 주라니까. 그거 몰라? 식물도 좋은 말 들은 애들이 잘 자라는 거.
- 그럼 우리 집 가훈이나 얘기해 주지. '자기가 싼 똥은 자기가 치우자'.
- 왜 보자마자 똥 얘기야.
- 얘네 지금 똥 싸고 있잖아. 급격한 환경변화로 인한 스트레스야. 딱 보면 몰라? 저거 봐. 쟤는 진짜 지 똥을 먹네. 어? 뱉는다. 다시 먹는다. 봐봐.
- 이래 봬도 얼마나 비싼 건 줄 알아? 그냥 구피가 아니라고. 그레

이 바디 풀 레드. 원래 한 마리에 2만 원인데 특별히 트리플에 5만 원.

- 아니 이게 다 얼마치야. 무슨 꽁치 대가리보다 작은 애들이 꽃등심보다 비싸?

- 왜 먹는 걸로 비유하냐. 사람이 낭만이 없네.

나는 어질러진 비닐과 상자들을 주워 부엌 베란다 재활용 통에 부려 놓았다. 사실 꽃등심보다는 저 돈으로 책이나 사면 좋겠다는 생각이었다. 인터넷 서점 장바구니에 들어있는 책만 수백만 원어치였다. 전체 주문을 누르자마자, 원자폭탄을 투하한 것처럼 웅장한 버섯구름이 피어오르리라. 이런 게 진정한 낭만이었다.

식탁 위에는 김치 통 두 개가 놓여 있었다.

- 사당동 갔다 왔나 보네.

- 응. 엄마가 김치 했대서. 참. 현우 다음 주에 상견례한대.

- 그럼 우리도 가야겠다.

- 양가 부모님들만 먼저 만날 건가 봐. 우리한테 인사하는 건 나중에. 집으로 한번 오라고 하지 뭐.

싱크대를 여니 안에는 똑같은 김치 통이 몇 개 더 있었다. 모두 어머니가 보낸 거였다. 빈 통을 돌려보내는 건 예의가 아닌 것 같고, 뭔가를 채워서 보내야 할 것 같은데 잊고 미뤄둔 것이었다.

언제부터인가 어머니는 나만 보면 미안하다고 했고, 그 후엔 불쌍하다고 했으며, 최근에는 괜찮다고 했다. 모든 말에는 주어가 빠져 있었지만, 대략 의미를 유추할 수 있었다. 나는 명절이나 생신 외에는 사당동에 발길을 두지 않았고, 남편 혼자 왕래하는 편이었다.

- 그래서 내가 이걸 산 거야. 우리 집에 와봐. 얼마나 허전하겠어.

나는 고개를 돌렸다. 그는 바닥재에 수초를 식재하느라 여념이 없었다. 어항 모서리에 걸어 놓은 직수 필터에서 물이 나오기 시작했다. 수조를 다 채우려면 시간이 걸릴 것 같았다.

— 뭐가 허전해?

— 허전하지. 휑하잖아, 우리 집이. 집이라는 게 좀 복작대는 맛이 있어야지. 제수씨는 가뜩이나 어색할 텐데. 식구는 우리 둘뿐이고.

— 둘이 뭐가 어때서?

남편이 봉지에 있는 수초를 꺼내다 말고 나를 쳐다봤다.

— 꼭 설명을 해야 할까?

듣고 싶었지만 길어질 것 같았다. 그의 설명에는 언제나 나의 이의가 있었고, 그에 대한 반론이 제기되었으며 근거가 동원되곤 했다. 결국 헤겔이 와도 해결하지 못할 난상토론이 되어버리는 주제였다. 발에 뽁뽁이 비닐이 걸리적거렸다. 나는 대답으로 온 체중을 실어 에어캡을 우두둑 터트렸다. 수조에 물이 차오르고 있었다.

— 조금만 기다려어? 물 다 받으면 아빠가 구해줄께에?

남편은 플래티넘 하프 문 레드 테일과 레이 누카 알비노 풀 레드, 와일드 풀 레드 글라스 벨리들을 혀 짧은 소리로 어르더니, 다시 노래를 흥얼거렸다. 내게는 전부 구피였고, 국거리용 멸치만도 못해 보였다.

일상에 무용한 물고기의 이름은 최근에 읽기 시작한 책을 상기시켰다. 갑자기 아우렐리아노 부엔디아 대령의 전개가 어떻게 됐는지 궁금했다. 가문의 히어로 호세 아르카디오 부엔디아가 죽는 장면의 기막힌 묘사를 다시 읽고 싶었고, 아우렐리아노 세군도와 호세 아르카디오 세군도 쌍둥이가 어떻게 살고 있는지 궁금했으며, 미녀 레메디오스의 자유로운 모습을 보고 싶었다. 최대한 긴 이름의 인물이 구피처럼 떼로 등장하는 소설이 당장 필요했다.
 물이 거의 채워지자, 남편은 물고기를 수조에 풀었다. 그러곤 앞에 의자를 갖다 놓고 유영하는 구피들을 관람했다. 나는 읽다 만 책을 찾으러 방으로 들어갔다.
 백 년 동안만 고독할 것 같지는 않았다.

*

 아침부터 머리가 무거웠다. 눈꺼풀 안에 요철이라도 생긴 듯 깜빡일 때마다 눈알이 쓸려 아팠다. 나는 자리에 앉자마자 노트북 위에 엎드렸다. 거실에 둔 어항이 문제였다. 여과기에서 순환하는 물은 일정한 속도로 흐르다가 소용돌이를 만들며 유리에 부딪쳤고, 산소공급용 브로와는 어항 밑바닥에서 요란한 소리를 내며 기포를 만들었다. 밤이 되면 소리가 웅장해졌는데, 문제는 내가 밤에도 글을 쓴다는 것이었고, 더 큰 문제는 글을 쓸 때면 청력의 감도가 높아진다는 것이었다.
 구피들에게 24시간 신선한 공기를 제공하는 대신, 나는 산소가 희박한 고지대에 서있는 것 같았다. 온전히 집중해도 문장이 제대로 나올까 말까 한 상황에, 소음까지 견디려니 두통에 한숨까지 나왔다. 지난밤에는 쓰기로 한 분량을 채우지도 못했다.
 원고 마감은 나 스스로 정한 것이었다. 습작하는 것과는 별개로, 잠자리에 들기 전 하루에 A4 한쪽을, 죽이 되든 밥이 되든, 일기든 편지든 아니면 세상을 향한 욕지거리든 써 보는 게 목표였다. 오늘 안 쓰면 내일도 안 쓸게 분명했으므로, 건너뛰는 건 생각할 수 없었다. 20년을 한 직장에서 단 한 번의 지각이나 결근도 없던 정도의 근면함으로 글을 쓴다면, 뭐가 돼도 되겠지 하는 각오였고, 회사를 그만둔 이후 주말을 제외하고는 약속을 지켜왔던 것이다. 계획이 틀어진 건 처음이었다.

그 와중에 검열관은 내 뒤로 다가와 가만히 속삭였다.

- 쓰지 않으면 돼.

나는 벌떡 일어났다. 잠깐 잠이 든 모양이었다. 탑 파이브 고시생이 양손에 캔 커피를 들고 있었다.

- 피곤하신가 봐요. 핸드폰 진동이 계속 울렸어요.

부재중 전화 셋. 부동산이었다.

계약 만료일이 다가오자, 집주인은 전세 계약을 연장하는 대신, 집을 내놨다고 통보했다. 상황에 따라 주거의 향방이 결정될 처지였다. 그는 자금이 급해서 여러 부동산에 내놓았으니, 적극적으로 협조해 달라 주문했다.

- 한 집에서 이만큼이면 오래 살았잖아. 오면 잘 보여줘.

남편은 집주인의 절친이라도 되듯 나에게 당부했다. 속히 매매가 돼야 우리도 움직일 수 있다는 게 이유였다. 말은 쉬웠지만 시도 때도 연락이 오는 바람에 하던 일을 접고 집으로 뛰어오는 건 여간 귀찮은 일이 아니었다. 힘들게 집을 보여줘도 대부분은 아이쇼핑을 하듯 집안 구조나 세간 살림을 훑어보고 갈 뿐이었고, 계약으로 이어지지는 않았다. 나는 책상을 대강 정리하고 집으로 향했다.

- 어머, 열대어 많이 키우시네.

부동산 중개인과 한 아주머니가 들어오며 동시에 말했다. 그녀는 지방에서 막 올라왔고, 가계약을 한 상태라고 했다. 아주머니는 대학생인 아들이 나중 장가갈 때 주려고 집이나 한 채 사둘까 한다며 들뜬 표정이었다. '집이나 한 채 살까'라는 말은 '운동화나 한 켤레 살까'라는 말처럼 가벼웠다.

그녀는 집에 들어오자마자 수족관에 꽂힌 모양이었다. 이쯤 되면 남편의 의도는 적중이었다. 처음 방문하는 사람들의 어색함을 단번에 해소할 수 있는 수단으로 안성맞춤이었다.

- 제가 아니고, 남편이 키워요.
- 아이들이 좋아하겠어요. 파란색 예쁘다. 이거 이름이 뭐예요?

어항에 얼굴을 밀착하고 있는 그녀를 보며 난 어디까지 답을 해줘야 하나 잠시 고민했다. 맘에 드는 운동화가 아니면 이것저것 신어보지 말고 이만 가줬으면 하는 종업원의 마음이었다. 잘해주라는 남편의 당부가 떠올랐다.

- 아쿠아마린 블루 테일이에요. 구피.
- 이 주황색은요.
- 플래티넘 하프 문 레드 테일이요.

나는 아쿠아리스트라도 된 것처럼 대답했다. 먹이라도 뿌려서 구피들이 떼로 몰려드는 장관이라도 연출해야 할 판이었다. 중개인은 한 발 떨어져 통화 중이었다.

- 물 갈아주느라 힘들겠어요. 이끼도 많이 낄 텐데.

그녀는 시선을 돌려 거실을 훑어본 다음, 베란다로 갔다. 중개인이 어느새 쪼르르 달려와 말했다.

- 남향이라 해가 아주 잘 듭니다. 겨울에 보일러 안 틀어도 될 정도예요. 이 가격이면 괜찮죠. 어린이집도 붙어있고 초등학교도 바로

앞이에요. 도서관도 가깝고. 안양천도 지척이니 주말엔 한강까지 자전거로 갈 수 있고요. 매물도 잘 안 나와요. 계약 걸어 놓길 진짜 잘하셨어. 이사철 되면 더 올라요.

- 애들 키우긴 참 좋겠다.

이렇게 장점이 많은 줄은 이사 오고 6년 만에 처음 아는 것이었다.

- 근데 저거 다 죽었네. 아까워라. 춘난인가 본데.

아주머니는 베란다 구석에 놓여 있는 화분들을 가리켰다. 몇 달 전 남편이 회사에서 가져온 것이었다. 보라색 꽃이 피었던 난은 집주인을 잘못 만난 죄로 장렬히 전사했고, 이제는 소고기 육포 같은 몰골을 하고 있었다. 특별히 신경 쓴다고 물을 꾸준히 준 게 화근이었다. 난 식물보다 고려청자같이 생긴 화분이 아까웠고, 훗날 요긴하게 쓰리라 내버려 둔 것이었다.

아주머니는 안방으로 갔다가 작은방에 이어 서재를 보더니 의아한 듯 말했다.

- 집이 진짜 깨끗하네. 책이 많네요. 애는 없어요? 새댁이 젊은데.

젊어 보인다는 말은 21세기 들어와서 처음이었다. 아마도 머리 감는 게 귀찮아 하나로 묶은 데다 핑크색 모자 티에 캐릭터가 그려진 남색 수면바지를 입고 팔짱을 낀 채 문지방 위에서 한쪽 다리를 떨며 서 있기 때문인 것 같았다. 아무리 그래도 부동산 계약일뿐인데, 사적인 것까지 건드릴 필요가 있나 싶었고, 남편이 스스로를 아빠라 칭하게 해 준 구피 새끼들을 소개한 바 있으므로 가족관계를 밝힌 거나 마찬가지였다.

- 아기 낳아요. 왜 안 낳아요? 요즘 젊은 사람들, 애를 안 가져서 큰일이야, 큰일.

갑자기 머리에 무언가가 차오르는 느낌이었다. 즉시 뇌수의 계량기를 검침했고 게이지는 안전범위를 벗어나 급격히 빨간색 범위로 움직이고 있었다.

- 안 낳는 거예요, 못 낳는 거예요? 양파즙은 먹어봤어요? 복분자는?
- 요즘 경제가 안 좋아서 다들 안 낳는다잖아요. 사정이 있으시겠지.

중개인은 분위기를 파악한 듯 과장되게 웃었다.

- 시어머니한테 달라고 해요. 아들 키우는 집에 무슨 돈이 그렇게 없대요. 남편은 뭐 해요?

대화의 초점이 사적 범위로 넘어오자, 질문에 명확히 대답해야 할 필요성을 느꼈다. 본격적인 청문회의 시작이었다.

- 토목을 합니다.
- 여기가 신혼집이에요?
- 아뇨. 다른 데서 4년 살았어요.
- 그럼 두 번째 집이구나.
- 아뇨. 그전에 10년 산 집이 있었는데, 팔았죠. 그 전전 집은 뭐더라. 한 2년 살았나. 기억이 안 나네.

아주머니는 좀 혼란스러워 보였다. 중개인은 눈을 깜박이며 손가락을 접었다 폈다 하고 있었다.

- 애가 없는 건 좀 걸리네. 터가 안 좋은가. 배냇저고리를 머리맡에 두고 자면 금방 들어선다던데.

그녀는 거실에서 부엌 개수대로 다가가 수전을 열었다. 수압이 결정적 구매요인이라도 되는 듯 물줄기에 손을 연신 넣었다 뺐다.

― 살기는 어땠어요? 여기서 꽤 사셨으니까.

― 좋죠. 마트가 가까운 게 제일 좋아요. 근데 여긴 정남향 아닌 거 아시죠? 부동산 사이트에 있는 내용 다 과장된 거예요. 정확히는 남동향이라 겨울에 추워요. 저층이고 앞이 막혀서 해도 잘 안 들고요. 늦게 들어오면 주차할 곳도 없어요. 엘리베이터는 지하까지 연결이 안 되고, 자주 멈춰요. 입구 센서등도 오래돼서 밤에 집에 들어오려면 미친년처럼 왔다 갔다 해야 돼요. 결로도 심해요. 베란다 곰팡이 있던 건 제가 다 닦아서 이 정도예요. 재건축은 언제 되려나. 살아생전에 볼 수나 있을까 모르겠네요. 결정적으로 여긴…… 뭘 키우든 다 죽어요.

*

― 잘 좀 얘기하지 그랬어.

계약이 불발된 후, 중개인의 신신당부 위에 남편의 잔소리가 토핑처럼 뿌려졌다. 집에 오자마자 그가 하는 일은 구피들에게 브라인슈림프를 특식으로 주고, 어항을 부분 환수하는 것이었다.

― 그럼 가만히 있어? 그 정도면 점잖은 거 아냐?

― 그딴 말 해봐야 누가 손해냐. 우리만 손해지. 성격이 점점 왜 그래. 센트룸 맨을 오래 먹어서 그런 거 아냐? 우먼 사다 먹으라니까. 돈 아낀다고 같이 먹더니. 안 그러던 사람이 점점 괄괄해지고.

― 내가 괄괄해지는 게 아니라, 인간들이 날 그렇게 만드는 거야. 당신은 기분 안 나빠?

나에겐 고질적인 원인 불명을 가지고 있었는데, 그것은 무작정 글을 쓰고 싶은 마음 외에도 한 가지가 더 있었다.

'세상에 원인 불명이 어디 있겠습니까. 원인을 밝혀내지 못한 의사들이 무능해 보일까 봐 갖다 붙인 거죠.'

마지막 시험관 시술이 실패로 돌아갔을 때 의사가 씁쓸한 표정으로 한 말이었다. 시술할 때 화면에 보인, 12회 만에 처음으로 목격한 5세포기의 눈사람 배아를 3개나 이식하고 혹시 세 쌍둥이가 되면 어쩌나 했었다. 2주 후 피검사 수치는 0. 만신창이였다.

이모는 터널도 걷다 보면 끝이 있다며 위로했다. 난 언제 나타날지 모르는 끄트머리를 찾아 무작정 걷고 싶지만은 않았다. 걷는 것보다 차를 타는 게 낫다고 생각했고, 배터리가 있다면 과감하게 라이트를 켜야 했다. 터널을 벗어나기 위해서라면 실선을 밟아서라도 유턴이나 끼어들기를 하고 싶었다. 그것도 안 된다면 다이너마이트로 천정을 뚫어 산꼭대기로 올라가 터널의 존재 따위는 잊고 사는 게 상책이었다.

- 넌 시대 잘 만난 줄 알아. 조선시대였으면 당신은 소박이었어.

남편은 사이펀으로 침전물을 빨아내며 말했다. 침묵 외에는 할 말이 없었다. 일말의 표정 변화도 없이 저런 말을 하는 능력의 원천은 무엇일까 생각했다. 그것도 열대어의 똥을 담담하게 건져내며. 지금은 조선시대가 아니니까? 아니면 조선시대가 아님에도 불구하고 조상들의 정신을 계승해야 한다는 의무로? 시대를 잘 타고난 것에 대한 감사함을 환기시키기 위해? 그는 날카로운 정적을 느낀 듯 사이펀을 끄고 나를 쳐다봤다. 가늘고 긴 까만 똥이 대롱을 통과하며 작게 부서졌다.

- 아니, 그냥. 그랬을 거라고.

전혀 악의가 없는, 동자승마냥 순수한 표정이었다. 나는 우리가 균열 위를 걷고 있다는 걸 알았다. 무심코 실금을 밟았다간 언제든지 싱크홀로 빠질 수 있었다.

*

장바구니에서 병을 꺼내 뚜껑을 만지작거렸다. 어항에 샘표 진간장 한 병을 전부 부어버리고 싶었다. 나는 와일드 풀 레드 글라스 벨리에게 말했다.
- 니들도 터널 체험 한번 해봐야 되지 않겠니. 우리는 가족이니까.
비닐을 떼고 안전 캡을 열었다. 매운탕 양념을 제조하는 기분으로 조금씩 흘렸다. 구피들이 먹이인 줄 알고 잽싸게 몰려오더니 흠칫하며 사방으로 흩어졌다.

나는 소설을 읽으면 인간을, 아니 인간 전체까지는 아니어도 최소한 나와 가족 정도는 이해할 수 있을 거라 믿었다. 하지만 그건 문학이 인간을 구원한다는 것만큼 터무니없는 믿음이었다.
독자로서는 난 언제나 가해자의 편이었다. 전당포에서 할머니를 죽인 자도, 돈 때문에 아버지를 죽인 아들도, 어린 아들을 쏴버리고 시체가 액체가 될 때까지 끌고 다닌 이혼남도, 창고에 갇혀 있던 아버지에게 선의로 준 손톱깎이가 자살도구가 될 걸 몰랐던 청년에게도 깊은 연민을 느꼈다.
반면에, 뉴스에 오르내리는 범죄자들에겐 쳐 죽일 놈이라며 흥분하였고, 특히 흉악범에게는 그의 가족까지 깡그리 잡아들여 순장을 시켜버려야 한다고 거품을 물었다. 누구든 저지른 일만큼 당하도록 만드는 게, 아니, 가급적 두 배, 세배로 돌려주는 것이 존 롤스도 울고 갈 평등의 개념이라고 생각했다. 그러나 흉악범들도 소설 속 인물이라면 난 동조해 버렸을지 모른다.

반면에 '조선시대였으면 당신은 소박이었어.' 소설의 한 인물이 이 말을 한다면, 독자는 이런 반응일지 모른다. '에이, 요즘 아내한테 그런 말을 하는 사람이 어디 있어. 말도 안 돼.'

이 캐릭터를 어떻게 하면 납득 가능한 인물로 만들 것인가. 어떤 상황이어야 이 한마디가 설득력을 가질까. 뭐라고 설명해 줘야 이해가 될까.

왜 현실에 있는 일을 소설화하면 개연성이 떨어지는 것인가. 소설 속에 있는 사건을 밖으로 가져올 땐 왜 개연성이 사라지나. 둘의 개연성은 어떻게 서로 다른가.

아마도 모순이라는 것은 픽션과 논픽션이 오가는 가상의 구름다리 위에서 만들어졌는지도 모른다. 나는 다리 한가운데 서서 양쪽을 번갈아 봤다. 반려견을 무릎 위에 앉힌 채 보신탕을 먹는 사람처럼 너무나도 이율배반적인, 앨리스도 이해하지 못할 이상한 나라였다. 그래서 조금 개 같았다. 돈도 못 벌고 애도 못 낳으면서 돈을 쓰고 시간을 쓰고 글을 쓰고 있는 내가. 나는 오리에게 물었다. 네가 그토록 원한 게 바로 이거였냐고.

문화센터 톡 방의 알림음이 울렸다.
'드디어 오늘이네요.'
김 샘의 메시지였다. 곧 백일장 결과 발표인 것을 알자, 최근에 덕을 쌓기는커녕, 악행만 일삼았던 게 후회됐다. 초조함을 달래려 읊조린 권선징악, 인과응보, 사필귀정 등의 4자 성어 릴레이가 신토불이까지 미쳤을 때는 벌써 오후였다.

○○구 문화원 홈피를 클릭했다. '대회에 참가해 주신 ○○구민 여러분께 감사드립니다.' 팝업창을 열자, 당선자인 장 샘의 이름이 제일 먼저 보였다. 시 부문은 열편네 중 참가 전원이 수상자 명단을 차지했다. 역시 예상 가능했던, 꾸준한 습작의 승리였다. 화면을 더 내렸다. 성인 산문 부문 대상 박상윤, '박상윤? 그 사람? 글 잘 쓰나 보네.' 최우수상, 우수상, 가작, 입선. 내 이름은 없었다. 계속 아래로 스크롤했다. 학생 시 부문, 사생대회, 심사평 …… . 끝까지 내렸다.

- 뭐지?

화면을 거꾸로 올렸다. 자세히 살펴봐도 보이지 않았다. 1등을 기대한 건 아니었다. 단지 추억의 일부를 잘 반죽하여 수제비처럼 뚝뚝 떼어 넣은 이야기였으므로 진솔함으로 치면 수상권에는 들겠지 생각한 터였다. 문장연습도 꾸준히 했는데, 그렇다면 내 글은 소통이 어려운 수준인가 자문할 수밖에 없었다.

나는 당선자들의 이름과 제목을 훑어봤다. 대상 - 떠돌이 가족, 최우수상 - 우리는 모두 가족입니다. 우수 - 가족이라는 것. 나의 작품「브란데의 백야와 튀김우동」은 없었다. 문화상품권을 부상으로 받으면 세계문학 전집의 몇 권을 사리라 했던 계획은 떠올리기도 민망했다. 조금 전까지 문장을 두드리던 손가락이 삼복더위의 엿가락처럼 키보드 위에 녹아내렸다. 나의 문장을 이 세상이. 아니, 이 지역 사회조차 몰라주는구나 싶었다.

노트북을 덮고 도서관을 나섰다. 평소보다 이른 귀가였다.

나의 근황을 최신 버전으로 업데이트하자 지수는 계속 피식거렸다. 박장대소의 욕구를 실소로 누르고 있는 게 느껴졌다.

- 피로하고 지친 영혼에게 위로는 못해줄 망정, 웃어?
- 동네 백일장에서 상도 못 타는 실력으로 무슨 소설을 쓰겠다고. 그러니까 뻘짓 하지 말고 회사에서 불렀을 때 못 이긴 척 갔어야지.

지수는 내가 하고 싶은 말을 대신함으로써 상황을 간단히 정리했다.

- 뻘짓이라니. 이거 완전 물질만능주의자네.
- 내 말만 들어봐라. 자다가도 취직한다.

여전히 걱정과 잔소리였다. 곧 이사하려면 목돈이 들 텐데 어떻게 하냐는 거였다. 안 그래도 몇 년 사이에 집값은 급등했고, 전월세 시세도 만만치 않았다.

- 버는 족족 병원에 쏟아붓지만 않았어도 너네도 아파트 한 채는 있었을 텐데.

지수는 요즘 뒷바라지에 바빴다. 아들은 친구들과 힙합 크루를 결성하였고, 유명 오디션 프로그램에서 지역 예선을 통과한 상태였다.

- 본선 심사위원이 도끼더라고. 세상에. 이렇게 만나게 될 줄이야.
- 하라는 공부 안 한다고 난리 치더니.
- 지가 좋아하는 거 한다는데 별수 있겠니. 그게 부모 마음이야. 밀어줘야지.

최근 지수는 동네 보습학원에서 수학 문제지를 채점한다고 했다.

- 이래 봬도 내가 수학과 출신이잖아. 파트타임으로 드디어 전공 살렸다. 여기서 문제. 삼각형 내각의 합은?
- 문과생한테 왜 물어. 네가 재보면 되잖아. 암튼 파이팅이다. 좋

아 보이네. 나보다 훨씬.

금방 아파트 입구였다. 지수는 연습실에 저녁을 넣어주러 가야 한다며 전화를 끊었다.

아이들이 주차 라인 사이에서 캐치볼을 하고 있었다. 뉘 집 아이들이 차 가까이서 저렇게 강속구를 던지는 걸까. 주의를 주려고 다가가는 중에 폰이 울렸다. 0505로 시작되는 번호였다. 분명 홍보용 스팸이나 보험가입 권유 전화 아니면 보이스 피싱 일 거였다. 평소 연락처에 등록되어 있지 않은 번호는 받지 않는 편이었는데, 느낌이 달랐다. 한참을 받지 않아도 벨은 계속 울렸다. 나는 끈질김을 저지하려 초록 동그라미를 터치했다. 상대가 먼저 이야기할 때까지 아무 말 하지 않을 참이었다.

― 여보세요. 박주연 씨 되시나요.

온몸을 의심으로 꽁꽁 동여 메고 귀를 기울였다. 남자였다.

― 박주연 씨 핸드폰 맞나요. 여기 ○○구 백일장 심사위원입니다.

그가 나의 이름을 불러주었을 때 오리는 단숨에 백조가 될 지경이었다. 심사가 잘못된 게 틀림없었다. 점수 합산에 오류가 있었다든가 명단이 누락되었다든가 하는. 어처구니없는 실수를 변명으로 둘러대더라도 너그러이 용서할 자신이 있었다. 나는 속으로 쾌재를 불렀다.

― 네. 전데요.

― 아, 다름이 아니라 드릴 말씀이 있어서요. 저는 이번에 백일장 심사했던 사람입니다.

― 네에. 그런데요?

― 작품은 잘 읽었습니다. 모든 응모작을 꼼꼼히 읽어 본 결과, 박주

연 님 작품이 단연 압도적이었습니다. 심사위원들이 만장일치로「브란데의 백야와 튀김우동」을 1위로 올렸습니다. 습작을 오래 한 흔적이 보였습니다. 문장이 안정되고, 유머러스하며, 무엇보다 눈을 뗄 수 없을 정도로 흥미진진한 이야기였습니다.

- 정말요? 감사합니다.

혹시 발표를 번복하고 대상을 주겠다는 얘기일까 싶어 나는 폰을 귀에 바짝 댔다. 1위면 문화상품권이 얼마였지?

- 하지만 최종심에서 이런 의견이 나왔어요. 과연 이 글이 우리 구민들에게 감동을 줄 수 있는가. 특히 마지막 부분이 논란이 되었죠.

- 국민이요?

- 아니, 구민이요. 물론 저의 견해는 아닙니다만, 자기 가족을 두고 낯선 외국인이 더 가족 같다면, 국민 정서에 반하지 않겠느냐는 심사위원의 의견이 있었습니다.

- 구민 정서요?

- 아뇨, 국민이요. 저희 문화원에서 매년 발간되는 작품집이 나올 예정이거든요. 이번 백일장 수상작들도 실릴 거고요. 구에 있는 모든 공공 기관에 배포가 됩니다. 지역 도서관에도요. 아무래도 대회 목적에 부합하는 작품이면 더 좋겠죠.

나는 마지막 문장이 뭐였는지 떠올렸다.

말 한마디도 하지 않고 자기의 밥만 떠먹는, 서울에 있는 그들이 아니라, 이 수줍음 많은, 터코이즈 색 눈의 shell 주유소 직원이 나에겐 더 가족 같았다. 자정이 가까웠고, 밖은 대낮처럼 환했다.

나는 이마를 쳤다. 글을 쓸 때 구민의 심정을 헤아려 보지 않은 건 큰 불찰이었다.

- 심사를 하다 보면 여러 의견이 나오기 마련이죠. 워낙 잘 쓰셔서 드리는 말씀입니다. 앞으로는 대회의 취지에 맞는 작품을 쓰시면 훨씬 수상에 유리할 것 같아요. 안타까운 마음에 전화 드렸습니다. 원하시면 제출하신 원고를 반환해 드리겠습니다. 규정에 어긋나는 일이긴 한데, 잘 살려서 다른 버전으로 써보시면 어떨까 해서요. 제가 문화원 사무실에 맡겨 놓겠습니다.

익명의 독지가는 소설 공부에 도움이 될 거라며 한 기관을 소개해 주었다. 전·현직 소설가들과 지역 문인들이 운영하는 지역 거점 문학의 집이라고 했다. 나에겐 권역 의료센터만큼이나 든든하게 들렸다. 더불어 그는 당부와도 같은 인사를 남겼다. 통화 중에 지켜왔던 예의와 격식을 다소 무너뜨린 화법이었다.

- 계속 써 주세요, 거침없이.

아이들은 여전히 캐치볼을 하고 있었다. 통화가 종료되는 순간, 옆에 세워져 있던, 남색 말리부의 보닛 위에 하얀 야구공이 세게 튕겼다. 아이들은 차를 흘끔 보더니 계속 공을 던졌다.

잡채의 파토스

독자가 있다는 건 이런 기분일까. 어떤 한 사람이 내 글을 읽는다는 것. 뭔가를 느끼고 동요된다는 것. 같은 이야기를 공유한다는 것만으로도 연결되는 느낌. 대가들의 문장을 읽을 때처럼, 내 글로도 사람들을 움직이게 할 수 있을까. 그럴 가능성이 내게도 있는 걸까. 시간과 공간을 뚫고, 나이와 성별을 뛰어넘어. 이게 말로만 듣던 그놈의 파토스인가 싶었다.

'쓰긴 뭘 쓰냐, 너 같은 애가? 글은 아무나 쓰냐?'

나는 해보라는 말 대신, 하지 말라는 말을 훨씬 더 많이 들었다. 잘못도 없는데 죄책감을 잔뜩 짊어졌던 학창 시절이었다. 친구네 놀러 갔던 어느 날, 우연히 들은 친구 아버지의 한마디는 충격 그 자체였다.

'우리 딸, 하고 싶은 거 다 해. 아빠가 그런 거 하나 못 들어주겠니.'

그러니까 생소했다. 계속 써주세요. 거침없이. 내가 이런 말을 들어도 되는 사람인가? 나의 인생을 향해 누군가 부라보를 외치고 있었다. 일면식도 없는 사람이 푸른 산 빛을 깨치고 단풍나무 숲을 향하여 난 작은 길을 걸어서, 차마 날 깨우고 간 것이다. 오랫동안 땅속에 있던 씨앗이 발아하려 몸을 틀었다. 다른 씨앗들이 고목이 되는 동안 죽은 줄만 알았던 씨였다. 흙 표면이 올라오더니 작은 구멍이 생겼고, 구멍을 중심으로 땅이 갈라졌다.

나는 새 희망을 정수박이에 들이붓기 위해 문학의 집 홈페이지에 접속했다. 시와 소설 분과로 나뉘어 있었다. 소설 쓰기 실습을 하고 마지막 주차에는 합평을 진행하는 모양이었다. 검색창에 합평을 쳤다. '여러 사람이 모여서 의견을 주고받으며 비평함.' 아래에는 각종 합평에 대한 포스팅이 이어졌다. 여러 블로그를 훑어보았다. 고민 끝에 한 사람에게 쪽지를 보냈다. 문창과를 나와 대학원에 다닌다는, '문창과 잔혹사' 연재로 유명한 블로거였다.

　'안녕하세요. 본격적으로 소설을 공부해 보려는 40대 아줌마입니다. 어릴 때부터 소설 쓰는 게 꿈이었거든요. 그런데 합평이란 게 어떤 식으로 진행되는 건가요? 준비해야 할 건 뭘까요.'

　보내기를 클릭했다. 써 놓은 작품 중에 남에게 보일만한 게 있을까 생각해 봤다. 당연히 모두 미비했다. 자가진단을 해보자면, 누군가에게 읽히길 기대하며 글을 쓰지만, 정작 읽힐 생각을 하면 아무것도 쓸 수가 없는 상태였다.

　- 안 쓰면 훨씬 편하게 살 수 있는데. 무엇이 나를 이토록 열망하게 할까.

　나는 답장을 기다리며 마우스 휠을 스크롤했다. 허파에 헛바람이 드는 것 같았고, 그게 태풍이 되길 바랐다.

　시동생 커플이 방문하는 날이었다. 나는 내 요리 실력을 알았고, 새 식구가 될 사람에게 배달음식을 대접하는 건 예의가 아니라는 것도 잘 알고 있었다. 재료를 사다 몇 가지 한식 요리를 만들어 봤다. 요리책에 쓰인 한 소끔, 조물조물, 바르륵 같은 단어들과 씨름한 결과, 상당량의 결과물이 음식물 쓰레기통으로 향했다. 나의 우려가 어떻게 닿았는지 어머니는 먹을 것을 하나 가득 보내주었다.

　- 당신은 시어머니 하나는 진짜 잘 만났어.

　- 나도 알아. 다른 건 모르겠고, 그건 인정.

　- 지금이라도 슬슬 요리를 배워둬야 하지 않아? 제사상 차릴 연습은 해놔야지. 자기가 맏며느리니까.

남편은 가끔 타임머신을 타고 과거와 현재를 오갔는데, 그 기계는 결코 미래로 가는 기능은 없어 보였다. 나는 청동거울을 가슴에 매단 제사장이 된 것처럼 막중한 책임감을 느꼈지만, 책임은 지고 싶지 않은 마음이었다.

결혼할 사람은 시동생보다 세 살 연상이었고, 나와는 동갑이었다. 본인은 비혼주의자라고 끈질기게 주장했던 그는 일본으로 휴가를 갔다가 여자 친구를 만났다. 그녀 역시 비혼주의였다고. 비혼주의자들끼리 만나 비혼에 대해 얘기를 하고, 비혼에 격한 공감을 하다 결혼을 하기로 했다는 그들은 진정한 아이러니의 귀재들이었다.

인터폰이 울리고 나는 다섯을 세었다. 물고기 액션. 5, 4, 3, 2, 1, 큐.

- 와, 어항 좀 봐.
- 안녕하세요.

시동생은 여자 친구의 손을 꼭 잡고 있었다. 남편이 미리 세팅해 놓은 장치 덕분에 시작은 좋았다. 구피에 대한 정보와 관리의 번거로움, 그럼에도 불구하고 자연이 주는 아름다움에 관한 이야기가 인사의 대부분이었다.

그녀는 앳돼 보였다. 키가 크고 군살 없는 몸매에 세련된 옷차림이었다. 비혼이 삶의 모토였다는 게 어울리지 않아 보였고, 세상의 깨끗한 면만 보고 자란 듯 한 인상이었다. 나는 찬을 접시에 덜어 식탁으로 날랐다. 여러 번 도전 끝에 그나마 수려한 외관을 가진 잡채도 같이 올렸다. 맛없으면 먹다 말겠지 하는 생각이었다. 여자 친구는 다소곳이 자리에 앉았다.

- 형수님, 많이 차리셨네요. 요리 실력이 늘었나 봐요.

- 다 엄마가 보낸 거야. 잡채만 빼고. 안 그래도 아까 얘기했어. 나중에 부모님 제사라도 지내려면 요리 연습 좀 하라고.
- 형은 너무 완벽을 요구해. 뭐든지 다 잘하는 여자가 어디 있어. 형수님은 요리하는 것보다 캐리어 끌고 출장 다니는 게 더 어울리는 사람이야.
- 사람이 어울리는 데로만 살 수 있나요.
- 옛날에 형수님이 차에서 통화하는 걸 우연히 봤거든. 비가 엄청나게 오는 날이었는데 전화하다가 갑자기 비상등을 켜더니 액셀을 확 밟는 거야. 빗물이 홍해 바다처럼 양쪽으로 갈라지면서 촤악. 핸드폰 들고 다른 손으로 핸들을 돌리면서 유턴을 하는데. 완전 드리프트가. 와. 계속 영어로 얘기하면서. 근데 더 신기한 건 눈은 주식 단말기에 가 있더라고. 형 같으면 동시에 다 할 수 있어?
- 자기 무서웠겠다.

여자 친구가 웃으며 말했다.

- 샘플을 보내라고 연락이 와서. 좀 급했어요. 그때.
- 형은 혜안이 있어. 초등학교 같은 반일 때 형수님을 찍었다잖아. 자기야, 형수님 당구도 잘 치셔. 내가 군대 휴가 나왔을 때 다 같이 당구 친 적 있거든. 시네루가 장난 아닌 거지. 그때 당구 치는 여자가 어디 있었어? 포켓이나 좀 쳤지. 옆 팀들이 다 구경하러 왔잖아. 기억나요? 갤러리가 얼마나 많았는지.
- 지금은 30도 못 칠걸요. 이따 쓰리쿠션이나 치러 갈까요? 간만에. 둘씩 겐뻬이 먹고.
- 아무튼 형수님은 집에서 썩긴 좀 아까워.
- 썩다니. 지금 네 형수가 얼마나 편하게 사는 줄 알아? 남편이 돈

벌어다 주지. 살 집 있지. 차 있지. 매일 글이나 쓰고 운동 다니고. 나 같이 하고 싶은 거 밀어주는 남편이 어디 있어. 나도 그렇게 좀 살아봤으면 좋겠다.

- 형수, 글 써요? 무슨 글?
- 제 뒷담화는 뒤에서 하시고, 여러분 얘기나 좀 하죠. 결혼 준비 잘 돼가요?
- 장모님이 하도 서두르셔서요. 저희가 신경 쓸 게 없을 정도예요.
- 집은?
- 처갓집 아래로 들어가게 될 것 같아. 우리 자기가 외동이잖아.

여자 친구는 잡채를 후룩후룩 먹고 있었다. 이 많은 음식 중에 왜 저걸 먹는 거지? 나는 작은 접시에 갈비찜을 덜어 그녀 앞에 놔주었으나, 밥과 잡채만 먹을 뿐, 다른 음식엔 손도 대지 않았다.

그녀는 과묵해 보였지만, 대화 중간에 간간히 끼고, 입을 가리고 웃기도 했으며, 심각한 표정으로 끄덕이는 등 분위기를 맞출 줄 알았다. 가끔 시동생을 자랑스러운 눈으로 바라보기도 했다.

식사가 끝나자 그녀가 정리를 거들겠다고 나섰다. 내가 극구 만류했는데도 고무장갑을 끼더니 수세미에 거품까지 내고 있었다. 두 남자는 어항을 들여다보느라 바빴다.

- 맛있어요, 잡채.
- 억지로 먹은 거 다 알아요. 나도 혀가 있는 사람이라.
- 진짜 맛있는데.

그녀가 해맑게 웃었다. 너무나 해맑아서 결혼하지 말라고 얘기해주고 싶은 충동이 일었다. 사라질지도 몰라요. 그 행복이. 비혼주의는 지상에 존재하는 모든 이즘 중 가장 최상의 개념이라는 걸 기혼녀

대표로 상기시키고 싶었다.

- 뭐라고 불러야 할지.

우리는 언니 동생 하기엔 나이가 같았고, 친구처럼 지내기엔 막역할 수 없었으며, 형님 동서라 부르기에도 어색했다.

- 세정 씨라고 부를게요. 동서라는 호칭은 좀 올드해 보여서.

- 저는 형님이라고 해도 되죠? 저는 이런 호칭이 좋아요. 앞으로 잘 부탁드려요.

- 저한테 뭘요.

우리는 좁은 싱크대 앞에서 비로소 통성명을 했다. 쌓여있는 그릇에 물을 뿌려가며 그녀가 수세미로 접시를 문질렀다. 나는 닦은 걸 헹궈 건조대에 얹었다.

- 저, 근데 여쭤볼 게 있어요.

- 네, 말해 봐요.

- 근데, 처음 뵙는 날 이런 말씀을 드려도 될지.

- 괜찮아요.

- 오늘 아니면 기회가 없을 것 같아서요.

- 그래요? 그럼 꼭 들어봐야겠네요.

- 조심스럽기는 한데. 혹시, 저.

무슨 얘기일까 싶어 나는 물을 잠갔다.

- 임신해도 될까요?

나는 컵을 떨어뜨릴 뻔했다. 나는 그녀를 처다 보았다.

- 제가 먼저 임신하면 안 돼요?

- 그걸 왜 저한테 물어봐요?

- 어머님이 하지 말라고 하셨거든요. 형님이 먼저 애 가지면 그다

음에 하라고. 그런데 아시다시피 결혼도 늦었고, 나이도 있고…….

나는 물을 세게 틀었다. 두 남자가 듣지 않았으면 하는 바람이었다.

- 앞으로 그런 건 물어보지 않아도 돼요. 가족계획이야 각자 알아서 하는 거고. 어머니께서 뭘 걱정하시는지는 알겠는데. 그건 제가 따로 말씀드릴게요.

그녀는 안도하는 표정이었다. 음식물 찌꺼기 때문에 수채 구멍에 물이 고였다.

후식으로 커피와 사과 한 접시를 냈다. 차와 과일. 둘은 전혀 어울리지 않았다. 처음 개시한 원두는 무척 썼다. 나는 설탕을 넣었다. 하나, 둘, 세 스푼……. 남편이 그만 넣으라며 내 손목을 잡았다. 그 뒤로 무슨 대화가 오가는지 들리지 않았다.

커플이 돌아간 후, 그녀가 형님이 너무 좋은 분이라 했다는 걸 남편한테 들었다. 그런 뒷 담화는 앞에서 해도 되는데. 왜 사람들은 앞에서 얘기할 걸 뒤에서 하고, 뒤에서 말해도 되는 건 앞에서 하는 걸까. 어쩌다가 나는 남의 임신을 허락해야 하는 사람이 되었을까. 왜 어떤 사람은 나 때문에 그런 것까지 고민하나.

'그냥 하지 마, 넌 아무것도.'

내가 병원에 다닌다고 했을 때 엄마가 했던 말이었다. 어릴 때부터 내게 늘 했던 말과 똑같았다.

'결혼하고 한참 돼도 애가 안 생기면, 남들은 좋다는 건 다 찾아다 먹여. 오히려 병원 가 보자고 엄마가 끌고 가야 되는 거 아니야? 거기에 종교를 왜 갖다 붙여.'

'시험관이라는 거 어떻게 하는지 엄마도 다 알아. 좋은 것만 쓰고,

남는 건 다 버린다며. 그것도 다 생명이야. 너 그러다 벌 받아.'

'이미 충분히 벌 받고 있어. 엄마가 내 마음을 알아? 엄마는, 그렇게 좋아하는 종교 믿어서 행복했어? 세상 돌아가는 거 봐봐. 재혼하는 사람도 성당에서 떳떳하게 결혼하는 시대야.'

'아이는 하느님이 주시는 선물이야. 강제로 해서 되는 게 아니야.'

누구에겐 하룻밤의 실수로도 생기는 게 아이였지만, 나에겐 수능을 찍어서 다 맞을 확률에 수렴했다. 로또 1등보다 더 낮은 가능성을 조금이라도 끌어올리고자 했던 시도로, 나는 패륜아가 되었다. 엄마에게 나는 생명 윤리를 경시하고, 인간의 배아를 원자재 취급하며, 아이를 행복의 도구로 삼는 사람일 뿐이었다.

나를 낳지도 않은 시어머니가 나를 딸처럼 여기는 마음과 나를 낳은 엄마가 나를 남처럼 생각하는 마음, 양쪽 모두 헤아릴 수 없었다. 전부 정답이 아닌 것 같았다. 왜 이럴까. 왜 이런 식으로 세상이 돌아갈까. 자꾸 겐세이 놓는 공을 맛세이로 찍어버리고 싶은 심정이었다. 당구 다이가 찢어지더라도.

남은 커피에 찬물을 잔뜩 타서 한 번에 들이켰다.

방으로 들어와 컴퓨터를 켰다. 쪽지가 와 있었다. 블로거의 긴 답장이었다.

　　대단치도 않지만 문창과 졸업한 입장에서 말씀드리자면, 합평은 누가 더 치밀하게 준비하느냐로 결과가 달라지는 것 같아요. 합평을 앞두셨다면 토막 시간을 조금씩 활용해서 자신의 작품을 검토하여 작품에 최대한 후회를 남기지 않는 편이 좋습니다. 그래서 본인의 작품에 대해 누구보다 많이 파악을 해두셔야 동료들의 평가를 객관적으로 받아들이고, 부족한 부분을 보완할 수 있습니다. 앞으로 합평 시간을 즐겁게 느끼실 수 있기를 바라는 마음에서 몇 마디 주제넘게 늘어놓았네요.

슈트름 님을 보니 창작을 시작하는 데에 나이는 중요치 않다는 걸 다시금 새기게 됩니다. 건필하세요!

나이가 중요치 않다는 말은 나이가 중요하다는 것처럼 들리는 마법이 있었다. 내가 그렇게 나이를 먹었나 곰곰이 생각했다. 배가 고팠다.

남편은 어항 앞에 누워 잠들어 있었다. 식탁 위에 잡채가 보였다. 면은 까맸고, 식어서 약간 굳어 있었다. 한 가닥을 집어 먹자마자, 나는 접시 째 들고 가 음식물 쓰레기통에 전부 쏟아 버렸다.

어떻게 저런 걸 맛있다고 먹었을까. 나는 라면을 끓여 먹었다, 계란까지 넣어서.

그들의 라운드

내게도 블로거처럼 나이는 숫자에 불과하다고 생각할 때가 있었다. 가진 게 아무것도 없으면서 모든 걸 다 가지고 있던 시절이었다.

우리 동아리는 고가의 486 삼보 컴퓨터를 보유하고 있었다. 나는 그걸 사유재산인 양 독점해 소설을 썼다. 서른이 되기 전에 작가가 되겠다는 꿈 때문이었다. 공강 시간에 자리를 차지하고 앉아 한메타자 연습을 하는 친구들은 강스파이크로 응징했다. 어디 대문호가 될 사람을 한낱 지뢰 찾기나 프린세스메이커, NBA농구로 가로막는단 말인가. 내가 나타나면 선배나 동기들은 슬금슬금 자리를 비켜주었다.

나는 멀리서 들려오는 풍물소리를 백색소음 삼아 뭔가를 쳤다. 문장이라기엔 어려운, 단어를 한 줄 기차로 세워놓은 잡문이었다. 형용사와 부사, 감탄사가 난무하고, 온갖 미사여구로 겉멋이 가득했다. 전공이나 학점과는 하등 관련 없는 짓이었다. 창밖으로 푸른 잔디 언덕이 보였다. 가파른 언덕 위엔 흡사 파르테논 신전을 닮은 인문관이 있었는데, 저녁이 되면 건물 뒤로 노을이 졌다. 몇 개의 단락을 만들고, 내가 조금 나은 사람이 된 느낌이 들면 밖은 어두워진 뒤였다. 밤이면 아래층 총학생회는 떠들썩했다.

학생회관에는 여자 화장실이 한 개뿐이었다. 나는 어두운 복도를 지나 1층까지 내려가기가 귀찮아 같은 층의 남자 화장실을 썼다. 간혹 한 학생을 마주치곤 했는데, 그는 남자 화장실을 쓰는 게 남자의 치명적인 실수라도 되는 듯, 나에게 연신 고개를 주억거렸다. 난 그가 사회대 학생회장이라는 것을 나중에야 알았다.

학생운동에 열정적이었던 그는 어느 날 회의실에서 쓰러진 채 발견되었다. 입원한 지 한 달 만에 급성 백혈병으로 세상을 떴을 때, 매일 밤 그와 술잔을 기울이던 이들 중 누구도 장례식장을 찾지 않았다. 우루과이라운드를 반대하고 쌀 수입을 저지하여 농촌을 지키자고 결의하던 이들이었다.

그를 무척 좋아했으나 한 번도 내색하지 않았던 내 친구는 홀로 발인을 지켰다. 퉁퉁 부은 눈으로 그가 못다 한 일을 대신해야겠다고 중얼거리던 그녀는, 다음날 삭발을 감행했다. 그녀의 길고 찰랑이는 머리를 포함한 모든 것을 아무도 모르게 흠모했던 또 다른 친구는 혼자 술을 마셨다.

그날도 나는 손바닥만 한 플로피 디스크에 워드 파일을 저장해 집으로 가는 길이었다. 늦은 밤, 누군가가 역 앞에 주차된 차량들의 백미러를 모조리 부수고 다니는 것을 목격했다. 나는 그가 누구인지 곧 알 수 있었고, 뛰어가서 온 힘을 다해 그를 말렸다. 행인들은 재미있는 구경거리인 듯 멀찌감치 지켜보기만 했다. 날뛰는 그를 붙드느라 발길질을 피할 수 없었고, 여기저기 멍이 들었다.

우리는 녹초가 되어 구멍가게 평상에 쓰러졌다. 벚나무가 머리 위로 하얀 꽃송이를 흩뿌렸다. 그는 다소 진정이 된 것 같았다. 나는 캔 음료를 따서 내밀었다.

'야 이 개새야. 너 때문에 막차 놓쳤어. 그나저나 저건 다 어떡할 건데, 어?'

'너도 한번 해봐. 속이 시원하다.'

그는 피식피식 웃었다.

'넌 여태 글 쓴 거냐, 또?'

솔의 눈을 마시고 정신이 든 모양이었다. 자신은 분단국의 청년 학도로서 미 제국주의로부터 나라를 구하고 통일 조국을 이루는 게 급선무였는데, 생각이 바뀌었다고 했다. 먼저 그녀부터 구해야겠다는 거였다. 그의 눈빛은 취기 때문인지 더욱 결연해 보였다.
'네 학점이나 구해, 이 병신아.'
나는 이 가엾은 친구들의 이야기를 써서 학보사에 투고했다. 제목은 「그들의 라운드」. 원고료라도 받으면 수리비에 보태줄 생각, 도물론 있었지만, 모쪼록 대의명분보다는 가까이 있는 사람부터 보듬어 보자는 내용이었다.

영석은 세수를 하고 거울을 봤다. 창백한 얼굴에 검은 멍이 보였다. 소매를 걷었다. 팔에도 군데군데 검푸른 점이 보였다. 술을 마셔도 항상 꼿꼿한 그였다. 어디 부딪친 기억도 없었다. 어디서 이런 멍이 들었을까. 그는 팔의 점을 꾹 눌러보았다. 아프지 않았다. 그때 한 여학생이 불쑥 들어왔다. 영석은 깜짝 놀라 화장실에서 뛰어나왔다. 문에는 파란 글자가 또렷하게 박혀 있었다. Gentleman.

주희는 영석 어머니에게 절을 했다. 빈소에는 아버지와 누나뿐이었다. 그들은 새파랗던 자식이 황망히 갔으므로, 조용히 장례를 치르고 싶다고 했다. 매일 밤샘 마라톤 회의를 해가며 구국을 외치던 선배들은 하나도 보이지 않았다. 술 마시자고 하면 한밤중에도 총알택시를 타고 나타나던 인간들이 어쩌면 이럴 수가 있지. 이게 무슨 동지야.

성호는 남아 있는 청하를 맥주 컵에 따르고 한 번에 들이켰다. 계산을 하려는데 바지 뒷주머니가 허전했다. 주인아저씨에게 학생증을 맡겼다. 밤이 깊었다. 길가에 서 있던 차들의 백미러가 학생회 집행부의 얼굴로 보였다. 모두 자길 비웃고 있었다. 그들이 말했다. 주희를 그렇게 좋아하면 진작 말하지 그랬어. 성호는 안면에 차례로 하이 킥을 날렸다. 총학생회장, 부총학생회장, 집행국장, 협력국장, 기획국장…….

 나보다 먼저 머리에 피가 마르기 시작한 편집장은 원고를 읽더니 말했다.
 '너 개량 좌파냐? 아님 프락치?'
 가뜩이나 운동권이 쇠락해가고 있는 분위기인데 이런 내용을 싣는 건 도움이 안 되며, 학보의 논조와도 맞지 않다는 거였다. 그는 내가 들고 있는 책을 보더니 웃었다.
 '수준 뭐냐. 참나. 요새 춤 배우나?'
 「댄스, 댄스, 댄스」. 무라카미 하루키도 모르는 미개인이 내 앞에 앉아 있었다. 그는 담배를 깊이 들이마시더니, 나를 향해 코로 길게 연기를 내뿜었다. 금방이라도 용이 되어 승천할 것 같은 모습이었다. 저렇게 코펠을 재떨이로 쓰고 그 위에 가래침을 뱉는 자가 무슨 논조 따위를 운운하는 걸까. 나는 내용이 별로면 관두자고 하며 손으로 연기를 휘휘 저었고, 원고를 냅다 뺏었다. 학보사의 육중한 철문을 밀고 나오며, 그가 뒤에서 읊조리는 소리를 들었다.
 '글 한번 존나 센치하네.'
 그날 이후로 센치하다는 건 센티멘털, 즉 감상적이라는 뜻의 단어가 아니라 무의의 육두문자였다. 그래서 나도 모르게 센치해지지 않도록 무척 조심하게 되었는데, 그럼에도 불구하고 어쩔 수 없을 때가 있었다. 그녀로부터 나온 한마디 때문이었다. 인류 역사상 그 어디에 있지도 않고, 있어서도 안 되는 우울한 의문문이었다. '임신해도 될까요?' 영어로 하면 어떨까. 'Can I get pregnant?' 우리말에는 없는 조동사까지 필요했다. 다시 한글로 변환해 봤다. 원문이 바뀌었다. '임신할 수 있을까요?' 나한테 물어보는 건가? 파파고를 동원해도 생뚱맞은, 앵무새도 절대 따라 하지 않을 비문이었다. 마치 와인을 테이스팅 하는 것처럼 나는 그 말을 한가득 물었다가 우물거렸으며 급기야 뱉어냈다.

나는 이모에게 메시지를 보냈다.

'동서 될 사람이 나한테 묻더라고, 임신할 수 있냐고.'

*

도서관에 1등으로 도착한 건 오랜만이었다. 사서는 입구의 도서 반납함을 열어 책을 꺼내고 있었다.

- 고생 많으세요, 아침부터.
- 네네 오셨어요. 소설은 잘 돼가세요?
- 글렀어요. 확신이 드는 작품이 없어서요.
- 그래도 써 놓은 게 있으면 여기저기 투고해 보시는 게 좋아요.

그는 내가 도서관 죽순이라는 것뿐 아니라, 탑 파이브의 동향까지 꿰뚫고 있었다. 그는 대출, 열람, 자료 구입은 물론, 자잘한 독서 프로그램까지 관리하고 있었는데, 볼 때마다 말라 갔다. 나는 북 카트를 끌고 오는 그를 앞서가 승강기 버튼을 눌렀다.

- 요즘은 어떤 책이 잘 나가요?
- 아무래도 자기개발서가 대세죠. 김미경 이라든가. 소설은 「82년

생 김지영」, 에세이는 「언어의 온도」. 대기가 제일 길어요. 히가시노 게이고는 꾸준하고요.

- 그렇군요. 그럼 잘 메모해 놨다가 3년 뒤에 읽어봐야겠어요.
- 3년은 왜요?
- 그때도 대기가 길면 그 책은 진짜겠죠. 그냥 제 나름의 기준이에요. 책은 묵은지처럼 곰삭아야 진가를 알 수 있으니까.
- 3년 동안 대기가 긴 책이라……. 언뜻 생각나는 게 없네요. 아, 「샬롯의 거미줄」?
- 하긴 저도 항상 고민해요. 어떤 책을 읽을까. 어느 책이 내 인생에 더 도움이 될까. 「모래의 여자」일까, 아니면 「대한민국 부동산 대전망」일까.

사서는 웃으며 카트를 밀었다.

- 신춘문예에 당선되면 꼭 알려주세요. 제가 현수막 걸어 드릴게요.

처음 도서관에 정착했을 때, 나는 그를 볼 때마다 소설 창작반을 만들어달라고 졸랐다. 나만의 책 만들기, 어린이 책 작가교실, 동시 쓰기, 책으로 말 걸기, 영어 동화책 읽기, 시 창작반, 치유의 글쓰기, 어르신 자서전 쓰기 같은 많은 프로그램 중, 왜 소설만 없냐고 따지기까지 했다.

사서는 '글쎄요. 소설이라…….' 하며 난감해했지만, 나의 끈질긴 구애 끝에 강사를 섭외하고 강좌를 모집해 주었다. 신청 인원은 나 한 명뿐이었다. 화려한 폐강이었다. 그 사건은 나를 문학에 질척거리고, 공짜를 좋아하며, 여차하면 진상을 부리는 동네 아줌마로 인식시키기에 충분했다.

그래도 문학 계간지가 입고되면 그는 나에게 먼저 알려줬고, 독후

감 공모전 정보도 챙겨주었다. 그는 나의 거주지 반경 1킬로미터 내에서 글 쓰는 것을 지지해 주는 유일한 이였다.

노트북을 켜고 최근 문서 대신, 예전에 쓰다 만 파일을 불러왔다. 등장인물들은 '그대로 멈춰라'의 노래에 맞춘 듯 동작 그만의 자세로 있었는데, 눈은 나를 째려보고 있었다. 특히 주인공 아이가 그랬다. 지금이라도 내가 만들어 놓은 인물을 책임져야 할 것 같았다.

엄마를 닮아 발이 큰 여자아이에 관한 이야기였고, 발에 관한 소설은 아무도 쓰지 못하게 만들어 버린 「후미코의 발」과는 완전히 대척점에 있는, 대물림의 원형을 건드린 소설이었다.

이 이야기를 마무리할 때, 나는 신춘문예에 관해 믿거나 말거나 한 정보들을 수집하고 있었다. 주목할 만한 것은 당선작은 1월 1일 신문에 게재된다는 것, 따라서 독자들이 새해 첫날에 읽기 좋은 희망찬 내용이어야 한다는 것이었다. 당선 확률을 높이기 위해서는, 다시 말해 신문사에 민원전화가 빗발치지 않기 위해서는 문체나 구성에 실험 따위는 하지 말아야 한다는 것도 일리가 있었다. '새해 벽두부터 누가 남의 발 얘기를 읽고 싶겠어?' 하고 단칼에 접은 이야기였다. 제목은 「미모사」.

아버지는 무슨 계집애가 제 엄마를 닮아 먹는 족족 발로 가느냐고 했다. "처먹은 건 대가리로 가야지!" 하고 내 머리를 쥐어박았다. 네 신발을 사느라 집안 거덜나겠다고 야단이었다. 신발이 눈에 띄지 않아야 했다. 나는 학교에 다녀오면 실내화로 갈아 신고, 운동화를 숨긴 뒤 현관으로 갔다. 운동화를 신주머니에 넣고 신발장에 넣어두는 것이다.

아버지는 엄마가 차려준 밥을 먹는 게 세상에서 가장 끔찍한 일이라고 했다. 엄마는 조용히 사라졌다. 언니와 나는 뒷산에도 가보고, 축사를 돌며 동네 어르신들에게도 물어보았지만 본 사람이 없었다. 식당에도 가봤지만 마찬가지였다. 언니는 엄마가 파란색 슬리퍼를 신고 갔으니까 곧 돌아올 거라며 나를 위로했다.

"엄마는 멀리 갈 때 갈색 슬리퍼 신잖아."

엄마는 며칠이 지나도 돌아오지 않았고, 아버지에게 삼시 세끼와 주반을 진상하는 일은 언니의 몫이 되었다. 중학생이었던 언니는 어깨너머로 배운 솜씨로 감자를 갈아 전을 부치거나, 가지를 삶아 무치거나, 된장국을 연하게 끓여 냈다. 밀가루를 반죽해 수제비도 만들었다. 멸치국물에 반죽을 한입 크기로 떼어 던져 넣을 때마다 언니는 박자에 맞춰 중얼거리곤 했다.

"씨팔, 퐁당. 미친 새끼, 퐁당. 개새끼, 퐁당."

이 아버지는 아내가 주는 밥보다 딸이 차려주는 게 더 맛있었을까? 내가 만들어 낸 인물이지만 그의 속을 알 수 없었다.

아버지를 조용히 시키는 방법은 두 가지였다. 하나는 그를 배고프지 않게 하는 것이고, 다른 하나는 엄마를 연상시키는 물건을 보이지 않게 하는 것이었다. 첫 번째 방법은 언니가 해결하고 있었으므로 두 번째는 내가 맡았다. 신발 숨바꼭질은 계속되었다. 내 발은 최대한 아버지의 눈에 띄지 않아야 했다. 주로 책상에 앉아 있었고, 바닥에 엎드릴 때는 이불로 다리를 덮었다. 책상 아래로 깊숙이 발을 뻗고 책을 읽으면, 아버지는 벌건 얼굴에 꼬부라진 혀로 말했다.

"그래. 앞으로는 여자도 대통령이 되는 시대가 올 테니까. 니들은 공부 열심히 해야 한다."

아버지는 흡족해하며 방문을 닫았다. 언니는 중얼거렸다.

"여자 대통령은 개뿔. 미친 새끼. 개새끼."

욕이 너무 많은 거 아닐까, 새해용으로는, 그것도 중학생이 아버지에게.

며칠이 지나 엄마는 파란 슬리퍼를 끌고 돌아왔다. 아무도 어디서 뭘 했냐는 질문은 하지 않았다. 엄마는 식당과 텃밭을 오가며 부지런히 몸을 놀렸고, 웬일인지 아버지도 조용했다. 아무 일 없던 듯 일상이 돌아가기 시작했다. 무럭무럭 자라는 내 발을 제외하면 모든 것은 평화로워 보이기까지 했다. 한 바가지의 물만 부어주면 훌쩍 자라는 콩나물처럼 발은 쑤욱 길어졌다.

- 이 소설에서 얻을 수 있는 건 뭘까?
검열관이 뒤에서 고개를 쑥 내밀었다. 아, 깜짝이야.
- 의미가 없으면 재미라도 있어야 하고, 재미가 없으면 의미라도 있어야지. 둘 다 없으면 시대정신이라도 살아 있던가.
난 그를 노려봤다. 역시 이놈을 견제하기 위해서는 내 작품을 읽어줄 사람이 필요했다. 다시 문화센터라도 나가 봐야 하나. 백일장에서 참담하게 탈락했으므로, 그들 앞에서 더 이상 진지한 표정을 지을 수 없을 것 같았다. 심사 위원한테 전화를 받았다고 한들, 누가 뭘 알아줄 것인가.

그때 폰이 울렸다. 엄마였다.

*

- 밥은 먹고 다니냐.
- 먹지. 아주 많이 먹고 다녀서 탈이지.
- 사돈한테 전화 왔더라. 넌 어떻게 시동생이 결혼하는데 연락도 없냐.
- 집 알아보느라 바빴어.

난 대충 둘러댔다.

- 갈 곳은 정하고?
- 아직. 전세가 다 올라서. 비슷하게 가려면 대출 좀 받아야 하고. 아니면 줄여서 가든가.
- 넌 요새 뭐 하는데?
- 아무것도 안 해. 먹고 자고, 가끔 운동이나 가고. 엄마는?
- 지금 아침 미사 보고 오는 길이야. 오늘 김 서방 세례명 축일 아니냐. 생미사 드리고 왔지.
- 무슨 기도했어?
- 건강하고 행복하게 해 달라고. 바오로랑 모니카 가족에게 선물 보내 주세요.
- 엄마 혹시 「행복을 찾아서」라는 영화 기억해? 윌 스미스 나오는 거.
- 글쎄?
- 나랑 봤었는데. 거기 이런 얘기가 나오잖아. 어느 날 한 남자가 물에 빠졌어. 배를 탄 사람이 도와준다고 했더니 남자는 신이 구해줄 거라며 거절했어. 잠시 후에 또 다른 배가 와서 도와주겠다고 했지.

남자는 신을 기다린다고 또 거절했어. 그러다 죽어서 하늘나라로 갔어. 신을 만나서 물었지. 왜 날 안 구해 줬냐고.

 - 그랬는데?
 - 신이 말했대. '배를 두 대나 보냈잖아.'
 - 응. 그런데.
 - 난 배를 다 놓쳤다고. 기도 같은 거 안 해도 돼. 이제.
 - 선물 주실 거야. 엄마는 믿어.
 - 전화 끊자. 그냥.
 - 김 서방이 그러던데. 너 도서관에서 산다고. 혹시 글 쓰는 거면 집어치워.
 - 엄만 왜 자꾸 내가 하는 건 다 하지 말래? 내가 뭘 하고 살길 바라는 거야, 도대체.
 - 안타까워서 그래. 인생 한순간이야. 그렇게 시간 보내지 마. 의미 있는 걸 해. 이제 와서 뭘 한다는 거야. 엄마랑 성경공부나 하자.

나에 대한 엄마의 걱정은 늘 비난으로 들렸다. 사춘기 소녀처럼 매번 엄마에게 윽박지르는 나의 탓으로, 우리의 대화는 좋게 끝난 적이 없었다.

 - 엄마가 너한테 잘해주지 못한 거 알아. 살면서 좋은 일 한번 못한 것도. 그래서 가톨릭병원에 시신 기증하려고. 근데 신청하려면 직계가족 동의가 필요하단다. 시간 될 때 와서 사인하고 가.
 - 시신 기증은 또 뭐야?
 - 기증하면 죽은 다음에 의대에서 실습용으로 쓰고, 장례까지 다 치러준단다.

몇 년 전 엄마는 사후 안구기증을 신청했었다. 그 후 눈이 침침해

찾은 안과에서 백내장 수술을 권했고, 그럼 기증을 할 수 없게 된다고 하자 치료를 거부했다.

　원하는 생을 살지 못했다는 노년의 후회는 인간애로 스며들고 있었다. 엄마는 평생 모은 돈을 헐어 성소 후원회에 가입하고, 성전 건립 모금에 쾌척했으며, 군종신부를 후원했다. 참으로 훌륭하신 어머니를 두었다는 칭찬을 들은 건 엄마의 사랑이 나를 훌쩍 건너뛰고, 아프리카 우물까지 가 닿았을 때였다. 이제는 스스로를 산화해 인류애까지 증명하겠다는 거였다. 굳이 청새치를 끌고 바다에서 죽어라 고생하지 않아도, 인간은 파괴될 수 있어도 패배할 수 없다는 걸 엄마로부터 알 수 있었다.

　한숨을 참으며 노트북 앞에 앉았다. 힘들게 예열해 놓은 뇌세포는 차갑게 식어 있었다. 오늘은 몇 줄 쓰기도 힘들겠군. 모니터는 언제나 하얬다. 소설을 처음 쓰기로 했을 때 나의 결심이 떠올랐다. 그건 나 혹은 나의 가족에 대해서 절대 쓰지 않겠다는 거였고, 실제로 원칙을 잘 지켜 오고 있었다. 그래서 내가 잘 알지도 못하는 직업의 세계를 감히 겪은 것처럼 쓰거나, 매일 밤 집에 찾아와 초인종을 누르고 문 앞에서 서성이는 여인의 허황된 이야기를 만들거나, 심지어 오가노이드를 소설에서 실현해 보겠다고, 사람의 귀를 등에 달고 다니는 쥐에 대해 신나게 쓰기도 했다. 세상을 가득 채우고 있는 은유라는 것이 대체 무엇을 의미하는지 파헤쳐 문학으로 승화시켜 보고자 하는 포부였다.

　다 무슨 소용이란 말인가. 나는 열려있는 원고를 다시 들여다봤다.

　창문 아래에 깨금발로 서서 안을 엿보았다. 친구 엄마는 고개 숙인 엄마에게 삿대질을 하며 아우성이었다. 코끝이 매웠다. 눈물이 났던 건 엄마에게 미안해서가 아니었다. 내가 어른이 되면, 저런 볼품없는 갈색 슬리퍼를 신고 다녀야 할지도 모른다는 게 두려워서였다. 나는 엄마의 그 어떤 것도 닮고 싶지 않았다.

초고를 쓸 때는 몰랐지만, 다시 읽어보니 이건 나의 이야기였다. 엄마 닮기를 거부하는, 닮을까 봐 두려워하는 주인공에게 나의 심리가 고스란히 투영되어 있었다.
 나는 한글 프로그램을 닫고 「미모사」 파일을 휴지통으로 드래그했다. 우측 마우스를 눌렀다. 새 창이 뜨며 물었다.
 '선택한 항목을 완전히 삭제하시겠습니까.' 나는 클릭했다.
 '예.'

*

 난 그 도시에서 자동차의 경적을 들어본 적이 없다. 나는 공항으로 가고 있었다. 축구 경기가 있는 날이라 시내 도로는 진입이 불가능했다. 한국 대 네덜란드였다. 통제라인 너머 차도에는 시민들이 가득했다. 자동차와 지하철은 물론 자전거, 트램까지 혼재된 곳이었다. 택시 운전사는 네덜란드어로 나오는 교통방송을 주의 깊게 들었다. 그는 내게 주택가의 골목으로 돌아가보자고 했다. 제시간에 도착하려면 그 방법이 최선인 듯했다.
 트램의 레일을 가로질러 이면도로로 진입했다. 수백 년 된 고택들 사이로 골목이 방사형으로 뻗어 있었다. 겨우 한 대의 차가 통과할 수 있는 폭이었고, 옆으로 자전거 전용 도로와 보도가 있었다. 나는 처음 왔을 때 멋모르고 자전거 도로를 걸어간 적이 있었다. 뒤에서 빠른 속도로 달려오던 한 남자가 내게 '빠가야로'라고 외쳤다.

주택가를 지나 운하를 건너자 또 다른 교차로가 나왔다. 사거리를 지나 직진했을 때 내비게이션의 화면이 깜빡였다. 경로 이탈이었다. 차는 정지했다가 조금 후진했다. 기사가 핸들을 왼쪽으로 꺾었다. 그때 다른 두 방향에서 동시에 차가 진입했다. 급정거한 차들이 서로 마주 본 채 정적이 흘렀다. 통행의 우선순위를 구분하기 힘들어 보였다.

나는 왜 그들이 경적을 울리지 않는지 의아했다. 깜빡이도 켜지 않았다. 신호등도, 차선도 없는 골목이었다. 우리가 먼저 경적이라도 울려야 하지 않을까, 나는 생각했다.

잠시 후 운전자들이 차에서 내렸다. 교차로 한가운데에 셋이 모였다. 각자 어디 방향으로 가는지 말하는 듯했다. 한 사람이 고개를 끄덕거리더니 재킷 안주머니에서 담배를 꺼내 두 사람에게 권했다. 담배를 받은 한 사람은 라이터를 꺼내 돌아가며 불을 붙여줬다. 동작은 한없이 느리고 여유로웠다. 셋은 그렇게 맞담배를 피우며 이야기를 시작했다.

비행시간은 점점 다가오고 있었다. 몇 분이 지났을까. 운전기사가 돌아오지 않자, 나는 차에서 내렸다. 날씨는 후텁지근했고 해는 머리 바로 위에 있었다. 발아래는 사람의 것 같지 않은 작고 둥근 그림자가 모여 있었다.

그들은 축구에 대해 대화중이었다. 각자가 응원하는 팀 이야기가 이어졌다. 기사는 나를 보더니 뒤늦게 생각난 듯, 이 손님은 스키폴 공항으로 가는 중이며 오늘 한국으로 돌아간다고 했다. 그러자 둘은 '위송 빠르크'의 나라? 라며 흥분하더니 손을 번쩍 들어 나에게 하이파이브를 청했다. 나는 울지도 웃지도 못하는 표정으로 손을 마주쳐 주었다. 어찌나 세게들 치는지 손바닥이 아렸다.

네덜란드 팀의 박지성이 오늘 한국을 상대로 어떤 경기를 할 것 같으냐고 한 남자가 물었다. 프랑스어 발음이 섞인 영어였다. 나는 기사를 보고 내 손목시계를 톡톡 쳐 보인 뒤, 먼저 차로 돌아왔다.

미터기의 빨간 숫자는 계속 올라가고 있었다. 그들의 대화는 끝날 줄을 몰랐다. 이국의 햇살이 차창에 굴절되어 내 손목시계를 비추었다. 눈이 부셨다. 땀이 흘러 등과 겨드랑이가 금세 축축해졌다.

나를 아는 사람이 아무도 없는 곳에 관한 이야기를 쓰고 있었다. 비행기를 놓치거나, 길을 잘못 들거나, 시간을 착각하는 방법으로 돌아오지 않았으면 했던 날들.

문화센터에서는 더 이상 출석 하지 않으면 회원자격이 상실된다는 문자가 왔다. 다시 나가는 게 내키지는 않지만, 혼자 방구석에서 골몰하기보단 나을 것 같았다. 과정이 끝나면 문학의 집을 두드려 볼 생각이었다. 초심으로 돌아갈 필요가 있었다. 몇 개의 이야기를 가져갈 생각으로 손바닥 소설을 쓴 것이었다. 정말 손을 씻으면 한 번에 지워져 버릴, 손바닥의 낙서와도 같이 흐리멍덩했다.

한 단락을 조금 쓰고 거실로 나왔을 때, 남편은 맨바닥에 누워 있었다. 알비노 풀 레드의 투명한 눈과 빅 도살을 감상하며 잠드는 매일이었다. 집에는 택배 상자가 늘어갔다. 히터, 온도계, 냉각 팬은 물론 염소 제거용 물갈이 약, 면역력을 높여주는 비타민, 성장을 촉진하는 칼슘제, PH수치를 잡아주고 박테리아를 활성화시켜 주는 분말까지. 덕분에 물속 생태계는 안정돼 보였지만, 바깥쪽은 그렇지 못했다.

― 나, 완전 다산의 상징 인가 봐. 부화 통에 넣는 족족 새끼를 낳고 있어, 릴레이로.

과연 개체들은 폭번 하고 있었다. 자고 일어나면 손톱의 반달보다도 작은 치어들이 부화 통 바닥에 가라앉아 있었다. 누가 엄마이고 아빠인지 모를 성어들은 새끼를 쫓느라 분주했다. 암컷은 새끼를 낳자마자 눈 깜짝할 사이에 잡아먹었다. 공존을 위해서는 격리가 필요했다. 남편은 칸마다 이름을 붙였다. 신생아실부터 어린이집. 초·중·고등학교. 최소한 중학교는 졸업해야 메인 수조로 보낼 수 있었다. 작지만 체계적인 세계였고, 그가 실제로 원하는 질서처럼 보였다.

물질에 재미를 붙인 그는 구피의 친구들까지 식구로 영입했다. 크고 작은 별채가 더 생겼다. 블루 가재와 페닌슐라 쿠터 거북, 골든 백과 사쿠라 새우를 위한 것이었고, 그들의 서식지는 싱크대 구석과 식탁 위까지 점령했다. 집에는 물비린내가 가득했고, 부로와의 소음은 훨씬 입체적이었다. 밥 먹을 때는 자기도 배가 고프다며 입을 쩍 벌리는 거북이와도 눈을 마주쳐야 했다. 취미생활이라는 것은 곰팡이처럼 포자를 만들었고, 곳곳에 퍼져 뿌리내리고 있었다.

― 집에 오면 누가 반겨주기를 하나. 마누라는 방에만 처박혀 있고. 내가 무슨 낙이 있겠어.

그가 열대어만 들여다봐서 내가 방에 틀어박히기 시작한 건지, 내가 방에만 있어서 그가 열대어를 들이기 시작한 건지 알 수 없었다. 어쩌면 동시에 일어난 일일 수도 있지만, 순서는 중요하지 않았다.

그는 이번에 이사하는 김에 지방으로 내려가자고 했다. 지금 전세금만으로 작은 아파트 정도는 살 수 있을 거라고. 그리고 자신은 내근직보다는 현장일이 맞다고 했다. 만약 서울에 머물게 되면, 기숙사를 오가며 주말부부를 할 수밖에 없을 거였다. 나에겐 아는 사람 하나 없는 곳으로 가기보다는 그 편이 좋겠다고 했다. 그는 한숨을 쉬며 머리를 쓸어 넘겼고, 나의 속을 도통 모르겠다고 했다. 터널을 뚫고 길을 만드는 사람이, 대지의 면적을 측량하는 자가, 지하 7층까지 땅을 파 본 당신이 나의 속을 알 수가 없다니.

한 동네 살던 우리는 어릴 때부터 매일 봐 온, 친구보다는 가족에 가까운 사이였다. 6학년 어느 가을, 그의 생일파티에 초대받았다. 어머니는 친구들에게 짜장면을 시켜 주었는데, 내 앞엔 하얀 면뿐이었다. 나만 간 짜장이었다. 어머니는 춘장을 면 위에 부어주며 나 같은 딸이 하나 있으면 소원이 없겠다고 했었다. 난 옆 친구들이 먹는 일반 짜장면이 더 맛있어 보였다. 내건 커다란 양파가 너무 많았고, 고기가 없었다. 하지만 바꿔달라고 하면 안 될 것 같았다. 그 후로 중국집 메뉴의 최대 이슈는 짜장면이냐, 짬뽕이냐가 아니었다. 짜장면이냐 간짜장이냐였다. 간짜장을 먹지 않으면 누가 쳐다보는 듯했다.

우리의 대화는 이어지지 않았고 나는 버지니아 울프가 주장했던 자기만의 방으로 돌아올 수밖에 없었다. 책꽂이에서 아무 책이나 뽑았다. 안드레이 플라토노프의 「구덩이」였다. 한 문장이 눈에 들어왔다.

'전쟁에 나가보지 않은 남자는 애를 낳아 보지 않은 여자랑 똑같아. 천치로 산다고.'

우린 둘 다 바보, 천치였다. 나는 책을 조용히 덮어 책상 구석으로 밀었다. 컴퓨터에는 새 메일이 와 있었다.

제목 : How are you holding up?

보낸 사람 : Rikke Sogaard Christensen

*

그녀는 본사의 구매 담당자였다. 업무적으로 나와 접촉할 일이 많았고, 나이도 같아 잘 통했다. 주로 덴마크로 출장 가면 만날 기회가 많았지만, 그녀가 서울로 올 때도 있었다.

간혹 중국 상해나 북경, 홍콩 지사에서 보기도 했다. 회의가 끝나면 우리는 호텔 로비에서 만나 택시를 타고 시내를 돌아다녔다. 주로 내가 접대를 해야 하는 처지였지만, 둘만 있을 때는 달랐다. 우리는 지하 쇼핑몰에서 비비고 비빔밥을 사 먹고, 우유 맛은 진하지만 미지근하기 짝이 없던 스타벅스 라테를 마신 후, 하드락 카페에서 타이거맥주에 나초를 곁들였으며, 짝퉁시장에 가서 5백 위안짜리 샤넬 가방을 사기도 했다.

우리는 동방명주에서 희뿌연 시내를 내려다보았다. 그녀는 친절한 남편이 있고, 사랑스러운 아이 넷이 있으며, 무엇보다 직업이 있어서 행복하다고 말했었다. 그중 3번만 있던 나는 - 이제 그것마저도 없지만, 회사를 나온 후에도 가끔 그녀를 생각하곤 했다.

그녀는 전 직장을 통해서 내 메일 주소를 알게 되었다고 했다. 나는 잊었던 영어를 꺼내 먼지를 탁탁 털어가며 내용을 읽었다. 휴가를 가는 길에 한국을 경유할 예정이라고 했다. 하루 정도 같이 시간을 보낼 수 있겠냐는 거였다.

I can't wait to meet you.(너무 보고 싶어.)

나는 자세한 여행 일정과 숙소, 가보고 싶은 곳을 보내달라고 했다. 나의 바뀐 폰 번호도 알려주었다. 보내기를 누르기 전 제목을 봤다. 잘 지내냐는 일상적인 인사였지만 견딜 만하냐는 뜻임을 알 수 있었다. 나는 답장의 제목을 지우고 다시 썼다.

Re: I am holding up well. (잘 버티는 중이야.)

시추에이션, 시추에이션, 시추에이션

수업에 늦은 김에 편의점에 들러 박카스를 샀다. 뒷문으로 살짝 들어가 앉을 참이었다. 언제 리모델링했는지 입구가 낯설었다. 2층으로 올라가 강의실 문을 열었다. 처음 보는 강사가 수업 중이었다. 다시 문을 닫고 밖에 붙어있는 시간표를 확인했다. <일상의 글쓰기> 시간이 맞았다. 내가 항상 앉던 자리엔 이미 누군가가 와 있었다. 난 뒷문 쪽 구석 자리에 앉았다.

시추에이션, 시추에이션, 시추에이션. 강사는 시추에이션이란 말을 반복하고 있었다. 자신의 심리를 드러낼 때 구체적인 상황을 전략적으로 구사해야 할 줄 알아야 한다고 강조하는 중이었다. 94 학번이면서도 그런 걸 구사할 줄 몰랐던 나는 노트에 받아 적었다. 글쓰기의 이론은 정말 글쓰기에 도움이 될까. 아니면 방해가 될까. 모르는 것보다는 낫겠지 하는 반신반의의 상태였다.

이론을 강화하는 건 결정적인 순간에 나타나 똥물을 튀기는 검열관에게만 좋은 것인지도 몰랐다. 간밤에 쓰다가 지워버린 글자들이 떠올랐다. 문장 결벽증이 도졌는지 백 스페이스키에 괜한 손톱자국만 깊어지고 있었다. 왜 이렇게밖에 쓰지 못할까. 더 좋은 문장을 길어 올리지 못하는 걸까, 나의 우물은 썩은 게 틀림없었다. 깊고 어두워서 모르는 것뿐이었다.

그러니까 내가 나를 믿지 못하는 상황도, 남편이 나의 속을 알 수 없다는 것도, 그가 말하는 시추에이션 중 하나가 아닐까 싶었다. 갑자기 볼펜이 안 나왔다. 나는 노트에 무한의 원을 그리며 강의실을 둘러봤다. 열편네 샘들을 비롯한 멤버들의 건재한 뒤통수를 확인하다가 내 자리에 앉아있던 남자와 눈이 마주쳤다. 그는 가볍게 목례를 했다. 지난번 나에게 수강신청을 양보했던 사람이었다. 나는 그때 일이 떠올라 조금 민망해졌다.

쉬는 시간이 되자마자 나는 사람들에게 음료를 나눠주었다. 새로 온 강사는 소설가 겸 수필가였다. 이름을 들으니 그의 책을 읽은 기억이 났다.

- 뭘 굳이 쓰려고 해요, 힘들게. 읽으면 되지.

내가 소설을 쓰고 있다고 하자, 그는 본인의 신분을 잠시 망각한 듯 냉소적인 태도를 보였다. 그래도 필요하면 습작물을 봐주겠다고 선선히 말했다.

- 드디어 뵙네요.

그때 뒤에서 남자가 말을 걸었다. 가까이서 보니 영화배우 유해진과 꼭 닮은 얼굴이었다. 눈은 작았으며, 코가 뭉툭하고, 윗입술이 두꺼웠다. 그의 치아는 조금 돌출되어 있었는데, 활짝 웃을 땐 까무잡잡한 피부와 대조되어 두드러져 보였다.

- 아, 네. 그러게요. 참, 지난번엔 감사했어요.
- 뭘요. 등록하라고 금방 연락 오더라고요. 그런데 왜 이제야 나오셨어요. 제가 얼마나 기다렸는데.
- 네?
- 여긴 다 시 아니면 에세이 쓰시는 분들이더라고요. 소설 쓰는 분이 계시다고 해서 기대하고 있었죠. 샘인 줄도 모르고요. 저도 한 병 주세요.

나는 마지막 박카스를 그에게 건넸다. 병을 쥐는 그의 손등에 파란 힘줄이 불거졌다. 그는 바로 뚜껑을 따더니 꿀꺽꿀꺽 마셨다.

- 신기하죠? 저 같은 아저씨가 대낮에 글 배운다고 앉아 있는 게.
- 신기하긴요. 배우는 건 누구나 할 수 있는 건데요.

- 지금 육아휴직 중이거든요. 오전에 여기서 수업 듣고, 그림 그리거나 운동 좀 하고요. 오후 되면 애들 픽업 가고. 와이프 퇴근하기 전에 빨래하고, 밥 해놓고, 애들 씻기고, 공부 봐주고. 휴우. 하루하루가 금방이에요. 박 샘이랑 비슷하죠?

- 그런 것 같기도 하네요.

- 엄마들은 대단해요. 저는 멀티가 안 되더라고요. 빨리 복직하고 싶어요. 한 달 정도는 진짜 좋았는데. 저 화실도 다녀요. 보태니컬 아트예요. 세밀화. 색연필만 있음 돼요. 드로잉 수업도 있고요. 혹시 그림 그리는 거 좋아하세요? 여기 제 또래가 있어서 너무 좋은데요.

내가 저렇게 늙어 보이나? 그는 묻지도 않은 정보를 방출 중이었다. 어떤 수다스러운 아줌마 부대가 와도 순식간에 무력화할 수 있을 것 같았다. 내 이름은 언제부터 알았는지 말끝마다 박 샘이었다.

- 이따 시간 되세요? 끝나고 같이 차나 한잔해요, 박 샘.

얼굴 본 지 1시간도 안된 자가 차를 마시자니. 낯선 이의 호의에 반사적으로 철갑을 두르는 습관이 반세기를 향하고 있었다.

- 오늘은 약속이 있어서요. 담에 하시죠 뭐.

- 그럼 다음 주에 꼭이요. 참, 제 번호예요. 박상윤입니다. 저한테 걸어주세요.

그는 명함을 건네더니 자리로 돌아가 앉았다. 나는 보지도 않고 노트에 대충 끼웠다. 어디선가 머스크의 잔향이 났다. 그는 신호를 기다리는 듯 폰 화면을 보고 있었다. 수업이 시작되었다. 뭐 하는 시추에이션인가 싶었다.

*

- 그놈아가 너 찍었다.

- 뭔 소리야.

- 중년의 연애사를 도모해 보려는 수작이 틀림없어. 조심해.

- 너나 조심해. 의심 인생 반세기란다. 아줌마가 무슨 연애질이야.

- 야, 그거 몰라? 지금 40대는 인류 역사상 가장 젊은 40대야. 불혹이 아니라 유혹이라고 하잖아. 불타는 유혹.

- 유혹을 해도 내가 넘어가겠냐? 얼굴이 완전 유해진이라니까. 내 스타일 아니야.

- 그러다가 유해진이 박해진으로 보일 수도 있다니까.

- 너 진짜. 성인지 감수성이 현저히 떨어지는구나?

- 육아휴직 중이라는 걸 보면, 직장은 탄탄 한가 본데. 음…….

- 뭔 상관이야.

- 어쩐지 소설 거리로 꼬드길 거 같다. 둘만 만나지 말고. 만날 거면 여럿이서 만나고.

- 안 만나. 왜 만나.

- 참, 이사는? 집은 알아봤어?

- 알아볼 것도 없어. 선택의 여지가 없더라고. 근처에 딱 하나 있어서 그리로 옮기기로 했어.

- 간만에 바쁘겠네. 정리할 것도 많겠다.

- 웬만하면 버리고 가야지 뭐. 너 와서 책 좀 가져갈래? 너무 아까워.

- 나, 책 끊은 지가 언젠데. 아니다. 아예 종이를 끊었구나.

- 자랑이다. OECD에서 우리나라가 독서량 꼴찌인 거 알지? 내가 높여 놓은 거 너 같은 사람들이 다 까먹는 거야.
　- OECD는 이런 식으로 상처만 줄 거면 탈퇴하는 게 낫지 않냐? 거긴 뭐 하는 데길래 맨날 우리나라가 최하위래. 독서량뿐이냐. 행복지수도 제일 낮대지. 우리 꼴등 하라고 가입시킨 거 같아.
　- 그러니까 책 좀 읽어.
　- 야, 너무 무식한 취급 하지 마. 나 웹 소설은 가끔 봐.
　- 오올, 진짜? 우리 오 여사 세련됐네. 웹 소설이라니.
　- 우리 집에 소설책이 몇 권 있는데, 거미줄이 생겼더라고.
　- 야, 이 씨 진짜. 욕 나올 뻔했네. 스마트폰에 때리기 기능은 없나? 앱으로 개발하면 대박 날 텐데.
　- 야, 안 돼. 그럼 애들이 엄마 전화 다 안 받을 거 아냐.
　지수의 아이는 오디션의 지역 예선 후 무반주 심사까지 통과하고 본선 진출을 확정했다. 가수 도끼에 대한 존중을 담아 이름도 악스터로 바꾸었다는 거였다.
　- 악스터(oxter)? 그룹 이름이 겨드랑이가 뭐야. 게다가 속어인데.
　- 영어가 아니라 독일어로 도끼라던데. 악스트(Axt).
　- 발음 잘해야겠네. 아니다. 발음도 완전 똑같은데? 그런 거 할 땐 이 이모한테 좀 물어 보라 그래. 감수해 줄 수 있다고.
　- 지들이 알아서 하는 거지 뭐.
　- 진짜 기특하다. 여기까지 올라온 것도 대단하고. 어쩌면 생방송에서 볼 수 있겠네.
　집에 가면서 도끼의 곡을 검색해 볼 생각이었다.
　- 아, 맞다. 책도 그렇고. 거실에 있는 해저 이만 리도 문제야. 남편

도 내려갈 텐데, 다 어떡하지.

　- 뭐. 수족관? 가지고 내려가라고 해, 그렇게 고기가 좋으면. 해장하고 싶을 때 매운탕 끓여도 되잖아.

　- 저 큰 걸 어떻게 대구까지 옮겨. 게다가 기숙사인데 되겠어?

　- 참 애쓴다. 투덜거리지 말고 네가 잘 관리해. 속은 아기같이 여린 사람이잖아. 생물에 집착하는 건 어쩌면 본능 때문인지도 몰라.

　결혼 전 우리는 지수 커플과 저녁을 먹고 남산에 간 적이 있었다. 케이블카 하차 지점부터 타워 부근까지의 철제 담장에는 그 너머의 풍경이 보이지 않을 정도로 자물쇠가 촘촘히 매달려 있었다. 사랑의 열쇠 광장이라고 했다.

　계단 아래 매점에는 자물쇠를 사려는 사람들이 길게 줄 서 있었다. 앞 테이블에서는 너 나할 것 없이 하트 모양 자물쇠 위에 또 하트를 그려 넣느라 열심이었다. 나는 그 광경을 보고 질겁했다. 어떻게 이토록 많은 이들이 알량한 쇠붙이 따위로 사랑을 다짐하겠다는 건가 싶어서였다.

　불필요한 고철 덩어리에 돈을 소비하고, 새 물건에 낙서를 하며, 더 이상 버틸 수도 없이 휘어버린 담장에 쓰레기가 될 자물쇠를 추가하고, 열쇠를 담장 아래로 던져버리는 행동은 사랑이 영원히 지속되기는커녕 마케팅 술수에 넘어가 환경을 파괴하는 일이며, 나아가 인간이 서로의 약속을 믿지 못하는 불신의 시대를 대변하는 현상이라고, 사랑이 영원하길 바라는 자들은 절대 이런 일을 하지 않을 거라고. 나는 자물쇠 앞에서 볼과 입술을 맞대고 사진을 찍는 연인들을 보며 열변을 토했다. 하지만 긴긴 연설이 끝났을 땐 내 옆에 아무도 없다는 걸 알 수 있었다. 동행들은 이미 쪼르르 달려가 줄을 선 상태였다.

'이런 게 추억이잖아.'

셋은 지나칠 정도로 상기되어 있었다. 나의 말이 잘못 전달됐는지, 남편은 내가 돈을 아끼자는 걸로 이해한 듯했다. 그가 지갑을 흔들며 말했다.

'내가 사줄게. 이리 와.'

대나무처럼 곧은 뚝심을 장착하고 있던 그때의 나에게도 유도리라는 건 있었다. 그가 좋아하는 일에는 내가 싫더라도 협조하자는 것과, 그가 싫어하는 것은 내가 아무리 좋아도 하지 않겠다는 결심이었다. 그것이 남녀 간에 꼭 지켜야 할 최고 덕목이라 생각했고, 이 가치를 사랑보다 더 우위로 여겼다. 나는 마지못해 핑크색 자물쇠에 약간 우그러진 비대칭 하트를 네임펜으로 그렸고, 이렇게 적었다.

'의리여, 영원하라!'

지수는 나의 찬란한 구호가 눈이 부셨는지 미간을 찌푸렸다. 남편은 고개를 갸웃하더니 뒷면에 한마디를 추가했다.

'주연아, 사랑해, 영원히.'

그는 자물쇠를 잠그고 나에게 열쇠를 건넸다. 주위의 연인들은 분초의 고민도 없이 저 아래 어둠 속으로 찰랑이는 쇠붙이를 던졌다. 최대한 멀리 보내려는지 뒤에서부터 도움닫기 하는 이들도 있었다. 나는 인파 속에서 농구선수처럼 점프하며 프리 드로우의 시늉만 하고 열쇠를 몰래 가방에 챙겼다.

우리는 타워에 올라가 야경을 감상하며 차를 마셨고, 디지털카메라로 사진을 찍었다. 나는 웃으려는 의지만 있지, 안면근육이 협조하지 않는 표정으로 프레임에 남았다. 어쩐지 사랑의 약속이 도리어 사랑을 못 믿게 만들어버린 기분이었다.

'부부가 떨어져 살면 되겠니, 붙어 있어야지. 눈이 멀어지면 마음도 멀어진다고. 네가 조금만 양보할 걸 그랬어.'

지수는 마뜩잖은 눈치였다.

그와 내가 물리적 거리를 둠으로서 우리의 관계에는 어떤 영향이 있을까 생각했다. 지금처럼 방과 거실까지의 간격이 아닌, 서울과 대구의 거리. 2시간이면 닿을 수 있지만, 심리적으론 태평양 건너와 다름없을지도 모르는 먼 공간. 가끔 만나면 서로에게 더 반가운 사이가 되지 않을까 하는 기대. 보지 않음으로써 새로운 가능성을 찾을 수 있을지 않을까 하는 희망을 가지려고 했다.

나는 이어폰을 끼고 유튜브에 도끼를 쳤고 몇 개의 라이브 곡을 들었다. 관중들은 열광했다. 수백 개의 댓글은 하나같이 최강의 도끼 벌스, 국힙의 근본 그 자체라며 찬양했다. 가사의 한 마디도 알아들을 수 없었지만, 그의 음악은 서러움이 림보처럼 위태하게 드러눕는 느낌이 있었다.

랩의 음보에 맞춰 아파트 벽돌담 길을 걸었다. 낮은 담장 위 창살은 녹슬었고, 부분적으로 어긋나 있었다. 우리의 자물쇠도 저렇게 녹물과 쇳가루를 흩날리며 부식되고 있겠지. 나는 남산에서 다짐했던 굳은 의리와, 달콤한 사랑과, 차마 던지지는 못했지만 어디론가 사라져 버린 열쇠의 행방에 대해서 생각했다. 그리고 알았다, 사랑의 자물쇠를 채우는 건 사랑을 시작할 때가 아닌, 사랑이 식어갈 때 취해야 할 행동임을.

　참으로 순조로운 포장이사였다. 아침부터 세찬 비바람이 몰아쳤다. 부동산 중개인은 비 오는 날 이사하면 부자가 된다는 덕담과 함께 복비 영수증을 건넸다. 나는 안 그래도 부자 되려고 더 작은집으로 간다며 손을 흔들었고, 남편은 억지로 웃으며 보증금과 서류를 챙겼다.
　관리실에서는 규정이 바뀌어 이삿짐을 승강기에 실을 수 없다고 했다. 소장과 약간의 실랑이가 있었다. 이사 업체는 뒤늦게 사다리차를 불렀고 우리에게 경비를 부담시켰다. 그로 인해 시간이 지체되었다. 다음 세입자는 우리 때문에 입주가 늦어져 대기비용이 발생했다며 울상이었다. 이미 계약서에는 사다리차가 포함되어 있었으므로 별도로 추가되는 부분은 우리 책임이 아니라고 내가 잘라 말했다.
　남편은 흔쾌히 나서서 모든 걸 부담했다. 이사하는 날, 시작부터 말썽이 나면 복이 달아난다는 논리였다. 양쪽 업체 직원들이 '그럼요, 그럼요. 사장님이 잘 아시네요.' 하면서 돈을 받아 얼른 주머니에 넣더니, 나를 보고 씩 웃었다. 남편은 점심이나 하고 움직이라며 그에게 몇 만 원을 더 찔러 줬다.
　모든 가구는 비닐과 부직포에 덮여 내려왔지만 강한 바람 때문에 측면은 그대로 노출되었다. 새 집으로 와서 침대 매트리스가 폭삭 젖은 걸 발견한 건 순탄한 이사의 예고편이었다. 천장 고가 낮아 설치할 수 없다고 아무 데나 세워 뒀던 옷장 틀이 쓰러지며 옆에 있던 식탁과 화장대를 덮쳤다. 식탁은 다리가 부러져 주저앉고 유리는 처참하게 깨졌다. 화장대 상판은 지진을 겪은 모양새로 맥없이 쪼개졌다. 틀도 못쓰게 되었다.

　나는 조금 놀랐다. 내가 가구에 이렇게 깊은 애착을 가지고 있는지 몰랐던 것이다. 남편을 찾았다. 방금 전까지만 해도 옆에 있던 그가 없었다. 폰도 받지 않았다. 눈치를 보는 인부들 사이로 나는 사진을 찍었다. 모든 일이 끝난 후 일목요연하게 손실을 따져볼 참이었다.

　수조는 너무나도 온전했다. 열대어는 산소 충전을 한 비닐 팩에 담겼고, 수초와 바닥재, 여과기는 플라스틱 박스에 고스란히 옮겨져 있었으며, 수조는 에어 캡 비닐로 둘둘 싸여 하드보드 박스에 잘 보관되어 있었다. 인부 둘이 수조를 조심스럽게 꺼내어 책 위에 걸쳐놨다. 「존재의 세 가지 거짓말」과 「월든」, 「마담 보바리」, 「만엔 원년의 풋볼」이 깔렸다.

　한 일꾼이 우리 집 '사장님'이 집에 없다는 걸 알고는, 베란다에서 담배를 피웠다. 그는 난간에 기대어 삐딱하게 서있었다. 바람이 불어와 집 안이 불쾌한 연기로 가득 찼다. 딴에는 정중히 항의했다. 그는 부서진 화장대와 깨진 식탁 유리를 보더니, 구입한 지 얼마나 된 거냐 물었다. 실제로는 거의 20년을 바라보고 있었지만, 난 5년밖에 안 된 거라고 힘주어 말했다. 그는 얼굴이 밝아지며 '그럼 버릴 때가 됐네요.'라고 했다.

　- 나이는 좀 있는 거 같은데. 애는 없나 봐요. 아저씨한테 무슨 문제 있어요?

　그는 담배를 깊이 들여 마셨다. 기다란 재가 바닥에 툭 떨어졌다.

　- 사람은 시원시원하던데. 잘 안 서나? 내가 방법 알려줘요?

　그는 자신의 바지춤에 손을 쑤욱 넣더니, 천천히 중심을 어루만졌다. 사타구니의 바지 주름이 서서히 펴졌다. 게슴츠레한 눈이 나의 가슴을 보며 초점을 잃었다.

　난 옆에 있는 우산을 집어 들었다. 대체 난 뭘 망설이고 있는 걸까. 여긴 이사 온 지 반나절도 안 된 집이었다. 집은 물론 살림살이 전부와 얼굴까지 노출된 상태였다. 앞으로는 혼자 있는 날이 더 많을 텐데, 잘못했다간 봉변을 당할 수도 있겠다는 생각이 스쳤다. 인기척이 나자, 그는 빗물이 고인 창틀에 담배를 급하게 비벼 껐고, 꽁초를 밖으로 던졌다.

　이 모든 꼴을 보고 들은 사람은 나밖에 없었다. 나는 저 정도의 정신세계를 가진 사람이라면 「킬빌」에서 블랙맘바가 앨 드라이버에게 했던 것처럼 눈알을 단숨에 뽑아 버리는 것이 인류의 미래에 도움이 되지 않을까 생각했다.

　입주 청소가 무색하게 방과 거실은 짐에서 떨어진 빗물로 흥건했다. 나는 걸레로 얼룩진 주변을 묵묵히 닦았다. 남편은 여전히 응답이 없었다. 나는 부서진 가구들을 찍어 톡으로 보냈다. 곧 갈게. 짧은 답이 왔으나, 정작 그가 도착한 건 모든 정리가 끝난 후였다. 인부들 넷은 조용히 거실에 앉아 있었다. 속히 잔금을 받고 싶어 하는 눈치였다.

　잠시 후 그가 검은 비닐봉지를 양손에 들고 나타났다. 내가 말을 꺼내기도 전, 오자마자 잔금 봉투를 인부에게 넙죽 건넸다. 나는 뒤를 잡아당겼다. '사진 못 봤어? 저걸 보라고. 다 줘버리면 어떻게 해.' 내 말이 들리지도 않는지 그는 비 오는 날 고생 많으셨다며, 가면서 목욕이나 하시라고 몇 만 원씩을 더 쥐어 주었다. 의논 따위는 없었다. 부엌 정리를 도왔던 아주머니의 얼굴이 밝아졌다. 계산이 끝나자 그들은 재빨리 자리를 떴고, 남편은 버선발로 나가 배웅까지 했다.

- 어디 갔다 왔어?

할 말이 많았지만 가장 급한 것부터 물었다.

- 자기는. 사람 부릴 때는 삭막하게 굴면 안 돼. 내가 현장 일을 해 봐서 알잖아.

- 당신은 현장 일을 이런 식으로 해? 그니까 어디 갔다 왔냐고. 그 것부터 대답해.

- 이 큰 어항들을 옮기는 실력 정도면, 가구가 조금 망가진 건 실수인 거지. 일부러 그랬겠어? 저 사람들 하루 저렇게 고생해 봐야 얼마나 벌겠어. 몇 만 원 벌러 왔다가 몇 십만 원 물어주면 완전 공치는 건데.

- 그래서 계약서라는 게 있는 거야. 분쟁을 해결하라고. 다시 묻는다. 말도 없이 하루종일 어디 갔다 왔냐고.

- 요즘 포장이사는 다 알아서 해주잖아. 주인들이 붙어 있으면 불편해한다고. 집도 좁은데 나까지 서 있으면 걸리적거리지.

- 마지막으로 묻는다. 씨발, 어디 갔다 왔냐고!

결국 욕이 나오고야 말았고, 언성이 높아졌다. 그는 검은 봉지에서 투명하고 묵직하고 탱탱한 포장 더미를 천천히 꺼냈다. 열대어였다.

- 카페에 누가 블루 글라스 선착순으로 분양한다고 공지가 떠서. 잠깐 부천에 다녀오느라고.

아파트 분양을 받아도 모자랄 판에 열대어 분양이라니. 나는 아무 말도 할 수가 없었다. 아무리 우리가 화성과 금성에서 날아와 지구에 불시착한 외계인들이라지만, 달라도 이렇게 다를 수 있을까.

- 예쁘지. 블루 글라스가 얼마나 귀한 건 줄 알아? 특별히 베트남에서 들여온, 마리당 50만 원짜리가 낳은 애들이야. 혈통 있는 애들

이라고. 무늬 좀 봐. 싸구려들은 몸에 큰 검은색 점이 있지만, 얘들은 미세한 점이 골고루 흩어져 있지. 퀄이 달라. 이제 당신도 집에 혼자 있을 텐데. 적적할 거 아니야. 글 쓰다가 얘들 보면서 힐링하라고. 내가 큰맘 먹고 특별히 모셔왔지.

 - 나를 위해서?
 - 응.
 - 나 때문에?
 - 응.
 - 나 좋으라고?
 - 응.
 - 진심이야?
 - 그럼.
 - 나 좀 봐봐. 내가 고마워하는 거 같아 지금? 감동했거나?

그는 나를 물끄러미 쳐다봤다. 서로의 눈을 마주 본 게 몇 년 만인 듯했다.

 - 그것까지는 내가 모르지. 내가 아무리 잘해보려고 노력해도, 자긴 한 번도 알아준 적이 없으니까.

그는 너무나도 당당하고 순수했다. 심지어 억울한 표정이었다.

 - 오늘 무슨 일이 있었는 줄 알아?
 - 왜, 무슨 일?

나는 입술을 깨물었다. 얘기한다고 뭐가 달라질까. 심장이 펌프질을 해대도 아무 데도 피가 전달되지 않는 느낌이었다. 미쳐 다 꽂지 못한 책들을 집어 방으로 던졌다. 남편은 부서진 가구를 현관 밖으로 내놨다. 그가 계속 낑낑대며, 이게 다 돈 몇 푼 아끼겠다고 이름도 없는 싸구려 이사 업체를 선택한 나의 잘못이라고 투덜댔다. 근사한 첨언이었다.

　나는 바닥에 남아 있는 잔 유리와 나무 파편들을 조심스럽게 쓸었다. 쓰레기통을 어디 두었는지 보이지 않았다. 싱크대 위에 있던 종량제 봉투도 없었다. 두 묶음이나 사다 놓은 거였다. 나는 상부장과 서랍을 모두 열어보았다. 아무 데도 없었다. 그냥 쓰레기 담는 비닐일 뿐인데. 사람한테 이렇게 삭막하게 굴면 안 되지, 설마.

난소의 동정과 스노볼

에너지가 모두 소진된 느낌이었다. 정리할 것이 자잘하게 남아 있었지만 내버려 뒀다. 나는 소파에 누워 수조를 하염없이 바라봤다. 매직아이를 보듯 눈을 게슴츠레 뜨고 수중 생물체들을 주시했다. 강력한 이미지가 튀어나올 것을 기대했으나, 아무 일도 일어나지 않았다.

집에는 저들과 나만 남았다. 남편은 하루에 두 번씩 먹이만 잘 주면 신경 쓸 게 없을 거라 했지만, 불과 며칠 사이 거북이 어항은 뿌예져 무지개 기름이 떴고, 블루 가재가 있는 수면에는 쭈글쭈글하고 불투명한 유막이 생겼다. 오랫동안 정화되지 못한 하천의 냄새가 났다. 방으로 가서 노트북을 켰다. 어차피 막막할 것이라면 하얀 모니터 앞이 더 견딜 만했다.

강사는 미리 원고를 메일로 보내면 수업이 끝난 후 따로 코멘트를 주겠다고 했다. 나의 습작을 시니컬하게 보는 그였지만, 시간을 할애하여 준다는 데 나는 감동했다. 최근에 쓴 단편에 조언을 받아볼 생각이었다.

파일을 열고 최근 문서를 불러왔다. 설익은 초고였다. 언어가 통하지만 소통이 어려운 사람과, 언어가 통하지 않지만 마음이 잘 통하는 이들에 관한 얘기였고, 술을 매개로 장벽이 무너진다는 결론이었다. 사회 초년생이 출장을 떠나는 장면으로 시작했다.

대부분의 인물은 나로부터 나온 페르소나가 틀림없었다. 사건 역시 언젠가 겪거나 들은 게 분명했으며, 배경 또한 내가 전에 가봤던, 기억이 생생한 곳이었다. 밤낮으로 매달려 썼음에도 무한의 퇴고가 필요해 보였다. 가제는 「바이쥬 번역기」.

처음 혼자 떠나는 해외 출장이었다. 입사 5개월 만이었다. 유럽 의류업체의 서울 지사 해외영업부. 아시아의 주요 도시에도 법인이 있었다. 나의 출장 경험이라곤 한 달 전쯤 선임과 북경을 다녀온 게 전부였다. 협업 부서에 인사만 했던 거여서 실무경험은 턱없이 부족했다. 그런 내게 단독 출장 지시가 내려온 것이다.

경영진에 의하면 본사의 독일 파트너가 중국 공장을 시찰 온다고 했다. 공임이 낮고 기술력이 좋은 우리 협력 공장을 탐내는 것이었다. 하지만 서울에 큰 위협이 되는 일은 아니었던 모양이다. 윗선에서는 '적당히 보여주고 밥이나 먹여서 보내.'라는 구두 지시를 하달했고, 일을 수행할 적임자로 내가 지목되었다. 독일어를 전공한 사람이 나뿐이라는 이유였다.

사실 난 대학 내내 수업을 거의 듣지 않았다. 그저 천국 같기만 했던 학교 도서관에만 틀어박혀 책에 파묻혔다. 졸업학기가 되어 동기들이 취업으로 하나둘씩 보이지 않을 때 정신이 들었고, 영어라도 급조하기 위해 종로의 어학원을 몇 달간 왕래했다. 벼락치기 끝에 무난한 토익 점수를 받았고, 일상 회화도 가능했다. 그러나 독일어 실력은 형편없었다. 입사원서의 '기타 가능 외국어' 란에 자신 있게 '독일어'라고 쓰고, 문법, 작문, 회화 모두 '상'이라고 크게 동그라미를 쳤던 것을 후회했다. 덴마크 회사인데 영어를 쓰면 썼지 독일어를 쓸 일이 있겠냐며 희번덕거렸던 나의 예상은 빗나갔다. 과장은 '중국은 바이쥬나 조심하면 돼.'라며 다독였다.

이건 뭐, 누가 봐도 내 얘기잖아.

출장이 다가올수록 방에 굴러다니는 머리카락이 점점 늘어갔다. 내가 할 수 있는 거라곤 회화책을 찾아 더듬더듬 읽어보는 정도였다. 전공 책을 버리려다 말았던 게 다행이었다. 페이지가 넘어가며 문장이 길어지자, 간단한 인사말 외에는 소통이 불가능하다는 것을 깨달았다. 실제로 필요한 '생산 공정'이라든가 '출고 계획' 같은 단어조차 보이지 않았다. 언어란 모름지기 내가 알아들어야 남도 알아듣는 것이었다. '영어로 대충 하면 되겠지.'하고 책을 덮었다. 내가 가진 거라곤 신입사원의 무모한 자신감뿐이었다.

이걸 소설이라고 볼 수 있을까? 문장은 성글었고, 구성은 느슨하기 짝이 없었다. 처음부터 직조를 다시 해야 했다.

조수석에 앉은 백 대리는 북쪽 발음이 강했다. 그는 쉬지 않고 떠들었다. 아예 산둥성 전체를 소개해줄 기세였다. 이 지역은 땅콩이 유명하다. 북경 올림픽 때 수상 경기가 여기서 열린 걸 아느냐. 바다가 가까워 공장들이 밀집되어 있는 거다. 한국 김치공장도 많다. 왜 한국에선 김치를 달게 먹느냐. 할 수 없이 사카린을 많이 쓴다더라. 호텔 조식 때 우유를 꼭 마셔 봐라. 신선하고 맛도 좋다. 나는 그에게 적당히 반응하며 창밖을 주시했다. 차가 목적지로 향하고 있는지 알 수 없었기 때문이다.

밖은 어둑해지고 있었고, 고속도로는 인적이 드문 마을을 관통하고 있었다. 안팎의 온도차로 창이 뿌옜다. 먹거리 얘기를 하며 톨 게이트 여러 개를 지났고, 공장이 위치한 지명인 Ryushan이란 이정표가 보였다.

백 대리는 뜻을 알고 있느냐고 물었다. 여긴 높다란 산봉우리가 두 개 솟아 있는데, 여자의 봉긋한 가슴을 닮아서 젖 '유'와 뫼 '산'을 쓰는 거라고 했다. 그는 룸미러로 내 얼굴을 힐끔 봤다. 그러곤 운전사에게 중국어로 뭐라 얘기하더니 둘은 동시에 크게 웃기 시작했다. 이정표에 있는 한자는 내가 알고 있는 젖 유자가 아니었다. 우리가 쓰는 한자와 중국 한자는 다르지만, 아무래도 그런 뜻은 아닌 것 같았다. 나는 중국어를 한마디도 못하는 데다가 한자도 까막눈이었지만 그 정도는 눈치챌 수 있었다.

이런 얘기가 호기심을 줄까? 심사위원들도 좋아할까. 그렇다면 이걸 앞 장면에 배치하는 게 나을지 고민했다. 그때 초인종이 울렸다.

*

어머니가 떡을 보내왔다. 셋집이라도 새집이니 이웃과 나눠 먹으라는 거였다. 집이라도 하나 못 해줘서 엄마가 미안하다, 어머니는 입버릇처럼 말하곤 했다. 참 따뜻했다, 떡이.
나는 시루떡의 모서리를 조금 뜯어먹었다. 지금 어디선가 팥을 던지며 악귀를 물리치고 있을 수호신에게 속삭였다. 집도, 2세도, 일자리도 다 포기했으니 나에게 작품을 쓸 수 있게 해 달라고. 숨을 깊이 들이마시고 문장 속으로 잠수할 테니 최대한 오래 버틸 수 있게 해 달라고. 만약 포기해야 한다면, 때를 자연스럽게 알려달라고. 그렇게만 해주신다면, 가정의 평화를 위해 이 한 몸 바치겠나이다. 그러나 우린 초면이어서 묵직한 거래를 주고받을 만한 사이가 아니라는 걸 깨달았다.

비닐장갑을 끼고 떡을 종이접시에 덜었다. 어두워지기 전에 나누는 게 좋을 것 같았다.

경비실에 다녀와 도어 록을 누르는데, 맞은편 현관문이 열리더니 남자아이가 불쑥 나왔다.

- 안녕하세요. 아줌마 이사 오셨죠.

아이는 빠진 앞니 사이로 바람소리를 내며 씩씩하게 말했다.

- 그래. 안녕. 엄마는 계시니?
- 동생 데리러 가셨어요. 들어가도 돼요?
- 응.

아이는 자기 집이 아니라, 우리 집으로 쏙 들어갔다. 눈 깜짝한 사이에 일어난 일이었다. 아이는 신발을 벗어 던지자마자 거실을 마구 뛰어다녔다.

- 와, 여기 처음 들어와 봐요. 진짜 우리 집이랑 똑같이 생겼다. 어, 물고기다.

아이는 신기한 듯 열대어와 거북이를 잠시 들여다봤다. 그리고 옆에 있던 뜰채를 잡더니 물속에 넣어 휘휘 저었다. 알비노 풀 레드가 기겁을 하며 달아났고, 수초 몇 개가 쓰러졌다.

- 몇 살이에요?
- 걔들? 한 살도 안 됐을 걸.
- 물고기 말고 아줌마요.
- 스물두 살.
- 그래요? 우리 엄마보다 늙어 보이는데.

낚시놀이가 싫증 났는지 물이 뚝뚝 떨어지는 뜰채를 바닥에 내팽

개쳤다. 아이는 경계심 없이 거실과 방을 오갔다. 내가 걸레로 바닥을 닦을 때는 어느 틈엔가 침대로 올라가 점프를 하고 있었다. 머리가 천정에 닿을락 말락 했고, 양말은 까맸다. 나는 아이의 엄마가 찾을 것 같아 현관문을 열어 놓고 잘 보이는 곳에 신발을 놨다.

 - 근데, 책이 진짜 많네요. 아줌마 박사님이에요?

 - 아니야. 그냥 읽는 거야.

 - 이건 뭐예요? 어, 불 들어온다.

출장길에 사 온 에펠탑 미니어처였다. 버튼을 계속 껐다 켰다 하더니 선반 위에 세게 놨다. 다시 점프를 하며 다른 오르골 인형을 집어들고 태엽을 감다가 침대에 던졌다. 오르골은 아이와 엇박자로 튀어 올랐다. 뭔가 불길한 예감이 든 건 오르골 옆에 중요한 게 놓여 있다는 걸 알았을 때였다. 아니나 다를까. 아이는 스노볼의 유리를 잡고 미친 듯이 흔들고 있었다.

퍽.

물과 유리가 동시에 박살 나는 소리였다. 그건 비닐과 박스로 단단히 포장해 여러 겹의 수건과 옷으로 감은 다음 트렁크 맨 위에 고이 넣어서 8천 킬로미터 이상을 날아온 것이었고, 몇 년째 전달되지 못한 선물이었다. 아이의 움직임이 정지됐다.

 - 서준아.

밖에서 부르는 소리가 들렸다. 아이가 곧장 뛰어나갔다.

 - 너 여기와 있으면 어떻게 해. 정말 죄송합니다.

 - 괜찮아요. 들어와 보고 싶었나 봐요. 잠깐 놀고 있었어요.

나는 통제되지 않는 표정으로 말했다. 여자는 작은 키에 마른 편이었는데, 조금 피곤해 보였다. 묶은 머리 옆으로 흘러내린 부스스한 잔머리가 그녀를 더 지쳐 보이게 했다.

- 얌전히 있었어?

여자가 아이의 머리를 쓰다듬으며 물었다. 아이는 고개를 크게 끄덕였다.

나는 안방에서 벌어진 참상을 그녀에게 말해주려다 떡을 내밀었다.

- 이거, 따듯할 때 드세요.

한반도를 통틀어 가장 친절한 이웃이 된 기분이었다. 마음에 없는 인사를 자연스럽게 하는 나를 보니 지구별에 완전히 정착한 것 같았다. 내 머릿속은 유리 파편 속에서 고꾸라져 있는, 더 이상 눈이 내릴 수 없게 된 산타 마을로 가득했다.

- 잘 먹을게요. 언제 차 한 잔 하러 오세요.

짧지만 강렬한 입소식이었다.

*

그날이었다. 모닝콜에 잠이 깨자마자 나는 사무실로 전화를 걸었다. 오전 회의에 필요한 자료를 현지 호텔 팩스로 받기 위해서였다. 서울시간 오후 7시까지는 팀 전원이 대기해야 했다. 하지만 그 시간에 연락이 닿았을 땐 이 대리 혼자 남아 있었다. 왜들 벌써 퇴근했냐는 질책에 그가 말했다.

'오늘 최 주임 돌잔치예요.'

회사에서 셋째 인센티브를 만든 후, 처음으로 순금 열쇠를 받아간, 참으로 귀한 아이였다.

그녀는 입사 이래 아이를 낳고 키우느라 근무한 년 수보다 휴직기간이 더 길었다. 복직 후에도 아이가 아프거나 개인 사정이 있다는 이유로 자주 자리를 비웠다. 둘째가 어릴 때였다. 출장은 엄두도 낼 수 없었다. 팀에 대체인력이 배정되었지만, 도움이 되지 않았다. 그녀가 만든 업무 누수는 고스란히 내 몫이었다. 우리 사이에 팀워크가 생성될 틈이 없었다.

'본사에 1주일 다녀와야 하는데. 최 주임은 애가 어려서 무리일 거고. 박팀장은 별일 없지?'

부장이 회의에서 말했다. 부하직원을 끔찍하게 아끼는 마음이 끔찍했다, 나는 달력을 봤다. 출장 때문에 또 시술을 미뤄야 할 판이었다. 그렇다고 '저 시험관 시술해야 돼서 못 가요.'라고 남자 상사에게 말하느니 뒤에 있는 창문으로 뛰어내리는 게 나았다.

그건 자존심 상하는 일이라기보다는 오히려 무관심과 관련된 것이었다. 내가 그의 고환에 무슨 일이 일어나는지 관심이 없듯이, 내 난소의 동정을 그에게 밝힐 필요가 없기 때문이었다.

시술은 매달 할 수 있는 게 아니었다. 기회는 운 좋으면 1년에 4회 정도. 2세를 가지려는 노력이 또 난관에 부딪혔다. 출장이 확정되자, 나는 병원에서 받아온 주사기와 과배란 촉진제를 전부 화장실 쓰레기통에 쏟아 버렸다.

'저는 팀장님이 제일 부러워요.'

수십만 원어치의 약을 폐기하고 사약을 받아 든 기분으로 쓰디쓴 커피를 마시고 있던 내게 그녀가 말했다. 타이밍이 안 좋은 발언이었다. 휴게실엔 우리 둘뿐이었다. 그녀의 벌어진 블라우스 사이로 깔때기와 호스가 보였고 아래로 노란 젖이 똑똑 떨어졌다. 작은 헬멧처럼 생긴 기계에서는 억지로 공기가 빨려 들어갔다 나오는 소리가 규칙적으로 났다.

'했다 하면 애가 생겨요. 미치겠어요.'

그녀는 2시간마다 유축을 하지 않으면 홍수가 난다며 쓰게 웃었다. 그녀가 복직 후 그토록 자주, 오래 자리를 비웠던 이유를 알 수 있었다. 나는 커피를 내려놓고 나지막이 말했다.

'최 주임, 내가 만만해?'

'네?'

'회사엔 젖 짜러 오는 거야?'

'아니, 그게…….'

'하루종일 이러고 있으면 일은 누가 해?'

'아 죄송합니다, 팀장님.'

'나 좀 그만 엿 먹이고. 적당히 하자.'

'네 알겠습니다. 정말 죄송합니다.'

그녀의 표정이 굳어졌고, 가슴 말고도 다른 부위에서 액체가 흐르는 것을 보았다. 나는 커피를 개수대에 쏟아버리고 돌아섰다. 마침 여직원 셋이 들어오고 있었고, 그들은 나에게 평소보다 더 허리를 굽혔다. 기계가 이탈하여 바람 빠지는 소리, 훌쩍이는 소리가 들렸다. 직원들이 그녀에게 달려가 속삭였다.

'자기가 이해해야지, 어떻게 해. 팀장님이 좀 그렇잖아. 알잖아.'

난 좀 그런 선배였던 것이다. 출산으로 인한 옥시토신과 과배란 시도로 인한 황체형성 호르몬이 정면충돌한 사건이었다. 그 후 직원들은 여자의 적은 박 팀장이었다며, 날 마녀라고 부른다는 것을 알았다. 나는 그녀를 위로하는 차원에서 야근을 몰아주었다. '육아에서 해방되는 게 당신 소원이잖아.' 그녀는 샘플실에 숨어서 갑 티슈를 품에 안고 또 울었다.

얼마 후 그녀가 젖을 말리는 약을 먹고 있다는 얘길 들었다. 팀을 옮겨달라는 그녀의 요청은 받아들여지지 않았다.

긴 회의가 끝나고 오후가 되자 직원들은 하나둘씩 퇴근했다. 담당 바이어와 어시스턴트들이 같이 시내에 나가 와인이나 마시자고 했지만 사양했다. 본사 직원의 회식 제의를 거절한 건 처음이었고, 예의에 어긋나는 일이었다.

거리로 나왔을 때는 눈이 내리고 있었다. 구두는 미끄러웠고, 가방은 무거웠다. 나는 아무 식당에 들어가 올리브유에 적신 호밀 빵과 파스타를 먹었다. 무슨 맛인지 느껴지지 않았다.

돌잔치를 하고 있을 최 주임과 아이들을 생각했다. 옷깃만 스쳐도 임신이라고 내가 부럽다던 그녀. 한 달에 한 번씩 마취를 하고, 의사의 얼굴에 대고 수시로 다리를 벌려 보여야 하며, 화장실 변기 위에 걸터앉아 손수 배에 주사를 꽂아야 한다는 걸 안다면, 똑같은 말을 했을까.

옆 테이블에 한 동양인이 앉아있었다. 며칠 동안 금발에 파란 눈만 보다가 그녀를 보니 반가웠다. 외모로 봐서는 우리나라 사람 같았다. 나는 그녀에게 영어로 인사하며 혹시 한국인이냐고 물었다.

'어쩌면? 어렸을 때 입양됐어.'

나는 물어봐서 미안하다고 말했다.

'괜찮아. 한국에서 온 사람들은 나한테 다 그렇게 물어봐.'

그녀는 무표정했지만, 검은 눈동자는 뭔가를 말하려는 것 같았다.

누군가는 선물을 간절히 원했고, 어떤 이는 원하지 않아도 받았으며, 또 다른 이는 버린다는 걸 실감하는 순간이었다.

　늦은 시간이었음에도 여전히 환한 건 눈 때문이었다. 세상은 하얗고 두껍게 잘 포장되어 있었다. 오후 4시가 넘었고, 상점들은 거의 닫혀 있었다. 건너편 잡화점 하나가 보였다. 돌이라니. 작은 기념품이라도 사가야겠지. 언제까지 직급을 휘둘러 그녀에게 상처를 낼 수는 없었다. 나는 스노볼을 하나 골랐다. 가장 크고 비싼 걸로.

　출장을 마치고 복귀한 날, 그녀는 돌잔치 답례품을 들고 파티션 사이를 돌았다. 그녀가 내게로 오면 선물을 건넬 생각이었다. 하지만 그녀는 내 책상을 지나쳤다. 눈도 마주치지 않았다.

　나는 상자를 다시 가방에 넣었다.

*

　이번 주말도 혼자였다. 찬장을 열어 맨 앞에 있는 머그를 하나 꺼냈다. 잔 안쪽에는 커피 자국이 엷게 착색되어 있었다. 와인을 가득 따랐다. 하얀 식탁 위에 붉은 방울이 떨어졌다.

　금요일에 일이 끝나는 대로 올라오겠다는 남편의 약속은 지켜지지 못했다. 주말엔 현장 일도 없을 거라며 집에 와 지내겠다는 기약. 그는 금요일마다 회식이 있었고, 토요일에는 숙취로 인해 거동이 불편했으며, 정신이 돌아올 만하면 일요일 오후였다.

　미안, 어쩔 수 없어서, 다음 주엔, 꼭… 과 같은 관용적 표현이 반복되었고, 언제부턴가 전화로 똑같은 내용을 말하는 것이 미안했지만 어쩔 수 없었던 그는, 몇 글자의 톡마저도 뜸해졌다. 아무 소식이 없으면 지난주와 똑같은 상황일 거라 지레짐작하는 것으로 나는 텅 빈 주말에 익숙해지고 있었다.

  수조는 녹조가 심했다. 수질 때문인지 구피도 스트레스를 받고 있었다. 열대어의 카니발리즘을 증명하려는 듯 암컷은 자기가 방금 낳은 치어를 단숨에 잡아먹고, 투명 난황을 순식간에 검은 똥으로 만드는 기염을 토했다. 때로 수컷들을 공격하기도 했다. 지느러미와 살이 뜯긴 몸통이 수시로 발견되었고, 남아 있는 개체 수는 눈에 띄게 줄었다. 나는 뼈 사이로 몇 점의 살만 붙은 채 순두부처럼 흐물흐물거리는 하얀 사체를 건져 즉시 변기 장을 치러 줬다. 회오리를 타고 웜홀로 경건하게 빨려 들어가는 구피의 영상을 남편에게 전송했다.

  그는 환수 방법이 나온 유튜브를 톡으로 전달해왔고, '여자들도 할 수 있어. 간단하지?'라고 덧붙였다. 나는 링크를 터치하지 않았다. 집에 들여놓은 생명체들은 애초에 그 사람만이 원하던 것이므로, 온전한 관리 책임도 그에게 있었다.

  - 에이, 진작 물 좀 갈아주라니까. 뭐가 어렵다고. 자기 때문에 다 망쳤네. 내가 어떻게 키워 놓은 건데.

  녹색 셀로판지를 감싼 듯 푸르러진 어항 사진을 보내며 이건 환수로도 안 될 것 같다고 하자 그가 말했다.

  - 카페 보니까 아들 셋 키우는 엄마도 부지런 떨면서 잘만 키우더라. 새끼들 성어로 잘 키워서 분양도 하고 돈도 벌던데. 일주일에 한 번 물 갈아주는 게 그렇게 어렵냐. 당신이 회사를 다녀, 애가 있어. 특별히 하는 것도 없잖아.

  그는 내게 측은지심이 부족하다며 원망과 비판을 이어갔다. 매주 올라와서 책임지고 물을 갈아주겠다는 다짐을 잊은 것처럼 보였다.

생명존중의 정신은 누구에게 더 부재한가. 반박하려면 수 십 가지의 논리와 근거가 있었으나, 일말의 긍정이나 개선의 여지, 소통의 가능성이 남아 있을 때의 얘기였다. 나는 그에게 하고 싶은 말을 하지 않음으로써 나의 메시지를 전달하려 했다.

머그잔의 와인을 단숨에 마셨다. 여전히 갈증이 났다. 김치냉장고에는 김치 대신 와인이 가득했다. 폴리페놀이라는 항산화 성분이 심장질환 예방뿐 아니라 착상에도 도움이 된다고 해서 사들이기 시작한 것이었다. 결과적으로 착상은커녕, 자궁이 수정란을 롱 킥으로 날려버리는 부작용이 있는가를 검토할 필요가 있었다. 불콰해진 얼굴로 나는 식탁 위 수반을 노려보았다. 거북이는 평소와 달리 육지로 올라와 눈을 감은 채 딸꾹질을 하고 있었다. 메트로놈처럼 엄격하고 규칙적인 박자였다.

인터넷으로 증상을 검색했다. '거북이 딸꾹질'은 반 수생 거북이 물 밖에 나와 있는 것은 춥다는 의미이며, 세균 감염으로 인한 눈병과 감기가 의심되는 증상이라고 했다. 다른 블로그에는 물을 갈아주고 안약을 넣어주니 금방 회복되었다는 투병기도 있었다.

서랍을 뒤져 예전에 처방받았던 약을 찾아냈다. 유효기간은 경과한 지 오래였다. 나는 라텍스 장갑을 낀 손으로 거북이 몸통을 잡고 양 쪽 눈에 한 방울씩 떨어뜨렸다. 거북이는 목을 움츠릴 기운도 없는지 가만히 있었다. 포유류의 약이 파충류에도 유효하다는 일설이 유효하길 바랐다. 나는 주치의가 된 기분으로 남편이 명명해 준 초롱이의 쾌유를 빌며 움직임을 주시했고. 빈 컵에 와인을 다시 채웠다.

그때 남편에게서 사진이 왔다. 다양한 각도에서 찍은 어항의 모습이었다. 기숙사에 수조 세트를 들여놓은 거였다. 집에서 키우는 것과 비슷한 종의 구피들이 유영하고 있었다. 같이 기거하는 동료들도 물 생활에 매우 흡족해한다며 좋아했다. 이것은 그가 집에 가끔이라도 와야 할 용건을 스스로 없애버린 것과 같았다. 나 역시 주말마다 그를 기다릴 만한 이유도 없다는 게 분명해지는 느낌이었다.

우리는 마치 자식을 모두 출가시키고 쓸쓸히 남은 노년의 부부처럼, 그저 서로의 안녕을 가끔 확인하는 것으로 충분한 사이가 되어가고 있었다.

다시 와인을 단숨에 들이켰다. 딸꾹질이 났다. 어찌 된 까닭인지 눈도 가려웠다.

나는 생각했다. 다른 수조들은 방치하면서 거북이만은 기꺼이 육지를 닦아주고, 물을 갈아주고, 안약을 넣어주고, 스탠드를 가져와 빛을 쐬어준 이유를. 알고 보니, 그건 측은지심도, 생명에 대한 존중도 아니었다.

거북이는 변기에 내려가지 않기 때문이었다.

바이쥬 번역기

문화센터 건물 1층에서 취업 박람회가 열렸다. 입구에는 현수막이 펄럭였다. '경력단절 여성을 위한 맞춤형 취업 박람회'. 현장은 만원이었다.

나는 강의실을 향해 계단을 오르다 방향을 돌렸다. 수업이 임박했지만, 지나칠 수 없었다. 남편의 말 때문이었다. '당신이 회사를 다녀, 애를 키워.'라며 쏘아 올린 작은 공은 내게 깊은 타격을 가했고, 밤마다 잠 못 들게 했다. 지구라는 행성에서 여자로 태어나 이 나이까지 도달했다면, 그중 하나는 꼭 해야 한다는 건가. 둘 다 할 수 있다면 더 훌륭한 것일 수도. 그가 주장하는 삶의 필요충분조건은 나에게 충분하지도, 필요하지도 않았다.

여성 새로 일하기 센터 주최. 구인 기업 11개사 참여. 총 80명 채용 예정

나는 안내를 따라 구직 신청을 했다. ○○대 졸업. ㈜○○종합상사 해외영업부 근무. 경력이 부고처럼 요약됐다. 특기: 영어, 독일어. 일본어. 자격증 란은 비워두었다. 교사자격증과 몇 개의 컴퓨터 관련 자격증도 있었지만 정확한 명칭이 뭔지, 취득 시기나 발급 기관도 떠오르지 않아서였다. 접수처에서는 관심 있는 자리가 있을 경우, 그 자리에서 지원해 면접까지 볼 수 있다고 했다. 아니면 구인공고를 참고하거나, 재취업 훈련을 신청할 수 있다는 안내도 받았다. 모두 국비라고 했다.

나는 기모 쫄바지에 러닝화를 신고 캐모 프린트된 야상 점퍼를 입고 있었다. 당연히 맨 얼굴이었고, 바셀린을 두껍게 바른 탓에 부르

튼 입술만 과하게 반짝였으며, 머리 모양은 '저랑 널뛰실래요?'라고 말하고 있었다. 면접은커녕 낚시라도 가야 할 외양이었다.

기업들의 부스를 기웃거리다 채용 게시판을 살폈다. 방문목욕 요양보호사, 생산직, 기계조작원, 아파트 경비원, 어린이집 조리사, 건물 미화원, 방화문 용접원, 규격 철판 절단, 금속 절곡 직원 모집. 이게 정말 경력단절 여성을 위한 일자리란 말인가.

내가 할 수 있는 일은 없었다. 지수가 예전에 했던 얘기가 떠올랐다. 동네 엄마들 사이에서 인기 있는 알바가 있는데, 일 받는 게 하늘의 별따기라고. 그건 사방 10센티 비닐봉지에 5가지 색깔의 고무줄 머리끈을 6개씩 헤아려 포장하는 일이었다. 거실 한편에 쌓아놓고 살림하는 틈틈이 작업하면 월 10만 원은 벌 수 있다고 했다. '10만 원? 하나 하는데 얼마길래?' 나는 물었고, 그게 20원이라는 얘길 듣고 아연실색했다. 연차가 제법 쌓인 사람이 40원으로 올려달라고 했을 때 담당자는 이렇게 말했다고 한다.

'월급을 어떻게 100프로나 올려요. 그런 일거리 있으면 나 좀 주소.'

단가보다 퍼센트가 문제였다. 한 달 번 돈은 가족들과 치킨을 먹고, 손목에 파스를 사 붙일 수 있는 정도였다. 오히려 남편이 술 담배를 끊는 게 훨씬 남는 일인데도 엄마들은 악착같이 이 일에 매달린다는 것이었다.

공고를 더 훑어봤다. 시켜 줄지 의문이지만, 굳이 골라보라면 가스 실린더 운송기사나 의약품 배송업무 정도는 가능할 것 같았다. 일단 운전면허는 있으니까. 삼각무역의 경험도 있으므로 물류라고 못 할 건 없었다.

평생 공짜를 좋아한 대가로 탈모가 시작된 정수리를 어루만지며 무료 취업 훈련 코너를 돌았다. 스킨케어, 의류수선, 한복 제작, 홈패션, 미용사, 제빵기능사, 한식·양식·중식 조리사, 네일아트, 발 관리, 홈가드닝, 천연비누공예. 방금 본 취업공고와의 연관성은 전혀 없어 보였다. 사회에 나가기 위해서 뭔가를 배워야 하는 현실이라니. 재취업은 폐허가 된 전쟁터를 재건해야 하는 일처럼 막막했다. 손재주가 없고, 누군가를 돌보거나 키운 경험도 없으며, 요리까지 젬병인 나로서는 엄두조차 나지 않았다.

옆 부스에서는 캘리그래피를 시연 중이었다. '은근히 잘 되리라', '세상은 너의 편이다', '네 꿈을 펼쳐라'. 한 여성이 여러 가지 덕담을 써서 나눠주고 있었다. 나의 시선은 잉크가 만들어내는 글자의 획을 따라갔다. 은근하기보다 화끈하게 잘 되길 바랐지만, 세상은 나의 편이 아니므로 이제 내 꿈을 펼칠 수 없을 거란 생각뿐이었다. 캘리그래피 지도사라는 그녀가 붓을 건넸다.

- 이제 써보시겠어요?

알고 보니 내가 서 있는 곳은 체험 줄이었다. 뒷사람이 재촉하는 눈빛을 보냈다. 학창 시절, 미녀 악필을 주장하며 개발새발 체를 합리화했던 나는 당황할 수밖에 없었다.

- 아무거나 써보세요. 여기 있는 명언도 좋고, 새해 목표를 쓰셔도 되고요.

나는 될 대로 되란 심정으로 빠르게, 그러나 분명하게 적었다.

'대출 조기 상환'

웃길 만한 요소가 전혀 없는 문구였건만, 주변에 있던 사람들이 모두 웃었다. 조롱당한 느낌이었다. 나는 종이를 하나만 더 달라고 했다. 다시 큰 글씨로 정성껏 썼다.

'당선'.

– 멋지네요. 어디 선거에 나가시나 봐요.

캘리그래퍼가 말했고, 조기 상환에 웃었던 사람들이 나를 주목했다. '당첨이라고 써야 되는 거 아냐?'라는 소리도 들렸다. 나는 앞에 놓여 있는 낙관을 아무거나 골라 찍었다.

– 여기서 뭐해요, 박샘. 취업하시게요?

박상윤이 바로 앞에 있었다. 나는 은밀한 짓을 하다 들킨 사람처럼 종이를 후다닥 접어 주머니에 넣었다.

– 샘은…… 글을 쓰시지.

남의 사정도 모르는 그가 쉽게 말했다. 괜히 서운한 표정이었다.

– 수업 시작하겠어요. 얼른 가시죠.

나는 앞서가 계단을 올랐다. 행사 관계자들과 그의 호위 무사들이 일렬횡대로 서서 '경단녀 파이팅!'을 외쳤다. 플래시가 터지며 주위가 밝아졌다. 경단녀를 구호로 쓰다니. 경단이 아니라 개떡 같았다.

*

○ 어릴 때 가장 기억나는 것
○ 미래 키워드

강사는 화이트보드에 두 가지를 적었다. 깊이 생각하지 말고 가장 먼저 떠오르는 것을 바로 쓰라는 거였다. 주어진 1분이 지났고, 한 명씩 내용을 읽었다.

첫 번째 질문에는 부모의 사랑, 엄마의 음식, 스승, 친구, 학창 시절의 기억과 생사를 가를 뻔한 사건 사고도 있었다. 미래 키워드는 건강, 행복, 장수 그리고 빌딩이란 단어도 언급됐다.

나는 정말이지 아무 목적도 없이, 가장 먼저 떠오른 이미지를 맹목적으로 적었다. 첫 번째는 무서운 상황이라서 기억에 남는 거였고, 두 번째는 가까운 미래에 꼭 이루고 싶은 것이었다.

코발트빛 해변을 따라 펼쳐진 하얀 모래사장. 그늘진 야자수 파라솔 아래의 선베드. 눈부시도록 평화로운 곳. 결혼 20주년쯤이면 거기서 수영복에 선글라스를 끼고, 칵테일을 마시며 누워 있어야 제맛 아니겠냐고 난 누누이 강조해 왔다. 비록 나의 몸은 나와야 할 곳이 점점 들어가고, 들어가 있어야 할 곳이 자동으로 나오는, 그나마 나온 부위마저 길바닥에 떨어트린 순두부 같은 놀라운 현상이 벌어지고 있었지만. 강도 높은 다이어트와 웨이트 트레이닝을 병행하고 연일 홈쇼핑에서 광고하는 저분자 콜라겐을 장복하며, 레티놀 성분이 든 아이크림을 전신에 꾸준히 처바른다면 그리 불가능한 일도 아닐 것 같았다.

나는 벌써 그곳에 드러누워 마일즈 데이비스의 음악을 듣는 기분으로 두 줄을 읽었다.

　　○ 어릴 때 가장 기억나는 것 : 골목에서 커다란 개를 데리고 서 있던 남자아이
　　○ 미래 키워드 : 비키니

웃음이 터졌고, 몇은 고개를 돌려 나를 봤다. 박상윤은 나를 향해

엄지를 치켜들었다. 순진하게 나만 있는 대로 적은 것 같았다.

다음은 방금 적은 두 가지의 내용을 한 장면에 넣는 것이었다. 장면 전환 연습이라는 건데, 말하자면 한 장면 안에서 두 가지의 이미지를 연결하는 거였다. 난감했다. 골목길에서 개를 데리고 있는 아이와 비키니는 누가 봐도 연관성이 없었다. 뭘 어떻게 하란 말인가.

다른 회원들은 일제히 고개를 숙이고 빠르게 적어나갔다. 엄마의 사랑이 담긴 음식으로 건강하게 자랄 수 있었다든가. 부모가 준 사랑이 지금의 행복을 만들었다든가. 여러 번 죽을 뻔했지만, 위기를 기회로 건물주가 되는 꿈을 꾸고 있다든가. 어떻게든 이야기를 잇는 데 성공했다. 고스톱을 짜고 치는 건가. 나는 타짜에게 엮인 기분으로 머리카락을 쥐어뜯을 수밖에 없었다. 나는 고심 끝에 빠르게 적었다.

오빠와 나는 골목을 기웃거리고 있다. 한낮인데도 어두컴컴하다. 자칭 골목대장이라는 남자아이가 개 한 마리를 데리고 나와 있다. 개는 거의 내 키만 하다.

주둥이 가장자리엔 침이 하얗게 말라붙었고 이빨은 날카롭다. 다리는 가늘지만 길고 등 근육은 울룩불룩하다. 목줄은 전봇대에 고정되어 있다. 개는 땅에 코를 박고 연신 벌름거리며 초조한 듯 좌우로 오간다. 목줄은 팽팽해진다. 길이 좁은 탓에 개를 비켜 지나가는 건 불가능해 보인다. 우리가 다가가자 개는 으르렁 거린다. 나는 얼른 오빠 뒤로 숨는다. 오빠가 발을 세게 구르자 개가 짖는다. 온 동네가 쩌렁쩌렁 울린다. 이윽고 흥분한 개는 앞발을 들더니 담을 향해 점프하기 시작한다. 거기엔 술 광고가 붙어 있다. 하얀 모래사장에서 빨간 비키니에 하얀 로브를 걸친 여자의 모습이다. 그녀는 반짝이는 입술을 소주

병에 밀착시키고 수줍게 몸을 꼬고 있다. 개는 혀를 내민 채 헉헉대더니 자꾸만 뛰어오르며 발톱으로 벽을 긁는다. 광고지의 모서리가 떨어질 듯 펄럭인다.

　아이는 자기 집 앞을 지나려면 백 원을 내라고 한다. 안 그러면 목줄을 풀어버리겠다고 위협한다. 오빠는 눈 하나 깜짝 않고 근처에 있던 큰 벽돌 하나를 주워 온다.

　어불성설, 견강부회 식의 어설픈 작문이었다. 순발력보다는 잔머리를 키우는 데 효과가 있을 것 같았다. 나는 일어서서 최대한 또렷한 목소리로 읽었다. 강사의 입술 왼쪽이 잠깐 올라갔다 내려오는 게 보였다. 정확히 어느 지점인지는 모르겠지만, 아마도 '수줍게 몸을 꼬고 있다.' 부분인 듯했다.

　– 상황을 장악하는 힘이 있네요. 더 써보세요. 무슨 일이 일어났는지.

　이런 허접한 글을 더 써보라니. 박상윤은 나를 향해 엄지를 들었다.

　– 박 샘, 어떻게 이런 생각을 했어요?

　그의 과장된 반응을 무시했지만, 그는 상대방이 대꾸하지 않아도 꿋꿋이 대화를 이어가는 신묘한 능력의 소유자였다.

　수업이 끝나고 강사와 함께 근처로 이동하려는 참이었다. 메일로 제출한 「바이쥬 번역기」의 코멘트를 받기 위해서였다. 박상윤이 쪼르르 달려왔다.

　– 두 분 어디 가세요?

- 아무 데도 안…….
- 박 샘이 작품을 보여주셔서, 잠깐 얘기 좀 나눌까 하고요.

나의 손사래보다 강사의 말이 더 빨랐다.

- 같이 가도 되겠습니까? 옆에서 듣기만 하겠습니다.
- 박 샘만 괜찮으시다면야 저는 상관없습니다.

강사가 나를 쳐다봤다. 나의 표정을 봤을 텐데, 박상윤은 이미 옆에 바짝 붙어 있었다.

커피숍에는 어쩐 일인지 중년 여성들로 가득했다. 우리는 겨우 빈자리를 찾았고 둥근 테이블에 앉았다. 박상윤은 청강료라며 커피를 사 왔다. 강사는 출력해온 나의 원고를 꺼냈다. 첨삭의 흔적이 가득했다.

- 앞부분이 흥미롭네요. 그런데 뒤로 가면서 단순한 에피소드로 빠져 버립니다. 이야기를 통해 보여주고자 하는 주제나 이미지가 보이지 않는 것, 이것이 가장 큰 문제라고 할 수 있습니다. 문장이 안정적인 것 도 좋고, 사유가 되는 부분도 적절히 있으나, 단점이 장점을 묻히게 만들고 있네요. 특히 이 부분이요.

그가 한 장을 톡 뜯어내 내밀었다.

백 대리가 바쁘게 통역을 하는 사이, 미하엘과 그의 비서 질케가 왔다. 미하엘은 키가 크고 깐깐한 인상이었고, 질케는 작은 얼굴에 이목구비가 또렷했다. 나는 그들과 인사를 나누고, 상석으로 안내했다. 총경리의 왼쪽부터 미하엘, 질케, 나, 백 대리, 총경리의 남편, 그리고 그들의 딸 순으로 둘러앉았다.

언어의 장벽은 높았다, 기보다는 만리장성만큼이나 길었다. 의사소

통하는 데 많은 시간이 걸렸다. 예를 들어, 총경리가 중국어로 환영한다고 하면 옆에 있는 백 대리가 나에게 한국말로 전하고, 나는 질케에게 영어로 말하고, 질케가 미하엘에게 독일어로 전달하는 식이었다. 마찬가지로 미하엘이 공장 직원이 몇 명이냐고 하면 질케가 나에게, 내가 백 대리에게, 백 대리가 총경리한테 묻고, 총경리의 대답은 다시 역순으로 돌아왔다.

말하자면 미하엘은 독일어만 하지 영어, 한국어, 중국어를 몰랐고, 질케는 독일어와 영어만 할 줄 알지 한국어와 중국어를 몰랐고, 나는 영어와 한국어만 알지 독일어와 중국어를 몰랐고, 백 대리는 중국어와 한국어만 알지 독일어와 영어를 몰랐고, 총경리는 중국어만 했지 독일어, 영어, 한국어를 모르기 때문이었다.

따라서 미하엘과 총경리만이 대화하는 것은 불가능했고, 미하엘과 백 대리, 질케와 백 대리, 나와 미하엘(약간은 가능하겠지만) 또는 나와 총경리가 소통하는 것은 불가능했다. 미하엘과 총경리의 대화 중 질케 또는 내가, 혹은 백 대리 선에서 간단히 대답해 줄 수 있는 것이 때때로 있지만, 그랬다가는 대화에서 소외된 나머지 사람들이 방금 너희들끼리 무슨 얘길 한 거냐고 다시 물어봤고, 어떤 대화를 했는지 말해줘야 했고, 다른 편에서는 지금 뭐에 대해 설명해주는 거냐고 묻게 되면, 거기에 또 답해야 하는 것이 번거로웠으므로, 거의 모든 대화를 원래 순서대로 흐르게 놔두는 것이 순리였다.

우리는 모든 대화를 공유할 수밖에 없는 숙명적 관계 같았다.

- 도대체 이런 건 왜 쓴 거예요?

어디서 많이 들어본 질문이었다. 혹시 의미가 없는 걸 못 견디는 그

놈이 스타벅스까지 출몰했나 싶어 주변을 둘러봤다. 가장 공들여 쓴 부분을 가장 먼저 삭제해야 한다는 걸 아는 건 검열관밖에 없었다.

- 재미가 없나요?
- 언어의 문제를 파고들 것 같은 분위기인데, 그런 것도 아니더군요. 이렇게 되면 에피소드에 불과할 뿐, 소설의 서사가 아니라고 할 수 있겠습니다. 가십을 내러티브로 승화시키는 연습을 더 하셔야겠어요. 아쉽습니다.

냉정한 조언이었다. 글을 쓰는 것이 얼마나 힘든 노동인지 누구보다 깊이 이해하고 있을 그였다. 수강생의 면전에 대고 직접 작품을 까는 그의 교수법에서 나는 무엇을 배울 수 있는가. 얼굴이 화끈거렸고, 대꾸할 말이 떠오르지 않았다. 반박할 만한 논리도 없었다. 박상윤은 말없이 커피를 홀짝이다 잔의 모서리만 문질렀다. 강사는 나의 속마음을 읽은 것 같았다.

- 신념과 고집을 혼동하시면 안 됩니다. 아무리 고민해서 열심히 썼다 해도 누군가에게 읽힐 만한 가치가 있는 것인지를 항상 되돌아봐야 합니다. 퇴고를 하면서 고민해 보세요. 도대체 지금 시대에 이런 이야기가 왜 필요할까요. 도서관에 가 보세요. 좋은 책이 얼마나 많습니까. 다른 걸 제치고 이 작품을 집어 들어야 할 명백한 이유가 있어야 해요. 단 한 가지라도요.

그의 관심 어린 잔소리는 계속되었다. 먼저 인문학적 소양을 가지고 뚜렷한 세계관을 갖추어야만 내러티브의 목적지에 닿을 수 있다는 것부터, 소설의 장면에서는 그 자체에 메시지를 함축하고 있어야 하므로 묘사라는 것은 보여 주는 게 아니라 서술이라고 해야 한다는 것까지. 서술은 설명과 구분되어야 했다. 아무래도 내게는 주제 없는 묘사로만 가득하다는 것을 말하는 듯했다.

　그는 종이 뒷면에 한자로 핍진(逼眞)이라고 썼다. '왜'라는 질문은 어째서 중요한가. 스스로 화두를 던지고 셀프로 선문답을 하던 그의 목소리는 간증에 가까웠다. 그가 말하는 모든 것은 스스로도 좀처럼 성취하지 못하는, 자신의 작품세계를 줄곧 괴롭히고 있는 요소인 것 같았다. 도스토예프스키가 굵직한 작품을 줄줄이 쓰고서 '아, 난 도대체 뭘 쓰고 있는 건지 모르겠어.'라고 한탄한 것처럼.

　대문호 못지않게 머리가 아팠다. 무럭무럭 자라 무거워진 머리카락들이 두피를 잡아당기고 있었다. 근사한 작품을 쓸 때까지 내버려두겠다는 각오 때문에 본의 아니게 유기견 스타일이 되어갔다. 시험을 앞두고 머리를 감지 않는 수험생의 자세 같은 거였는데, 덕분에 나는 뗀석기만 들지 않았을 뿐, 거의 네안데르탈인의 모습이었다. 그의 말을 들으며 갸우뚱해진 고개가 점점 더 기울어졌다. 낮은 목소리가 점점 작아지더니 근처 여인들의 목소리가 또렷이 들려왔다.

　옆 테이블에는 주부들이 자녀 교육에 관해 난상토론 중이었다. 월수금은 영어, 화목토는 수학, 목금은 과학과 역사학원을 추가로 보내고, 피아노와 태권도를 매일 보내다 보면 논술을 넣을 시간이 없다는 게 그들의 고민이자 주제였다. 한 엄마는 할 수 없이 태권도를 야간반으로 돌렸고, 집에 오면 10시가 넘는다고 했다. 최근엔 아이가 눈이 많이 나빠졌고, 밥을 잘 먹지 않으며, 키가 또래보다 크지 않는 것 같아 걱정이라는 말도 덧붙였다. 그들의 고민 속에는 이미 해결책이 있어 보였는데, 정작 자신들은 모르는 듯했다. 앞에도, 뒤의 테이블에도 비슷한 요점과 근심이 주름져 아코디언처럼 울려 퍼지고 있었다. 강사의 얘기에 그들의 대화가 배경음악처럼 깔렸다.

나도 보통의 삶을 사는 데 성공했다면 지금 이 시간, 저들과 앉아 있지 않았을까. 힘들게 틔운 싹을 밟아 죽이는, 비난에 가까운 충고를 듣지 않아도 되는 세계에서. 두 아저씨들 사이에서 현실과 동떨어진 소설 이야기나 하며, 일상에 아무런 쓸모도 없고, 실익도 전혀 없으며, 지구의 어느 영역에도 도움이 되지 않을 픽션에 파묻히지 않은 채 어쩐지 시간이 쓸모없이 소모되는 느낌이었다. 리얼리티, 핍진성, 플롯, 내러티브…… 이 모든 고민은 배부른 소리에 불과했다.

강사는 그래도 즐겁게 쓴 글은 분명 문학세계를 확장시켜 줄 것이라며 나의 문학세계가 아직 확장되지 않았음을 에둘러 표현했다.

- 마감을 정해서 같이 써보세요. 모임을 만들어서 몰아치듯 써내야 합니다.

그는 퇴고만 잘하면 어디 응모해 볼 수 있을 정도는 될 거라며 자리를 떴다. 그게 칭찬인지 위로인지 알 수 없었지만, 지금은 어디에 응모조차 할 수 없는 수준이라는 것을 알 수 있었다. 식어버린 커피를 사이에 둔 채 박상윤과 내가 남았다. 줄곧 침묵하던 그가 말문을 열었다.

- 박 샘, 그거 아세요? 마이클 잭슨이 빌보드 차트에 4개의 곡을 랭크하기까지 어떤 노력을 했는지.

- 어떻게 했는데요?

- 900곡을 썼어요. 60명의 프로듀서와 함께였죠. '빌리진' 한 곡만 91번을 녹음했고요.

- 마 선생님이 26살 때네요. 84년 곡이니까.

- 네. 그렇죠. 팝의 황제가 마 씨였구나. 음…….

- 무슨 뜻인지 알고 있어요. 저를 위로하실 필요 없고요.

- 제가 무슨 자격이 있다고 샘을 위로하겠습니까. 최고가 되려면 그 정도 노력은 해보자는 거죠. 좌절도 아무나 할 수 있는 게 아니니까요.
　- 최고될 생각 없어요. 중간 정도면 몰라도.
　- 아까 강사님이 그렇게 길게 얘기하신 건 박 샘이 중간 이상의 능력을 가지고 있어서일 거예요. 아니다 싶으면, 그 정도로 열심히 말씀하시지는 않았겠죠.
　사십 넘어 가능성이라니. 웃어야 할지 울어야 할지 알 수 없었다. 나는 기름이 떠 있는 커피를 한 모금 마셨다. 그가 종이를 넘겼다.
　- 저는 이 부분이 제일 좋았어요.
　- 제 작품 읽으셨어요, 언제?
　- 방금요. 같이 말씀 나누시는 동안.
　내 작품은 이미 그의 손에서 힘차게 펄럭이고 있었다. 뒷부분이 펼쳐져 있었다.

　　협업은 계속될 수 있었다. 나는 분기별로 공장을 왕래하며 생산 보고서와 공장관리 현황을 본사에 보고했다. 나는 성과를 인정받아 동기들 중 가장 먼저 대리가 되었고, 과장은 부장으로 승진했다. 총경리의 딸은 그로부터 1년 뒤에 독일로 유학을 떠났다. 백 대리는 지금도 나에게 회사로 유산의 땅콩을 가끔씩 보내준다. 포장지에는 산봉우리 두 개가 그려져 있다. 봉지를 볼 때마다, 음…… 이렇게 생긴 가슴이라면 좀 곤란하지 않을까? 하고 곰곰이 생각하게 된다.

　- 너무 재미있어요. 도서관에 있다면 이 작품을 선택할 만한 명백

한 증거라고 생각해요.

　역시 남자들은 가슴 얘기를 좋아하는 군. 나는 좀 민망했다.

　- 제가 하는 소설 스터디 모임이 있는데요. 박 샘도 나오시면 좋겠어요. 전투적 글쓰기 모임이랄까요. 처음보다는 와해됐지만 덕분에 소수정예가 됐죠. 멤버들 열정이 대단해요.

　나는 솔깃했다. 내가 찾던 소설 모임이라니. '전투'라는 말이 맘에 들지는 않았지만 분단국에 태어나 한 번쯤 전장에 몸담는 것도 나쁘지 않았다. 방금 강사도 모임을 만들어보라고 하지 않았나.

　- 좋아요. 한번 가볼게요. 폐가 되지 않는다면요.

　- 폐는요. 오히려 박 샘이 활기가 되어 주시는 거죠. 다음 주 금요일 저녁인데. 쓰셨던 작품 아무거나 하나 들고 오시면 돼요. 미니 픽션도 좋고, 에세이도 좋고요. 뭐든 다 됩니다.

　- 아, 그날 밤에 약속이 있었네요. 오랜만에 친구를 만나기로 해서요.

　- 토요일에요? 늦지 않게 끝날 겁니다. 꼭 오세요.

*

　집으로 가는 길, 서점에 들렀다. 소설 코너에서 그의 책을 찾았다. 과연 작가 분류 ㅎ 라인에 여러 권이 꽂혀 있었다. 소설집을 하나 들고 의자에 걸터앉았다. 표제작인 중편 「너의 얘기를 해도 된다면」을 읽었다. 구성은 엉성했고 인물들은 갈팡질팡했으며, 그걸 갈등이라고 포장하고 싶었는지 흐름과는 맞지 않는 사건들이 연이어 터졌다. 표지에는 '소멸을 이겨내는 빛과 같은 이야기'라는 추천사가 인용되어 있었다.

　피식 웃음이 났다. 나에게 두었던 훈수는 그의 머릿속에만 있을 뿐이었다. 소설가라고 모든 이론을 적용시킬 수는 없겠지. 조금 전 한 없이 진지했던 그의 얼굴이 떠올랐다. 작품의 화자가 그의 목소리로 이입되어 들렸다.

　입술이 씰룩거렸다. 이렇게 재미없는 책이 엄청난 재미를 줄 수 있다니 놀라웠다. 분명히 재미가 없는데, 왜 재미있는지 분석해 봐야겠다는 자세로 나는 책을 샀다. 무엇보다 가십이 내러티브로 승화되는 지점을 찾고 싶었다. 꼭 저자의 사인을 받아 평생 소장할 작정이었다. 무엇보다 그에게 묻고 싶은 게 있었다.

　- 이런 건 왜 쓴 거예요?

그대로 다 될 것이다

며칠째 모르는 전화가 왔다. 저장되지 않은 번호였으나, 뒷자리는 익숙했다. 4939, 4939……. 이사 전에 신문 구독을 끊었는데, 그들은 번호를 바꿔 가며 끈질기게 구애 중이었다. 녹색 동그라미를 터치했다. 이번에야말로 단호하게 자를 생각이었다.

— 여보세요.

— 안녕하세요. 박주연 님. 여기 ○○○병원입니다.

그 병원이라면, 우리의 비즈니스는 끝난 지 오래였다.

— 무슨 일이시죠?

— 다름이 아니고요, 냉동 배아 보존기간이 임박해서 연락드렸습니다.

— 냉동배아요?

— 네. 2012년에 시술하실 때 냉동배아가 4개 나왔었는데요, 다음 해에 3개 이식하셨고, 나머지는 보관 중이거든요.

— 그게 지금 남아 있다고요?

— 예. 동의서에 직접 사인도 하셨네요.

— 보존기간이 얼마나 되는 거였죠?

— 최장 5년입니다.

기억을 더듬어 보았다. 당시에 나는 의학적, 한의학적, 대체 의학적 시도와 노력들을 빠짐없이 기록했었다. 몰 스킨 다이어리 3권은 고스란히 오답노트가 되어 책장 어딘가에서 먼지가 쌓여가고 있긴 했지만, 배아가 남아 있는 건 생각조차 못했던 것이다.

— 정말 제께 맞는 거죠?

— 그럼요. 진료기록을 보니 자연주기 요법으로 하시면서 냉동배아는 같이 이식하지 않으신 걸로 되어 있어요. 시술 의향이 있으시

다면, 생리 2일째에 방문하셔서 상담하고 냉동 이식을 진행하시면 됩니다.

　- 확률은 얼마나 될까요?

　- 어떤 확률을 말씀하시는 걸까요.

　- 5년간 보관했던 냉동배아를 하나 이식했을 때 임신할 수 있는 확률이요.

　- 아, 네. 통상적으로 배아 1개당 착상 성공률을 20%로 보고 있습니다.

　그는 임신이라는 말 대신, 착상 성공이라고 했다. 뭐가 다른 걸까. 난 자꾸 뭘 물어보는 걸까. 궁금한 게 많은가. 미련이라도 남았나.

　임신을 축복이라 생각할 때가 있었다. 그 뒤에는 기적이라고 여겼지만, 결국 도박이었다. 나는 머릿속으로 원을 그린 후 케이크 자르듯 80대 20으로 분할 한 뒤 중심에 섰다. 눈을 감고 제자리 돌기를 하다 멈췄다. 그리고 앞으로 돌을 던졌다. 눈을 떴다. 돌은 80%의 땅 한가운데 떨어져 있었다. 어지러웠다.

　어쩌면 내 인생 마지막 기회였다. 희박한 확률에도 불구하고 지금이라도 아이가 온다면. 우리는 과연 좋은 부모가 될 수 있을까. 사랑으로 키울 수 있을까. 영하 196도의 질소탱크 안에 포배기 배아를 넣고 밀봉할 때의 우리와 지금의 우리는 분명 같지 않았다. 공간은 보존이 가능했지만, 시간은 그러지 못했다. 타임캡슐을 개봉하는 기분이었다. 답은 명확했다.

　- 보관을 종료해 주세요. 그만하려고요. 사실은 이미 포기했거든요.

　- 폐기해도 된다는 말씀이시죠?

- 폐기요?

- 네. 생명 윤리 및 안전에 관한 법률에 의거하여 5년이 경과하면 폐기하게 됩니다.

- 그게 왜 폐기죠? 그럼 수정란은 폐기물인가요?

- 보관 기간이 지나면, 그렇게 하고 있습니다. 결정이 어려우시면 남편분과 상의해 보시고 연락 주세요. 아직 시간이 있으니까요. 원하시면 예약을 잡아드리도록 할게요. 해보셨지만 냉동 이식은 길항제 요법보다 간단하니까요. 과배란 과정이 없으니 수월하시죠. 비용도 덜 들고요.

포기와 폐기는 이음동의어였다. 지금까지 채취한 난자만 어림잡아 수 백 개였고, 수정까지 간 것은 수 십 개였다. 그토록 많은 생명의 가능성을 놓쳐버리고도 한 개의 수정란을 폐기한다는 것에 대해 나는 발끈하고 있었다. 내 몸이 알아서 생명을 없애버린 일과 실험실의 폐기에는 어떤 차이가 있나. 수정란에도 자연사와 안락사가 있는 것일 수도.

나는 한숨을 내쉬며 머리를 쓸어 올렸다. 머리가 지끈거렸다. 중요한 일을 까맣게 잊고 있어서였을까. 중요하지도 않은 일을 너무나도 중요하게 생각하며 살았던 시간들이 떠올라서일까. 아니면 한때 중요했던 일이 이제는 중요하지 않게 되어서일 수도 있었다.

현관 앞에 택배가 와 있었다. 또 열대어 사료겠지. 나는 송장을 확인하지도 않고 박스를 발로 세게 걷어찼다. 스티로폼 상자는 계단 모서리에 부딪치며 하얀 부스러기를 날렸다. 가급적 그 자리에서 썩거나, 터지거나 어떻게든 변질돼서 누군가 치워주길 바랐다. 나는 집으로 들어왔다. 김치냉장고에서 와인 한 병을 꺼냈다. 코르크 마개를 따고 머그잔에 따라 마셨다.

회의를 마치고 돌아가는 길, 고속도로를 벗어나자 한적한 마을이 나타났다. 리케는 회전교차로에 접어들더니 핸들은 꺾은 채 몇 바퀴를 돌았다. '엑시트로 안 가?' 나는 의아해서 물었고 여러 개의 반복되는 이정표를 보며 골똘해 있던 그녀가 '아, 여기다' 하며 한 곳으로 빠졌다.

몇 개의 언덕과 농가와 축사를 지나자 지평선 끝에 파도처럼 굽이치는 포도밭의 물결이 보였다. 지지대보다도 작은 나무의 이파리는 북반구의 햇살 아래에서 반짝이며 흔들리고 있었는데, 마치 바람개비가 도는 것처럼 보였다.

그녀는 길가의 한 건물 앞에서 차를 세웠다. Møllersgaarden이라 쓰인 간판이 보였다.

'이것 봐. 덴마크도 와인을 만든다고.'

'설마. 너 혹시 덴마크 와인에 프랑스산 치즈를 안주로 먹자는 건 아니지?'

'하하 정확해. 여기 길 양쪽으로 포도밭이 있지? 도로 왼쪽과 오른쪽에 열린 포도로 각각 와인을 만들면, 맛이 어떨 것 같아? 품종은 같은 소비뇽 블랑이야.'

'글쎄. 와인을 기내식으로 배워서 잘 모르지만, 품종이 같다면 당연히 맛도 같지 않을까. 2차선을 사이에 둔 것뿐이니까.'

그녀는 잠시 양조장 건물 뒤로 사라졌다가 양손에 와인 잔을 들고 나타났다.

'자, 비교해 봐.'

'누가 테스트하시겠습니까.' 나는 와인 소믈리에처럼 정중히 물었다.

'풋, 테이스트겠지. 한번 마셔봐.'

두 잔 다 화이트였고, 명도나 향의 차이는 없었다. 나는 물로 입을 헹궈가며 그녀가 건네주는 순서대로 마셨다. 와인 입문도 하지 않은 내가 구별할 수 있을 정도로 비교되는 맛이었다. 한쪽이 훨씬 강했다.

'어떻게 이렇게 다를 수가 있지? 이게 더 드라이해.'

'그걸 느꼈다면, 넌 이미 와인과 사랑에 빠진 거야.'

그녀가 활짝 웃었다.

'미세한 조도나 토양의 차이로 오른쪽 포도의 당도가 높은데, 당도가 높으면 알코올 도수도 높아져. 위치가 다른 나무뿐만 아니라, 같은 나무의 열매끼리도 맛이 다른 거야. 최상급 와인을 만들려면 척박한 환경에서 자란 포도가 필요해. 살아남기 어려운 환경에서 자란 포도가 더 달고 깊은 맛이 난다고. 사람이랑 똑같아.'

나무마다 영글기 시작한 포도가 보였다. 연두색의 동그란 열매들은 어떤 나무에는 많이, 또 어느 그루엔 적게 달려 있었다. 내 눈이 어떻게 된 건지 다닥다닥 붙어 있는 알들은 우습게도 초음파로 봤던 과배란된 난포처럼 보였다.

폴리트롭 최대 용량에 데카펩틸을 써도 모자라 다시 고용량의 폴리트롭을 추가해도 난포는 자라지 않았다. 다음 회차에 다른 종류의 약을 써 봐도 마찬가지였다.

배란이 되지 않는 건가요? 나는 의사에게 물었고, 자연적으로 배란이 잘 되는 사람에게도 약이 잘 듣지 않는 경우가 흔하다는 얘길 들었다. 아마도 내게는 과학적으로 밝혀지지 않은, 지독히 개인적인 물질이 있어서, 임신의 가능성이 조금이라도 있으면 즉시 출동해서 체계를 교란시키는 듯했다.

몇 개의 열매만을 매단 채 간신히 지지대에 기댄 저 포도나무는 나의 모습일까. 온전히 자라나 맛 좋은 와인이 될 수 있을까.

긴 하루였다. 취업문 앞을 얼쩡거렸고, 유해진 닮은 남자가 내 앞에 알짱거렸으며, 소설은 차분히 까였고, 나를 면전에서 깐 작가의 작품을 깠고, 20퍼센트의 가능성을 가진 - 이미 5살이지만 아직 태어나지 않은 - 미확인 냉동 물체의 소재를 파악했다. 체리새우 새끼들은 죽은 구피를 뜯어먹으며 단체 회식을 즐겼다. 술에 의지해 정신을 해체시키기 딱 좋은 날이었다.

마지막 잔이었다. 마실 때의 기본자세는 언제나 '내일은 몰라요.'였는데, 내일은 물론, 모레도, 글피도 그다음 날 이후까지도 줄기차게 모르는 상태였다. 나야말로 살얼음 낀 냉동실에라도 웅크리고 들어가 시간을 얼려버리고 싶었다. 폰에 엄마의 문자가 와 있었다.

'너희가 기도하며 구하는 것이 무엇이든 그것을 이미 받았다고 믿기만 하면 그대로 다 될 것이다. (마, 11-24)'

피곤했다. 나는 폰을 껐고, 침대에 눕자마자 잠들었다.

*

새벽에 눈이 떠졌다. 집안에 악취가 가득했다. 우리 집에서 수백 명이 동시에 똥을 누지 않는 한 생성이 불가능한 밀도였다. 냄새가 얼마나 진득한지 공기에서 점성이 느껴질 정도였다.

발화점은 화장실이었다. 육안으로는 찾을 수 없었지만, 분명 어떤 지점에서 독한 냄새가 뿜어져 나오고 있었다. 아마도 변기의 틈새나

환풍구에서일 거였다. 서랍을 뒤져 마스크를 꺼내 쓰고 관리실에 전화했다. 잠시 후 당직자가 왔고, 그는 거실과 부엌을 둘러봤다. 식탁 위에는 와인병과 머그컵, 먹다 남은 치즈와 과일 껍질 등이 어질러져 있었다. 그는 화장실에 머리를 들이밀고 킁킁대더니 말했다.

- 흠. 아무 냄새도 안 나는데요.
- 냄새가 안 난다고요? 이렇게 심한데요.
- 화장실에서 이 정도 냄새는 나죠, 어느 집이든.
- 아니, 평소에 괜찮았는데 갑자기 나는 거예요.
- 그렇게 말씀하시니 조금 나는 것 같기도 한데, 뭐 심하지는 않습니다. 만약 잠이 깰 정도로 심하다면 다른 집들도 지금 난리가 났겠죠. 냄새라는 건 아래에서 위로 올라오기 마련이니까요. 날이 밝은 대로 조사해 보죠.

그는 나가려다 말고 돌아섰다.

- 일단 저걸 청소해 보시는 게 어떨까요?

그는 식탁을 가리키며 말했다. 블루 가재의 몸이 뒤집어져 있었다. 물속에는 콧물 같은 하얀 건더기들이 떠다녔고, 수면에는 뿌연 기름 막 위로 하얗고 파란 곰팡이가 피어 있었다. 집안의 모든 창문을 열었다. 겨울바람이 커튼을 흔들었다.

환기를 시키고 방문을 조금 열어둔 채로 잠들었다. 곧 아침이었고, 초인종이 울렸다. 밖에 유니폼을 입은 한 남자가 서 있었다. 그의 조끼에 강남 도시가스라고 쓰여 있었다. 아파트 관리실에서 긴급 신고를 받고 왔다고 했다. 나는 눈을 비비며 느리게 문을 열었다.

- 냄새가 난다고요? 어디서 나는 건가요?
- 화장실이요.

- 네? 가스 냄새 가요?

- 아뇨, 똥냄새요.

그는 화장실로 갔다. 그리고 곳곳에 탐지기를 갖다 대며 의아한 표정으로 말했다.

- 이 아파트는 화장실에 가스관이 지나가질 않습니다. 부엌에도 새는 곳은 없고요.

관리실에서 왜 신고를 한 건지 알 수 없었다. 똥과 가스와 부패한 가재의 냄새 정도는 누구나 구별할 수 있는 것 아닌가. 숙취 때문인지 가늘 수 없을 정도로 머리가 무거웠다. 아침에 일어나 상쾌함을 느낀 게 언제였는지 기억나지 않았다.

잠이 덜 깬 상태로 옆구리를 긁는 나에게 가스공사 직원은 관리실에 들렀다 가겠노라고 했다. 그가 가고 난 침대에 쓰러졌다. 잠깐 잠이 들었는데, 또 초인종 소리가 요란하게 울렸다. 앞으로 어떤 냄새가 풍기든, 물이 새서 홍수가 나거나, 층간소음으로 굉음이 울리더라도 다시는 관리실을 통하지 않을 작정이었다.

- 나다, 주연아.

어머니였다. 연락도 없는 방문은 처음이었다.

*

이사 온 후, 어머니에게 몇 번 전화가 왔지만 받지 않았다. 부재중 전화가 찍히면 요즘 뭘 배우느라 바빠서 못 받았다거나, 약속이 있었다고 핑계를 대는 식이었다. 어머니는 움푹 파인 스티로폼 상자를 들고 있었다.

- 오셨어요. 어쩐 일이세요?
- 그냥. 지나가다.

나는 부엌으로 가 커피를 내렸다. 지저분한 식탁이 거슬렸지만 내버려 뒀다.

- 택배가 떨어져 있더라.

어머니는 박스테이프를 뜯었다. 복분자였다. '아직도 믿으세요, 그걸.' 나는 말하고 싶었다. 어머니에게 종교가 되어버린 열매는 이미 순교해서 붉은 과즙을 흘리고 있었다. 나는 뜨거운 물이 담긴 머그에 샷을 부었고, 교주에게 내밀었다.

- 현우네 예단 온 거 조금 가져왔어. 너희들 옷이라도 맞춰 입으라고.

시동생 결혼식이 다가오고 있었다. 모든 경조사 중 경사를 끊은 지 오래였다.

나는 스스로 떠맡았던 학교·회사 동기모임의 총무 자리부터 내려놨었다. 단체문자를 보내는 사람이 번번이 행사에 불참할 수는 없었다. 친구들, 지인의 결혼식, 돌잔치는 물론 송년회, 신년회, 그리고 내가 가장 사랑하는 행사였던 동문 체육대회까지도 잘랐다.

언제부터인지 불알친구들과도 어색해져 버렸고, 나 때문에 친구들은 말을 가려서 해야 했다. 누군가로부터 불쑥 튀어나오는 한마디는 곧장 분란을 일으켰다. 내가 나서서 말려도 소용이 없었다.

'넌 어떻게 그렇게 쉽게 말해? 입양이나 하라니.'

지수가 나서서 말했을 때 난 깨달았다. 나는 의도하지 않아도 피해를 주는 인간이 되어버렸다는 것을. 순리의 길을 걷는 무리에서 다소 이탈해 있다는 걸.

- 결혼식에 예쁜 거 사 입고 와, 제일 비싼 걸로. 나랑 같이 백화점 갈래?
- 괜찮아요. 정장 많아요. 한복 입어도 되고요.
- 니들 결혼식 때 한복? 오래돼서 입을 수나 있겠니. 한복도 유행이 있는데.

사실 나는 옷과 구두, 가방의 문제보다는 참석여부에 대해 생각하고 있었다. 시동생의 결혼식에 불참한 며느리. 참신한 발상이었다. 할머니, 할아버지, 그 많은 삼촌, 고모와 숙모들, 아이들을 주렁주렁 달고 오는 사촌들 사이에서 어떤 표정을 지어야 할지 난감한 건 명절로 충분했다. 어느 누가 뭐라고 하지 않지만, 그게 더 불편했고, 불편하면서도 불편해하지 않으려고 애쓰는 나 때문에 그들도 불편해져 버리곤 했다.

차라리 아이를 낳지 않을 작정이라고, 둘만으로도 행복하다고 선언하면 좋았을 텐데. 우리 중 누구도 그러지 못했다. 그는 새해마다 상 할머니에게 넙죽 절을 하며 '올해에는 꼭 손주 안겨 드릴게요.'라고 묻지도 않은 질문에 대답하거나, '우리도 낳아야죠, 곧.' 하며 군기 오른 이등병이 관등성명을 외치듯 했다. 공약은 결제되지 못한 어음처럼 부도 시한을 넘겼다.

그는 손주를 안겨 드리지 못한 불효를 두둑한 용돈으로 대신했고, 집안 대소사가 있을 때마다 자신의 의무와 명분을 환기하며 목돈을 쾌척했다. 집안의 맏형인데, 이 정도는 해야지. 최고의 삼촌이자, 사촌이자, 오촌이었다. 신용카드에 시술비가 수백만 원씩 청구될 때였다.

'의리여, 영원하라.' 내가 남산에서 염원했던 주옥같은 말의 씨앗은 무럭무럭 자라 넝쿨이 되어 우리를 휘감았다. 정말이지 그의 의리는 영원해 보였지만, 방향은 달랐다.

— 예쁘게 하고 와, 신부보다 더. 미용실 가서 머리랑 메이크업도 하고. 필요하면 마사지도 받아. 엄마가 두둑하게 넣었으니까.
— 어머니, 저 그런 거 안 해요. 아시면서.
— 엄마는 그날 네가 좀 환했으면 좋겠어.
— 제가 왜요. 주인공도 아닌데요.

난 커피를 내며 피식 웃었다. 결혼이 무슨 경사라고, 누구한테 예뻐 보이겠다고 핀셋으로 인조 속눈썹을 꺼풀 안에 박는단 말인가. 커피를 마시느라 고개를 들었을 때, 나를 바라보는 어머니의 고인 눈물을 보았다. 코끝이 빨갰다.

어머니는 갑자기 흐느끼기 시작했다. 제방이 무너진 듯, 불가항력으로 쏟아지는 눈물이었다. 사돈과 무슨 얘기라도 있었나? 아니면 누가 돌아가셨나? 거침없이 밀려오는 눈물바다의 조류에 떠밀려 난 영문도 모르고 헤엄 쳤다. 할 수 있는 거라곤 살그머니 휴지를 내미는 것뿐이었다.

커피가 차가워졌을 때, 어머니는 조금 진정이 된 것처럼 보였다. 옆에 수북해진 휴지와 잔을 치우고 메밀차를 끓였다. 어머니는 결심한 듯 낮고 단단한 목소리로 말했다.

— 현우네, 애 가졌단다.

그때 주전자에서 휘파람 소리가 나더니 뜨거운 물이 뻗치며 내 손등을 덮쳤다. 가스레인지의 불이 꺼졌다. 나는 손을 씻었다. 아무 통증도 느껴지지 않았다.

― 내가 니들보다 먼저 임신하지 말라고 그렇게 신신당부했는데. 미안해. 엄마가 너무 미안해.

그녀는 울었다. 이번엔 단단히 묶여 있던 올가미의 매듭이 툭, 하며 풀어져 버린 것 같은 곡소리였다. 어떡하면 좋아. 우리 주연이 불쌍해서 어떡하면 좋아, 를 탄식처럼, 잃어버린 것도 없는데 몽땅 잃어버린 사람처럼, 난 죽지 않았는데 죽은 것같이, 영정 앞에 앉아 있는 사람처럼 울음을 쏟았다.

나는 구천을 떠도는, 비자발적 영혼이 된 것 같았다. 착상에 실패하고 사그라져 버린 수천 수십억의 난자와 정자들의 곡소리와 폐기를 앞둔 냉동 배아의 성난 포효가 어머니를 통해 들렸다. 하지만 그건 기다리던 손주를 보게 된 기쁨의 표현임에 틀림없었다.

― 잘됐어요. 어머니. 축하할 일이네요.

나의 이 한마디에 어머니는 더 큰 곡소리를 내었다. '아이고, 아이고. 어떻게. 어떻게 해.'

― 그냥 말해, 주연아. 속상하다고 말해. 괜찮아.

― 어머니도 기쁘다고 말씀하세요. 괜찮아요.

눈물을 멈추지 못하는 어머니의 모습에서 난 기시감을 느꼈다. 내 앞에서 갑 티슈를 끌어안고 우는 이들. 나는 어떤 감정을 가져야 하는가. 아무것도 떠오르지 않았다. 위로의 주체와 객체는 누구여야 하는지도. 어머니는 얼굴을 훔치며 결연히 일어섰다.

― 엄마는 괜찮아. 니들만 행복하면 된다. 그래, 둘이서 잘 살면 돼.

난 묻고 싶었다. 그 거짓말, 진짜냐고.

*

　한동안 책을 끊었다. 구체적으로 문자 자체를 끊었는데, 읽으려 하면 할수록 글자가 산산이 부서지는 체험을 했기 때문이다. 제다이의 광선 검처럼 나의 시선은 모든 행간을 따라가며 글자를 까맣게 불태웠다. 난독증이라도 걸린 건지 나는 분명히 읽고 있었는데 시계는 몇 시간이 지나가 있고, 꽤 많은 페이지가 넘어가 있는데도 남은 내용은 없었다. 왜 이런지 알 수 없었고. 할 수 있는 거라고는 몸을 웅크리고 시간이 지나가 주길 기다리는 것뿐이었다.

　탑 파이브로부터 좋은 소식이 들렸다. 서류전형을 통과했거나, 합격자 2 배수 안에 들어 최종 면접을 준비 중이라거나, 실기시험을 치렀다는. 그들은 쑥스러워하면서도, 상기된 얼굴로 하나둘 떠났다.

　도서관을 떠나는 건 좋은 일이었다. 열람실은 다른 이들로 속속 채워졌다. 나는 망부석이 된 듯 앉아 존 스타인벡의 책을 꾸역꾸역 읽었다.

　과일 꾸러미를 가져가라는 사서의 연락이 있었다. 공채 시험에 합격한 C가 멤버들에게 보낸 거라고 했다. 작고 동글동글한 글씨의 쪽지도 들어 있었다. '책 나오면 꼭 알려주세요. 해내실 거라 믿어요. 파이팅!'

　한동안 쓰려는 의지를 상실한 상태였다. 하고 싶었으나 하지 못했고, 하려고 했지만 제대로 못하고 있는 일. 그럼에도 불구하고 밀어붙인다고 해서 뭐가 될지도 알 수 없는 것. 나는 책상으로 돌아왔다. 스타인벡은 내게 말했다. '앞으로 우리가 어떤 삶을 살게 될지 수많은 가능성이 있지만, 우리가 살게 되는 삶은 하나뿐이야. …… 분노의 포도가 사람들의 영혼을 가득 채우며 익어갔다.' 나는 꾸러미에서 청포도를 꺼내 손으로 대충 문지른 다음, 우물우물 씹었다. 이 포도는 그 포도가 아닌데, 아무튼.

나는 노트북을 켜고, 새로 산 블루투스 키보드를 페어링 했다. 주인 잘못 만나 고생문이 열린 backspace와 del 키에 작은 폼 스티커를 붙였다.

많이 지워야 했다.

*

얼마 만인지도 모를 정도로 오랜만에 남편에게서 연락이 왔다. 기별에는 겨울옷을 보내 달라는 목적이 있었다. 캐주얼 매장과 신사복 쪽을 돌다 그 중간쯤 되는 브랜드를 찾았다. 그가 유니폼처럼 입는 스타일, 녹색보다 갈색이 더 들어 있는 카키색 면바지와 체크무늬 포플린 셔츠 몇 장, 울 카디건을 골랐다. 바지가 약간 짧아 보였다. 직원에게 치수가 작다고 하자, 그는 다른 사이즈를 찾아오겠다더니 밝은 얼굴로 물었다. '아드님 키가 어떻게 되세요.'

나는 장성한 아들을 키우는 엄마로 분하여 대충 말했고, 직원은 밝은색을 추천하고 싶다며 연령까지 물었다. 내가 40대라고 하자, 그는 어디서 해골물이라도 마시고 뭔가를 깨달은 표정이었다. 죄송하다며 쩔쩔매는 그를 쥐구멍에라도 데려다줘야 할 판이었다. 그렇다고 사과까지는 할 필요는 없지 않은가. 어차피 우리는 추정을 통해서 상대방을 확실히 알고 있다고 착각하니까.

우체국에 들러 다섯 군데의 신문사에 각각 원고를 부쳤다. 어떤 작품이 어느 곳으로 보내졌는지 알 수 없는 채로. 밖에는 눈발이 흩날리고 있었다.
 첫눈이었다.

게으르고 님과 시발의 밤

글자라는 것은 보는 사람의 정서대로 읽힐 때가 있었다. 나는 어떻게 식당 이름이 시발이냐며 발음을 조심해야겠다고 중얼거렸다. 혹시 주인장이 욕쟁이 할머니가 아닐까 하며. 앞에 앉은 박상윤이 피식 웃었다. 그가 테이블 서랍에서 포장된 수저를 꺼내 주었다. '사발'이라고 씌어 있었다.

— 막걸리는 사발에 마셔야 제 맛이죠.

노안이 오독을 부르는 건 흔한 일이었다. 퀸의 「Crazy little thing called love」가 흘렀다. 그가 립싱크를 하며 어깨를 가볍게 흔들었다.

— 1979년 곡이네요. 놀랍지 않아요? 79년도가 실제로 있었다는 게. 그 해를 통과했다는 게. 이제 90년대는 백 년 전처럼 느껴져요.

중간고사 기간이었다. 프레디 머큐리가 죽었다는 소식에 엄청나게 슬퍼했던 일이 기억났다. 나는 시험은 고사하고 수업도, 숙제도, 야자도, 식음도 전폐했다가 선생님한테 혼나고 다시 울고 했는데, 친구들은 서태지나 신승훈이라면 모를까 퀸이 뭐가 그리 중요하냐며 위로했던 것 같다. 분명한 건 에이즈 걸려 죽은 놈이 왜 좋냐고 정신 차리라며 뒤통수를 내려치던 선생님이다. 저렇게 심한 말을 하는 인간이라면 학생을 가르칠 자질도 없을뿐더러 혀를 빼버리는 정도는 괜찮지 않을까 생각한 적이 있다. 생각은 죄가 되지 않는다는 결론을 내린 건 그때쯤인 것 같다.

2층집을 개조한, 주택가에 있는 식당이었다. 그의 선배는 출판사를 운영하다 전업했는데, 모임 때마다 큰 방을 내준다고 했다. 저녁 식사 겸 합평 모임. 체하기 딱 좋은 일정이었다. 시간보다 조금 일찍 나오라는 연락을 받고는 신입생 오리엔테이션에 참석하는 기분이었다. 그가 먼저 와 기다리고 있었다.

 - 눈이 금방 녹았네요. 어제는 제법 쌓이더니. 요즘도 안양천에서 조깅하세요?

내가 달린다는 걸 얘기했었나? 언제부터인지 생각만 한 것도 누군가에게 말한 것 같은 느낌이었고, 누군가에게 말한 것은 실제로 생각뿐이었던 적이 많았다. 그가 막걸리를 따라주었다.

 - 몇 번 봤어요, 사이클 타다가. 아주 열심히 뛰시던데. 심각한 표정으로.

 - 머리보다 발로 생각하는 편이어서요.

 - 발로 쓰는 글? 좋네요. 근데 박 샘은 어쩌다가 소설을 쓰게 됐어요?

'어쩌다가'라는 말은 어쩐지 나락으로 떨어진 것 같은 느낌을 주었다. 대답으로 쓸 수 있는 패가 여러 장 있었으나, 이럴 땐 조커를 꺼내고 싶었다. '그러는 너는.' 카드.

 - 글쎄요. 잘 모르겠어요. 딱 언제라고 말하기는 곤란한데.

 - 그렇죠. 그런 계기는 자기도 모르게 시나브로 다가오는 법이죠. 하루키는 거짓말쟁이예요. 야구장에서 타자가 2루타를 쳤을 때 갑자기 소설을 써야겠다는 생각을 했다니. 재미있어요. 정말 소설가다운 발상이죠.

 - 일부러 멋있게 얘기한 걸 수도 있겠지만. 가능하지 않을까요. 누군가 날아가는 야구공을 보며 문학사에 남을 위대한 결심을 할 때, 어떤 사람은 치어리더의 장딴지를 훑어보며 치근덕거릴 생각을 할 수도 있는 거고.

 - 박 샘은 재치가 있으셔.

- 재치까지는 아니고요.
- 역시. 제가 알아봤잖아요. 저분은 뭐라도 쓰겠구나.
- 올드 팝 전문가이신 줄 알았더니 관상도 보세요?
- 여러 가지를 보죠, 넓고 깊게.

그가 미소 지으며 나의 눈을 가만히 응시했다. 밖에서 누군가와 마주 앉아 보는 게 얼마 만인지. 펜던트 조명이 그의 얼굴에 작은 그림자를 만들었다.

- 애들은 어떻게? 오늘은 바깥 분께서 봐주시는 걸로?
- 알아서 하겠죠 뭐. 이제 다 컸는데요.

나는 가상의 자녀를 어림하다 지수의 아들을 떠올렸다.

- 순서대로 자신의 작품을 소리 내서 읽을 겁니다. 단편 하나에 40분 정도 걸려요. 그런 다음 돌아가며 감상을 이야기합니다. 느낀 그대로 솔직하게 말씀하시면 돼요. 출력은 다 해오신 거죠?

나는 그에게 복사본을 건넸다.

- 무슨 얘기 쓰셨는지 여쭤봐도 될까요?
- 음……. 네. 사랑에 관한 내용이에요.

나는 놀랐다. 내 입에서 이 단어가 튀어나온 건 처음이었다. 추억의 한 장면을 스케치했을 뿐 사랑이라고 생각해 본 적이 없었다.

- 사랑. 너무 좋죠. 잘 읽어 보겠습니다.

차례로 회원들이 왔다. IT회사에 다닌다는 베놈, 퇴직 후 본격적으로 글을 쓰고 있다는 전직 교사 곰 샘, 문화재청에서 일한다는 차돌이, 아이를 키우다 뒤늦게 소설에 입문했다는 공대 여신까지.

각자 간단한 소개를 하며 식사에 반주를 곁들였다. 예의와 격식과 존중이 가득하지만 농담과 해학이 비집고 나오는 자리였다. 서로 읽고 있는 책과 작가의 뒷 담화는 특히 재미있는 부분이었다. 신기했다. 책 읽는 사람이 모여 있다는 것이.

― 한병철의 「피로사회」 보셨어요? 누가 추천해 줘서 읽어 봤는데, 집어던질 뻔했잖아. 번역이 이상한가? 문장이 어떤 줄 알아요? '면역의 근본 특징은 부정성의 변증법이다.' '적대성은 바이러스적 형태를 띠는 경우에조차 면역학적 도식을 따른다.' 이게 뭔 말이야. 읽고 나면 매우 피로해지는 거죠. 그래서 제목이 피로사회인가 봐.

― 저는 「내 맘대로 안 되는 딸 당당한 리더로 키우는 법」이요. 그냥. 요새 하도 답답해서. 결론은 엄마가 행복해야 딸이 행복하다, 그런 내용인데. 완벽한 엄마 되지 말고 좋은 엄마 되란 말이 제일 맘에 들더라고요. 신춘문예 낸답시고 애들한테 라면만 먹였어요, 며칠을. 나는 글 쓰느라 행복했는데, 애들은 라면만 먹고도 행복했으려나 모르겠네.

― 사노 요코의 「사는 게 뭐라고」 추천이요. 금방 읽어요. 「죽는 게 뭐라고」 읽고 두 번째인데. 이 작가가 십수 년 우울증을 앓았어요. 그런데 2년 시한부 선고를 받고서 우울증이 싹 나았대요. 한 문장이 인상 깊더라고요. '인간은 신기하다. 인생이 갑자기 알차게 변했다.'

― 다자이 오사무 「사양」. 자살하기 1년 전에 쓴 거더라고. 일본 귀족 집안이 패전 뒤에 고꾸라지는 모습을 쓴 거지. 이 시대 일본문학이 참, 지들이 한 짓은 생각 안 하고 엄청난 피해자인 척할 때는 적반하장이지 싶은데. 문체가 기가 막혀. 슬픔과 고독, 절망을 묘사하는 데 이만한 작가가 있을까 싶은 겁니다. 자기 연민의 대가야. 하여튼.

― 아 그리고 「제5 도살장」 꼭 읽어보세요. 강추해요.

베놈이 말했다.

- 뭐 그런 거지.

사람들이 일제히 합창했다.

- 7만 명이 죽었다, 뭐 그런 거지. 총 106번.

내가 덧붙이자, 박상윤이 미소를 지었다.

- 제5 도살장 여행 상품이 있대요, 드레스덴에. 작품에 나오는 참호가 관광지가 됐다던데. 우리 언제 다 같이 가요. 가끔 현장학습도 가야지. 이게 뭐야, 맨날 밤늦게 방구석에서. 무슨 독립 운동가들도 아니고. 너무 은밀한 거 아니에요, 우리?

공대 여신이 말했고, 박상윤이 나를 향해 돌려 앉으며 물었다.

- 박 샘은 어느 작가 좋아해요?

- 저는…… 음. 제발트요. 윈프리트 게오르그 제발트.

- 제발트? 어디서 많이 들었는데.

차돌이가 손을 번쩍 들며 말했다.

- 「아우스터리츠」. 제발디언 이시군요. 반갑습니다. 저도예요. 한참 빠져있을 때, 대학원에서 오가는 사람마다 붙잡고 혹시 제발트에 관심 있으세요? 하고 물었다니까요. 비록 옥장판이나 파는 피라미드 취급을 받았지만.

- 사변적인 소설을 좋아해요. 서사에 따라 횡으로 진행되는 이야기보다는 종으로, 깊이로 들어가는 소설이요. 그렇게 써 보는 게 목표예요. 지금은 제발트의 콧수염 끝에도 못 미치지만. 아우스터리츠를 읽을 때마다 얼마나 찡한지 몰라요. 교통사고로 죽지만 않았다면 더 큰 작품을 남겼을 텐데. 아쉽죠, 국내에 번역된 게 몇 권 없다는 것도. 뭘 읽기도 힘든 세상이지만, 나와 그렇게 잘 맞는 책을 만나는 건 더 힘든 일인 것 같아요. 좀 극단적인 표현이지만. 어떤 한 권의 책을

읽는다는 건 나머지 책을 읽지 않겠다는 뜻이라고 하잖아요. 독서는 시간과 맞바꿔야 하는 행위이고, 그 시간에 할 수 있는 다른 일을 못 하게 되는 거 아니겠어요? 그러니까 내가 고른 책은 그 포기한 것들을 상쇄할 만한 가치를 가지고 있어야만 하죠. 나름 그런 기준이 있긴 한데, 읽기 전엔 그걸 모른다는 게 함정이죠. 그러니까 뭐든 읽어야죠, 일단은. 제발트 같은 작가를 만날 때까지.

*

처음 만난 사람들과 이렇게 오랫동안 세상과 관련 없는 얘기를 한 건 처음이었다. 사발의 막걸리가 투명하게 맑아졌다. 대화는 문학이 주는 즐거움부터 시작되어 효용성과 가치 등 다소 거창한 주제까지 이르렀다. 밤이 깊었다.

- 시간이 많이 지났네요. 작품을 다 보기는 힘들 것 같고 특별히 모신 박 샘 글까지만 읽고 마무리할까요?

당신들은 옷 다 입고 있으면서 나만 홀딱 벗으라고? 나는 속으로 발끈했다.

- 꼭 읽어야 하나요?

- 소리 내서 읽는 게 퇴고 효과가 가장 크니까요. 그래서 이렇게 모이는 거고요.

회원들이 나를 쳐다봤다. 할 수 없이 원고를 꺼냈다. 그저 그런 제목「온기」. 문장 곳곳에서 온기가 뿜어지길 바라며 썼지만, 곧 차갑게 식어버린 글이었다. 나는 목소리를 가다듬고 천천히 읽기 시작했다.

자막이 올라간 후 스크린이 암전 되었다. 다시 조명이 천천히 들어왔을 때 우리는 상영관에서 나왔다. 몇 개의 계단과 통로를 지나니 다시 매표소였다. 눈이 오고 있었다. 가물었던 겨울이 위로될 만큼의 함박눈이었다. 걸음을 재촉하는 사람들의 머리와 어깨가 하얬다. 찬바람이 눈을 끌고 와 뺨을 때렸다.

그가 움츠리고 있던 나의 팔짱을 풀어내더니 나의 손을 얼른 잡았다. 내 손에 깍지를 끼더니 씩 웃었고, 자신의 코트 주머니에 손을 같이 넣었다.

'춥지?'

따듯한 손이었다. 그해 유례없는 한파였지만, 나에겐 가장 따듯한 날이었다. 두 손바닥이 마주하며 만들던 주머니 속 온기. 내가 그에게 반해 버렸던 건 어쩌면 어디서도 잡아보지 못했던 그 손 때문이었는지도 모르겠다. 멋쩍은 표정으로 그가 처음 내 손을 잡던 그날 그 감각을 떠올리는 것만으로 꽃밭 한가운데 서 있는 것 같았다.

그를 처음 만난 건 동아리방에서였다.

한 남학생이 탁자에 엎드려 있었다. 검정 야구 모자에 물결무늬로 누벼진 옅은 카키의 군용 깔깔이를 입고 있었는데, 얼굴은 구부린 양팔에 묻혀 잘 보이지 않았다. 다음 강의까지는 여유가 있어서 조금 기다려 보기로 했다.

옆 의자를 끌어 앉으려는 순간, 쇠가 시멘트 바닥에 끌리는 짧고 높은 소리가 났다. 팔꿈치 위로 걸쳐 있는 그의 손이 움찔했다. 하지만 꿈쩍도 하지 않았다. 눈치를 보며 조심히 앉았다.

그의 손이 눈에 띄었다. 손등은 투명하다 못해 핏줄이 고스란히 보였고, 군데군데 건강한 핑크빛을 띠고 있었다. 손가락은 길고 가늘어서 얼핏 보면 여자 손 같았다. 비교적 매끈하고 길게 빠진 손가락이었다. 장지의 첫마디엔 굳은살이 박여 있었다.

꽉 쥐어진 펜에 눌린 자국과 압력에 저항하다 양옆으로 툭 튀어나와 버린 두꺼운 살집이 보였다. 그 위엔 길고 노란 자국이 있었다.

갑자기 재채기가 나왔다. 급히 내 입을 틀어막는 순간 그의 손이 또 크게 움찔했다. 나는 깜짝 놀라서 뒤로 넘어질 뻔했다. 그의 엄지손가락 옆에는 또 하나의 손가락이 있었다.

그는 부스스한 얼굴로 일어나더니 모자를 고쳐 썼다. 용건을 더듬거리자, 자신을 몇 기라고 소개하더니 지원서를 가지고 왔다. 연극부 <인토나치온>. 1965년 창단, 매년 10월 정기공연……. 그가 뭐라고 했으나, 귀에 들어오지 않았다. 가슴이 불규칙적으로 뛰었다. 열심히 얘기하고 있는 얼굴을 쳐다보지도 못했고, 시선을 어디에 둬야 할지도 몰랐다. 그러면서도 다시 확인하고 싶었다.

내가 본 게 확실할까? 그렇지 않으면 손과 손이 서로 겹쳐 있을 때를 잘못 본 것일 수도 있다. 흘낏 본 왼손은 지극히 평범했다. 그럼 오른손인지도 모른다. 어떤 이유로 손가락이 없을 수는 있어도 더 있다는 건 가능한가. 징그러움과 놀라움이 동시에 날 당황시켰다. 그는 긴장하지 말라면서 드링크 병을 건넸다. 그의 손에서 다시 봤다, 그 손가락을.

'편하게 쓰면 돼요.'

그는 볼펜을 집어 뚜껑을 열더니 내 쪽으로 돌려놔 주었다. 분명히 있었다. 엄지손가락 옆에는 자라다 만 것 같은 돌쟁이 아이의 손가락 같은 것이 붙어 있었다.

말라붙은 칡뿌리같이 생긴 그것은 갓 태어난 아이의 쭈글쭈글하고 붉은 피부였다. 여섯 번째라고 해야 할지, 첫 번째 손가락이라고 할지 헤아리기 어려웠다. 먹다가 뜯어놓은 식빵 껍데기나, 지렁이 젤리나, 씹다 뱉은 캐러멜 따위가 우연히 달라붙은 모습이었다. 다른 오 형제가 분란하게 움직일 때, 그건 개별적으로 팔랑거렸다. 모든 손가락이 가만히 있는데도 혼자 몇 초간 더 흔들렸다.

그가 손을 살짝 쥐고 있을 때는 마치 커다란 언덕 위에 작은 나무가 앙상히 서 있는 것처럼 보였다. 새로 막 피어오르려는 새싹 같기도 했다. 이른 봄, 고개를 살짝 내민 보일 듯 말 듯 한 작은 싹. 본래 하얗고 긴 그의 손은 미운 오리 새끼 같은 손가락과는 이질감을 풍겼다.

정작 손가락 주인은 아무 거리낌이 없어 보였다. 내가 그쪽을 봤다는 것을 분명 눈치챘을 것이다. 그는 태연했고, 애써 가리려고 하지도 않았다. 그때 문이 열리며 선배들 몇이 우르르 들어왔다.

'신입이냐?'

'저 새끼 신입만 보면, 하던 대로 해, 새끼야.'

'후까시 잡지 말고 잘 설명해 줘. 요새 신입 뽑기 진짜 힘들다.'

'무슨 조폭인 줄 알겠다. 말 좀 살살해라.'

그들은 누가 먼저랄 것도 없이 떠들더니, 그의 뒤통수와 어깨를 번갈아가며 밀치고 지나갔다.

그렇게 나의 연극부 생활이 시작되었다.

그는 내가 캠퍼스에서 자주 마주치는 사람 중 하나였다. 동아리방에서 그는 항상 기타를 쳤다. 하얗고 기다란 손가락이 현란하게 코드를 변주했다.

'야, 나 좀 봐봐. 영덕 게 같지 않냐. 흐흐흐.'

여기까지 읽었을 때 직원이 들어왔다. 마감시간이었다.

- 그래서 이 남자랑 어떻게 돼요?
- 디테일은 충분하네요, 이 정도 묘사면.
- 사랑의 발화점을 찾는 좋은 장면이 될 것 같아요.
- 그 남자의 손을 잡기까지의 과정이 궁금하네요.

다들 한 마디씩 조언해 주었다. 부족함을 알고 있었지만 그걸 확인하고 나니 난 역시 사랑이란 주제를 파고들기엔 작은 부삽조차 없다는 사실을 알 수 있었다. 그렇다고 맨손으로는 막막했고.

- 손을 잡아주는 사람이 있다는 건 좋은 거죠. 그렇지 않아요? 아름다운 순간을 잘 포착했다고 생각해요. 아, 연애하고 싶다.
- 실화예요? 이런 사람을 봤나요, 실제로?

박상윤이 물었다.

- 도요토미 히데요시가 엄지손가락이 2개였다는 얘기를 들은 것 같은데.
- 허, 참. 합평할 때 그런 거 안 묻기로 해놓고선. 1인칭을 사용할 때 작가의 이야기라고 받아들이는 건 초보적 읽기라고 생각합니다. 박 선생님. 워낙 실감 나게 쓰셔서 이런 질문이 나오는 겁니다. 대답하지 않으셔도 됩니다.

곰 샘이 달래듯 말했다. 처음 합평이라고 배려하는 것 같았다. 나야 자체 검열관을 장착하고 다닌 지 오래였으므로 어느 정도 맷집은 있었다.

- 괜찮아요. 실화는 아니고요. 이를테면, 소설적 변용이라고 해둘게요.
- 제가 괜한 질문을 했군요. 왠지 박 샘은 연극하셨을 거 같았거든요. 주연 역할. 이름도 박주연이고. 또 이렇게 아름다우시니까.

박상윤이 웃으며 말했다. 곰 샘이 그를 봤다.

― 저는 그냥 스태프였어요. 가끔 조연이나 하고. 각본도 썼는데 계속 빠꾸 맞았어요. 무대에 한 번 올리지도 못했고. 맨날「우리 읍내」만 공연했어요. 안녕, 안녕, 세상이여 안녕. 아, 지겨운 레퍼토리. 사실 모티프가 된 선배가 같은 연극부였어요. 수술하면 되는 건데, 군대에 가지 않으려고 버텼죠. 면제 사유가 된다고.

― 그래서요?

― 동기들이 다 입대한 뒤론 친구가 없었죠. 심심해서 학교에서 먹고 자다가 학생회 눈에 띄어 운동권으로 빠졌고.

― 군대는 가기 싫은데, 애국은 하고 싶었구나. 그러다가?

― 그러다가…….

나는 고개를 숙였다. 앞이 희뿌옇게 보이더니 갑자기 눈물이 왈칵 쏟아졌다. 안구 건조증으로 인공눈물을 들이부어도, 억지로 하품을 해도 생성되지 않던 눈물이 어딘가에 비축되어 있던 모양이었다. 나는 아무렇지 않은 척 괜히 코만 삼켰지만, 그럴수록 목구멍에서는 흑흑 소리가 터졌다.

먼 곳에서 기타 소리가 들려왔다. '있잖아. 인생의 진리는 말이야, 기타의 공명에 있는 거야. 들어봐.' 경찰 조사를 받고 그는 학교로 돌아왔다. 같이 영화나 보자는 그의 말이 무슨 뜻 인지도 모른 채 우리는 극장에 갔다. 흥행을 달리던 영화였고, 사라 본이 부른 OST가 레코드점마다 울려 퍼졌던 초겨울이었다. '자라투스트라는 이렇게 말했대.' '어떻게 말했는데요?' '글쎄, 직접 읽어보면 알겠지. 책에 나올까 안 나올까. 맞춰봐.'

정기공연을 마치고 무대 인사를 나왔을 때 그는 백합을 들고 멀찍이 서 있었다. 가족에 둘러싸여 있던 내가 그 선배와 눈이 마주친 순간, 그는 불러주기를 바랐을까. 그때 남편이 장미 꽃다발을 들고 나타났던 건 좋은 타이밍이었을까. 그의 머뭇거림과 조심스러움, 소심함이 미웠다. 군중 속에서 마이크를 잡고 깃발을 흔들었던 사람과 달랐다.

어느 날 나는 군대도 못 가는 인간이 왜 줄창 밀리터리 룩이냐고 트집을 잡았다. 사랑보다 조롱이 더 쉬웠던 나는 비난을 퍼부었고, 그날 지하 소주방에서 미끄러진 그는 머리를 크게 다쳤다. 응급 수술 후 깨어나지 못했을 때, 난 말했었다. '그래. 죽어라 죽어. 어설프게 살아서 가족들 고생시키지 말고.' 이미 강산이 숱하게 변해버렸는데도 그사이 한 번이라도 되감거나 재생되지 못했던 기억. 심해어처럼 바닥에 납작 엎드려 있던 일들이 강한 물보라를 타고 단번에 모습을 드러냈다.

어떤 죽음은 한참 뒤에야 내게 도착했다. 망망대해를 표류하다가 육지에 닿은 난파선의 부유물처럼. 추억을 습작하겠다고 끄적인 문장들 사이에 무언가가 떠내려 와 흔들렸다. 오랜 기억의 씨앗이었다. 그것은 금방 넝쿨로 자라나 나의 손과 발을 묶더니, 멱살을 잡았다. 처음 만난 사람들에게 우는 모습을 보이다니. 아무도 슬프지 않은 상황. 심지어 내가 왜 우는지 나조차 모르는 상태로.

무릎을 세우고 고개를 묻었다. 어떻게든 우는 걸 멈추기 위해 웃긴 일을 상기시켜야 했다. 비상 카드 3종 세트를 꺼냈다. 깔깔대며 복도를 뛰어가다가 입에 파리가 들어갔던 친구. 당구장에서 구두를 벗고 갈아 신은 삼선 슬리퍼를 집까지 끌고 왔던 밤. 만취한 친구를 부축해 주고 돌아섰을 때 내 팔뚝에 늘어져 있던 축축한 대파와 부추까지. 모두 소용이 없었고 강수량을 통제하기는 역부족이었다. 마치 수십 년 전부터 예정되어 있던 것처럼, 이 날, 이 시간, 이 자리, 이 사람들 앞에서 난 꼭 울어야 하는 사람으로 약속된 것처럼 정확하고 장황하게 흐느껴 울었다. 가장 당황한 사람은 박상윤이었다. 회원들이 그를 노려봤다.

- 아, 진짜, 게으르고 님, 그런 질문하지 말라니까.

게으르고. 피식 웃음이 나왔다. 나는 울면서 웃는, 다소 미쳐 보이는 몰골이 됐다. 직원이 와 뭐라 말하려다 돌아갔다. 공대 여신과 차돌이와 베놈은 각자 조용히 핸드폰을 들여다봤다. 곰 샘이 박상윤에게 소곤거렸다. 나는 얼굴을 훔치며 중얼거렸다.

- 선배가 살아 있다면 어땠을까. 그런 생각을 해요.

*

용한 무당이 굿을 한다고 해도 이렇게 과거와 접신하지 못했을 것이다. 도대체 무엇이 나의 눈물샘을 건드렸나. 지나가는 길고양이라도 붙잡고 물어보고 싶은 심정이었다. 확실히 알 수 있었던 건 잊었다는 것은 잊은 게 아니었고, 슬프지 않다고 한 건 슬픈 일임에 틀림없다는 것이었다.

밤바람에 눈이 시렸다. 내린 눈이 녹고, 다시 얼어붙어 보도블록의 표면이 어둠 속에서 반짝였다. 난 어쩐지 비참해져서 앞에 있는 얼음 조각을 힘껏 찼다. 파편은 지나가는 자동차 보닛 아래로 미끄러져 들어갔다.

대체 내가 방금 무슨 쇼를 한 거지? 밖으로 나왔을 때 비로소 정신이 들었다. 공대 여신은 내 등을 두드리더니 무슨 말을 하려다 말았다. 나야말로 적절한 마무리가 떠오르지 않았다. 회원들이 하나둘씩 떠났다.

 - 괜한 얘기를 꺼내서 정말 미안합니다.

혼자 남은 박상윤이 두 손을 모으고 주춤거리며 서 있었다. 나는 고개를 숙이고 코를 세게 풀었다.

 - 저야말로 죄송하게 됐어요. 분위기만 망치고…….
 - 제가 차를 한잔 대접하고 싶은데. 합정역에 늦게까지 하는 커피숍이 있거든요.
 - 감사하지만 다음에 하죠. 약속이 있어서요.
 - 아 참. 그랬죠. 어디로 가시는데요? 제가 모셔다 드리겠습니다.
 - 공항에 가야 해요. 조심해서 들어가세요, 그럼.

내가 고개를 숙이기 무섭게 그는 식당으로 뛰어 들어갔다. 나는 기우뚱하게 보도에 걸쳐 있는 내 차로 다가갔다. 리모컨이 작동하지 않았다. 키를 열쇠 구멍에 넣어 아무리 돌려도 꼼짝하지 않았다. 이 정도의 추위에 얼어붙었단 말인가. 가뜩이나 노후 경유차라고 시에서 압력을 받고 있던 처지였다. 왕년의 스타에게 오는 팬레터처럼 폐차를 종용하는 안내장이 간헐적으로 날아왔다. 잔고장 한번 없던 네가 왜 하필 이럴 때.

박상윤이 직원에게 뭔가를 건네는 모습이 창 너머로 보였다. 그가 오기 전 속히 여길 뜨고 싶었다. '아, 제발 열려라. 열려.' 키를 겨드랑이에 문질렀다 다시 넣어보기를 반복했다. 등에 땀이 나고 손바닥이 축축해졌다. 그는 독수리가 활강하듯 날아왔고, 키를 낚아채 문을 여는 데 성공했다. 단 한 번의 시도 만에.

- 별것 아니지만 도움이 될 거예요. 뭐 그런 거죠. 하하.

소설 제목을 개그로 승화시킨 그가 운전석에 앉으며 엄지를 치켜들었다. 시동 소리가 우렁찼다. 나는 이 상황을 받아들여도 되나 잠시 고민할 수밖에 없었다. 호의가 불편하면서도 의외로 편하게 느껴지는 묘한 상태였다.

고속도로에 접어들 때까지 우리는 아무 말도 하지 않았다. 그는 힘줄이 불거진 손으로 핸들을 잡고 충실하게 앞을 주시했다. 뭔가를 생각하는 것 같다가 가끔 내비게이션을 봤고, 룸미러를 살폈으며, 조수석 방향 백미러를 보다가 내 얼굴도 흘깃거리는 것 같았다.

밤안개에 번진 가로등이 반복적으로 지나갔다. 밤은 원래 어두운 것이건만, 그날따라 사위는 유독 까맸다. 전조등이 전방을 간신히 비출 뿐이었다. 영화 스타워즈의 인트로처럼 은하계 저 멀리 영영 닿지도 못할 소멸점을 향해 속도를 내는 것 같았다. 강한 바람이 차체를 좌우로 흔들었다.

핸드폰으로 비행기 편을 조회했다. LH713. 집에 들르기도 애매한 시간이었다. 바다 동물 친구들이 점유해 버린 공간을 떠올릴 때마다 언제부턴가 집은 텅 빈 것처럼 느껴졌고, 남편이 전화로 내게 말했던, 집에 가봐야 뭐……라는 자조가 내 입에서도 흘러나오곤 했다.

공항에서 시간을 때우는 건 내게 익숙했다. 리케가 도착하면 호텔에 데려다주고 오전에 다시 만나면 되었다. 그가 먼저 말을 꺼냈다.

- 처음 합평인데 어땠어요?
- 진짜 창피해요. 휴…….
- 에이, 그러실 필요 없는데. 다른 소감은 없어요? 앞으로 뭘 어떻게 해야겠다던지.

그 여자의 불온한 일상 209

- 네. 있죠. 이따 집에 가서 목이나 맬까 하고요. 아니면 마포대교에서 뛰어내리는 방법도 있고.

- 요새 거기서 뛰어내리기 힘들지 않나? 난간에 뭐 잔뜩 발라놨다는데. CCTV도 있고.

- 그럼 어디로 가야 하죠?

- 일단 차나 한 잔 하러 가죠. 아직 시간이 남은 것 같은데.

그는 핸들을 돌려 영종대교 휴게소로 들어갔다. 주차를 하고 내리더니 내 뒤를 보고 손을 흔들며 외치는 것이었다.

- 아니, 곰 샘. 웬일이세요? 여기까지.

나는 깜짝 놀라 뒤를 돌아봤다. 곰 샘이 여기 왔다고? 이런 우연이. 우릴 따라왔나. 혹시 이 둘이 짜고 나를 어떻게 하려는 건가. 소설 모임이 아니라 범죄 집단?

어둠 속으로 다리가 보였다. 정말이지 커다란 곰이 나를 내려다보고 있었다. 그간 수없이 이 앞을 오갔으면서도 잊고 있던 조각상. 바이어를 픽업해 올 때 화제로 쓰곤 했던 포춘 베어였다. '한국인은 곰의 자손이야. 인간이 된 엄마를 그리워하는 아빠곰과 아기 곰의 형상을 조각으로 표현했대. 세계 최대 철제 조각품으로 기네스북에 올랐지.'라고 내가 직접 소개했던 바로 그 곰. 이야기를 들은 손님들은 '오, 그래? 환타스틱!' 하며 감탄했었다.

그가 또 실없는 농담을 하면 저 난간 아래로 밀어 버리리라. 놀란 가슴을 누르고 어이없어하는 동안 그는 웃음을 참고 있었다.

- 박 샘도 놀랄 줄 아는구나. 저 곰이 소원을 들어준대요. 자, 올라가시죠.

2층 카페 창가에 자리를 잡은 뒤, 그는 카운터로 갔다. 창밖으로 영종대교가 한눈에 들어왔다. 썰물의 흔적을 머금은 불룩한 개펄 위에 달빛이 희미하게 반짝였다. 밤 풍경은 전체적으로 뿌옇게 보였는데, 그것은 바다 안개 때문인지, 창문의 먼지 때문인지, 아니면 나의 노안 때문인지 알 수 없었다.

저 사람은 지금 어쩌자고 여기까지 온 걸까. 나는 왜 그가 운전하는 차를 넙죽 타고 왔나. 지금이라도 돌아가라고 해야 하나, 아니면 내가 그를 데려다주고 오는 게 나을까. 철도는 곧 끊길 테니 택시를 부르는 게 좋을 것 같았다. 고민을 하는 동안 그가 왔다. 우리는 서로 알 수 없는 각자의 생각 속에서 조용히 차를 마셨다.

- 기분은 좀 나아졌나요? 죄송했습니다, 오늘 저 때문에.
- 괜찮아요. 제가 더 죄송해지게요. 정말 이렇게까지 안 하셔도.
- 오면서 생각했는데, 저는 사실 소설이 궁금했던 게 아니라, 박샘에 대해서 궁금했나 봐요. 샘을 보면 자꾸 질문이 쏟아져요. 제가 누구한테 뭘 자세히 물어보는 타입은 아닌데. 참 이상해요.
- 그럼 이번엔 제가 여쭤 볼게요. 닉네임이 왜 게르고예요?
- 아, 요즘 왜 그런지 명사가 자꾸 헷갈려요. 특히 사람 이름이요. 전에 합평하다가 우연히「변신」이 언급됐어요. 제가 이런 거죠. '게르고 잠자 있잖아요.'
- 그레고르 잠자 아니었나?
- 제 무의식 속에는 주인공이 게으르게 잠을 자는 갑충으로 인식되어 있던 거죠. 기억과 망각의 간섭 현상이랄까. 회원들이 그걸 가지고 저를 놀리기 시작했고요. 박 샘은 왜 슈트름인가요?
- 질풍노도(Strum und Drang)라는 말에서 딴 거죠. 아이디란 걸 처음 만든 20대 상황이었는데, 요즘도 로그인할 때마다 느껴요. 난

아직도 그 시기를 살고 있구나.

 - 그런 시기가 어떻게 몇 날 몇 시에 시작해서 몇 월 며칠에 끝나는 건가요. 사는 게 다 항상 질풍이고 폭풍 속인 거죠.

 - 그런가요.

 - 재미있는 얘기 해 드릴까요. 혹시 '연금 전환할 수 있는 종신보험'이라고 아세요?

 - 네. 들어본 것 같아요.

 - 몇 년 전에 가입했는데, 보험회사에서 전화가 온 거예요. 3년이 돼서 행복 자금이 발생했다고.

 - 그거 좋은 거 아닌가요.

 - 좋은 거죠. 일종의 축하금인데, 예상치 못한 공돈이니까. 신청만 하면 바로 수령할 수 있다더라고요. 그런데 그전에 꼭 확인할 게 있다는 겁니다.

 - 본인인증을 하겠죠?

 - 맞아요. 주민번호, 집 주소…… 확인을 하죠. 또박또박 안내해 주더라고요. '행복 자금은 가입하고 3년이 지난 후에도 살아 계시면 드리는 겁니다.' 그러더니 갑자기 웃어요, 상담원이.

 - 왜요?

 - 마치 장난 전화 한 사람처럼 킥킥대고 웃더니 묻더라고요, 조심스럽게. '고객님, 살아계시죠?'

 - 풋, 기습 질문이네요. 그래서요?

 - 당당히 대답했죠. '넵. 살아 있습니다!'

 난 웃음이 터졌다. 그는 살아 있는 사람이 살아 있는 사람에게 살아 있는 게 맞느냐고 확인하는 건 어처구니없었지만, 자신이 살아 있는 걸 확신할 수 없게 만든 유일한 질문이었다고 했다.

─ 희한한 건 그 뒤로 환청이 들린다는 거예요. '살아 계시죠?' 모닝콜로 하루를 시작해요. 그럼 잠결에 콧구멍 앞에 손가락을 대 보는 거죠. 바람이 나오나 안 나오나. 일상생활에서도 그래요. 방금도요. 현금 영수증 해드릴까요. 살아 계시죠? 테이크아웃 하시나요. 살아계시죠? 교환이나 환불은 영수증이 필요합니다. 고객님. 살아 계시죠? 행복 자금의 저주라고 해야 하나. 역시 세상에 공짜는 없어요.

썰렁한 얘기에 박장대소하는 느낌이었지만, 웃음을 멈출 수가 없었다.

─ 웃는 게 이렇게 아름다우신데. 제가 자주 웃겨드려야겠어요.

어둠의 사각지대에 서 있던 나를 향해 누군가 서치라이트를 켜는 느낌이었다. 눈이 부셨다.

─ 이거 괜찮으면 소설에 쓰세요. 제가 오늘 잘못한 죄로 드리는 소재예요. 박 샘이시라면 더 재미있게 살리실 거라 믿어요. 이제 용서해 주시는 거죠? 자, 그럼 건배!

그의 컵이 다가와 내가 들고 있던 잔과 부딪쳤다. 커피의 표면이 찰랑거렸다.

로드 무비

나는 이 상황에 대해 아는 사람이면서도 아직은 잘 모르는 남자와 한밤에 카페에 마주 앉아 있는 일에 대해 어떤 태도를 취해야 할지 알 수 없었다. 같이 시간을 때우는 거라고 하기에 그는 좀 신나 보였는데, 전화를 하고 온 뒤로는 더했다.

예의 섞인 말로 귀가를 종용하는 나에게 그는 아내가 마침 아이들과 처가에 가 있었으며, 자고 오겠다고 연락이 온 참이라고 했다. 늦은 귀가가 허락된 것은 굉장히 드문 일이고, 평소에 꾸준히 쌓은 공덕 때문이며, 자신은 원래 가정을 등한시하는 가장이 아님을 강조했다.

그는 역사소설을 쓰고 있었다. 1930년대 식민지 식량 수탈로 이름을 날렸던 구마모토 리헤이라는 실존인물이 모티브였다. 그가 23살에 조선으로 넘어와 어떻게 여의도의 13배에 달하는 땅을 소유하게 되었는지, 일본 패망 후 고향으로 돌아가 조선의 자본을 토대로 어떤 일을 벌였는지와 그에게 끝까지 대항한 가상인물, 청년 이태용에 관한 이야기였다. 사료를 구하는 것과 작업시간을 확보하는 게 어려워 휴직하고 작품에 집중하려고 했다고. 그러나 몰려드는 육아와 집안일 때문에 정작 시간이 더 부족하다는 것이다. 새벽에 일어나 두세 시간 글을 쓰는 게 전부라고 했다.

그는 터울이 큰 자녀가 셋이었다. 깨알같이 적힌 아이들의 학원 일정표를 핸드폰 뒷면에 붙이고 있었다. 막내는 어려서 하루종일 아빠를 따라다니며 책을 읽어 달라 성화였다. 몇 권의 동화책을 읽어주면, 잠들기는커녕 눈이 더 똘망해진다고.

- 아이가 빨리 잠들어야 몇 줄이라도 쓸 수 있는데 말이죠. 책 읽어주다가 제가 먼저 잠들기 일쑤예요.

그는 아이들에게 열정적으로 책을 읽어주는 선배 얘기도 해줬다. 아이들이 어릴 때부터 동화책은 물론이고 문학과 비문학, 교과서와 참고서 전부를 고3 때까지 읽어주었다고. 덕분에 자녀들은 소위 명문대에 모두 진학했지만, 그 사람은 성대결절로 수술을 받았다는 거였다. 병문안을 갔을 때, 목에 붕대를 감은 선배가 그에게 허스키한 목소리로 속삭였다고 한다.

'인생은 달콤해. 아아, 달콤해.'

그 이후 박상윤은 책 읽어 주는 게 한계에 다다랐을 때면, 맥주로 축여도 모자란 깔깔한 성대의 안위 대신, 드넓은 대학의 캠퍼스를 떠올리게 된다고 했다. 그는 이 얘기가 나와 공감할 수 있는 소재라고 생각했던 것 같다. 내가 고개를 끄덕이기만 하자 그가 말했다.

- 그 시간은 영원히 오지 않을 것 같아요.
- 어떤 시간이요?
- 몰입할 수 있는 시간이요. 자, 이제부터 아무도 너에게 간섭하지 않을 거야. 완성될 때까지 써봐.

사람들은 왜 본인이 낳아놓고 아이 때문에 뭘 못한다고 하는 걸까. 그러면서 왜 아이 덕분에 행복하다는 걸까.

아이를 낳는 이유는 뭔가에 실패했을 때, 최고의 핑계로 삼을 수 있어서다. 은신처를 만드는 파충류처럼 도피의 수단. 모든 문장을 '니들만 아니었으면 내가…….'로 시작하는 엄마처럼. 그래놓고 '내가 니들을 낳은 건 인생에서 제일 잘한 거였다.'고 말하는 엄마처럼. 영원히 교차하지 않을 평행이론으로. 모순된 생각으로. 위로와 만족의 수단으로.

보고 듣고 알고 있으면서도 나는 왜 부질없는 시도로 긴 시간을 보냈나.

 우리 부부의 일상은 서로가 얼마나 다른지 확인하는 과정이었다. 남편은 나를 각성시키려 했다. 아이는 가족의 완성이라고. 아이들을 뒷자리에 태우고 주말마다 떠나는 친구들을 보라고. 우리에겐 왜 할머니에게 세배할 아이가 없느냐고. 우리는 그래서 행복하지 않은 거라고.

 행복을 위해서 어떤 것이 꼭 필요한 사람은 그것이 생겨도 행복해질 수 없는 사람이다. 반면에 스스로 행복할 수 있는 사람은 뭔가가 없어도 행복한 사람이다. 이 전제가 옳다면 우리는 전자에 해당하는 사람들이었다. 나는 마지막 냉동 수정란을 기억해 냈다. 곧 해가 바뀌면 나는 한 살을 먹겠지만 그것의 나이는 0인 그대로일 테다. 불공평하다. 물론 공평한 것도 있다. 그것과 나는 똑같이 죽음에 가까워진다.

 알 수 없는 죄책감이 밀려왔다. 글을 집중해서 쓸 수 있는 공간으로 키즈 카페를 추천한다는 그의 목소리에 정신이 들었다. 편백나무 놀이터와 정글짐에서 노는 아이를 곁눈질하며 노트북을 두드리는 장면이 그려졌다. 키즈 카페에서 소설을 쓰는 유일한 지구인이었다.

 그는 내게 꼭 하고 싶은 말이 있다고 했다. 지금까지 가족과 친구와 사회에서 만난 지인들을 통틀어 글 쓰는 걸 좋아하는 사람은 자기 혼자뿐이었다는 것. 수학을, 과학을, 음악을 또는 농구를 좋아하는 사람은 금방 모일 수 있었지만 글 쓰는 것만큼은 그렇지 않았다는 것. 그건 정말 이상한 일이었다는 것. 문화센터 접수처에서 나를 처음 봤을 땐 신기할 정도로 반가웠다는 것. 글쓰기 카페나 합평 모임에서 만났던, 자기 과시와 열정만 가득한 채 나타났다 금방 사라지곤 하는 사람들이 아닌, 인생의 문우를 만난 기분이었다는 것. 근처에만 가도 바람이 쌩쌩 불정도로 차가운 사람인데도 내면의 뜨거움이 훤히 보인다는 것. 나의 옆모습만 봐도 느껴졌다고 말했다.

내 주변에 쌓아놨던 경계심이라는 담장이, 밖이 보일락 말락 할 정도로 높았던 장벽이 조금 무너졌고, 벽돌 조각이 내 발등에 떨어져 구르는 느낌이었다.

우리는 밖으로 나왔다. 파란 곰은 여전히 스포트라이트를 받으며 어두컴컴한 바다를 향해 한 걸음 내민 채 서 있었다. 건물 앞에는 빨간색 부스가 있고, 난간을 따라 사랑의 자물쇠들이 촘촘히 매달려 있었다. 그는 부스 안으로 들어가 테이블 위 편지지를 집더니 그 위에 무언가를 적었다. 내게도 한 장을 건넸다.

— 느린 우체통이 있네요. 지금 부치면 1년 뒤에 도착한대요.

이것은 사랑의 열쇠를 곳곳에 매달아 놓는 것만큼이나 부질없는, 반세기 가까이 산 사람이 하기엔 너무 유치한 퍼포먼스 아닐까, 하면서도 나는 핸드폰 플래시로 밝혀가며 글자를 적었다. '단 하루도 과거로 돌아가고 싶지 않은 오늘이 되기를.' 선을 따라 모서리를 접으니 항공서간 모양이 되었다. 그는 자기 것과 같이 우체통에 넣고 오겠다며 종종걸음으로 뛰어갔다.

자정이 지났으니 택시라도 불러서 타고 가시라, 아니면 내가 태워다 드리겠다 하는데도 그는 들은 체하지 않았다.

— 사람이 의리가 있죠. 여기까지 왔는데 친구 만나는 건 보고 가야죠.

그는 먼저 뛰어가 차문을 열었다.

*

　남편에게 같이 식사라도 하자고 했다. 그가 수락하리라는 기대는 없었지만, 물어는 보는 것이 바른 태도 같았다.
　내가 덴마크에 갔을 때, 그녀의 가족에게 어떤 대접을 받았는지 얘기해 주었다. 피요르의 선박들이 보이던 루프 탑의 파티라던지, 사슴요리 식당에 데려가 준 것, 콜딩후스 성이나 트라폴트 미술관을 보여 준 날에 대해서도.
　- 있잖아. 부부가 정원에서 고기를 굽는데 아이들이 그러는 거야. 자기들은 뭘 해야 하느냐고. 뜨거운 요리는 도울 수가 없잖아요 하고 울상이더니 뭘 하는 줄 알아? 양동이랑 청소 도구를 들고 오더니 옆에 있는 유리문을 닦더라고. 첫째는 거품을 내고 둘째는 호스로 물을 뿌리고 셋째는 걸레를 들고 문질러. 내가 물었어. '애들은 앉아 있다가 그냥 먹으면 안 돼?' 리케가 그러는 거야. 아이들은 부모님이 일하는 동안 자기 잡(Job)을 해야 한다고. 이런 게 아이들을 위한 거라고. 그건 어른이 돼서도 마찬가지잖아. 그 얘길 듣고 나니깐 식사가 끝나고 가만히 있을 수가 있나. 손님은 예외라고 했지만, 나도 애들이 하던 일을 도와주고 같이 놀아줬지. 마당에서 얼음땡도 가르쳐주고 돈가스도 했는데 너무 재미있어 했어. 차까지 마시고 헤어지려는데 내 가방이 없어진 거야. 큰애가 내 가방을 숨겼더라고. 우리도 어릴 때 그랬잖아. 집에 온 손님이 아쉬워서 신발 감추고. 꼬맹이가 내 서류 가방을 얼마나 멀리 던졌는지. 정원에서 보물찾기하느라 플래시를 켜고 아주 쇼를 했지. 애들은 재미있어 죽겠다 그러고.
　나는 그때가 생각나 조금 웃었고, '많이 컸을 거야. 지금. 각자의 잡을 잘해나가며.' 하고 그를 봤다. 어항 앞에서 쿠션을 베고 누운 채 열대어를 쫓고 있었다.

　- 그러니까 그건 내 잡이 아니지. 니 잡이지.
　- 무슨 말이야?
　- 너랑 친한 사람이니 네가 만나면 되는 거지. 당신 만나러 여기까지 온 걸 텐데 내가 왜 필요하냐고. 말도 안 통하는 사람인데.
　- 꼭 말이 통해야 하는 거야? 나도 애들이랑 말이 통해서 놀았겠어? 필요한 말은 내가 전달해 줘도 되잖아. 밥 한번 같이 먹는 게 어때서. 직장 생활하면서 건진 건 걔 하나냐. 하긴 같은 한국말 쓰는 사람도 이렇게 대화가 안 되는데 내가 괜히.

　한밤의 입국장은 유난히 서늘했다. 모니터에는 몇 개의 도착 편명이 표시되어 있었다. 박상윤은 의자에 앉아 팔짱을 낀 채 꾸벅꾸벅 졸았다. 도대체 저 사람은 여기까지 와서 뭘 하고 있는 걸까. 저렇게 한가한 고생은 일부러 하기도 힘든 것 아닌가. 그도 언어의 장벽과 필요의 문제로 관계를 구분 짓곤 할까 생각할 때, 그녀가 유리문을 통해 걸어왔다.
　- 모니카!
　나는 두 손을 흔들었다. 리케가 뛰어와 날 안았다.
　- 내가 그렇게 보고 싶었어?
　- 진짜 오랜만에 보는 것 같다. 나와 줘서 고마워. 기다리느라 힘들었겠다.
　- 힘들긴. 나도 덴마크 도착하면 너한테 이 시간이었는데 뭐.
　- 남편까지 같이 나온 거야? 감동이야. 헤이(Hej). 반가워요.

뒤를 돌아보니 박상윤이 서 있었고, 그는 뚜벅뚜벅 걸어와 악수를 청했다.

- 처음 만나 반갑습니다. 박상윤입니다. 간단하게 존이라고 불러주세요.

유감스럽게도 자신은 모니카의 남편이 아니라 친구이며, 우연히 여기까지 오게 되었으며, 좋은 시간을 보내는 데 도움이 되길 바란다고 유창한 영어로 말했다. 리케는 내 어깨를 툭 치며 이렇게 멋진 친구가 있는 걸 왜 여태 말하지 않았냐고 했다.

- 가자, 경주로. 서둘러야 해.
- 뭐? 지금 경주라고 했어? K로 시작하는?
- 응. 가고 싶은데 있으면 어디든 가보자고 네가 그랬잖아.
- 너 여기서 경주가 얼마나 먼 줄 알아? 덴마크를 남북으로 왕복할 정도의 거리야. 그리고 거긴 위험해. 몇 달 전에 큰 지진이 났었다고.
- 좋아. 들어봐. 예스퍼 라스무센이라는 건축가가 쓴 책을 봤어. 그가 아시아에서 꼭 가봐야 할 곳으로 경주라는 도시를 꼽았다고. 지금 아니면 내가 언제 가 보겠어?
- 전통적인 걸 찾는 거면 다른 도시를 데려가 줄게. 수원 화성 추천. 여기서 한 시간이면 가.
- 모니카. 멀어서 그러는 거야? 너 출장 때마다 나랑 어디 갔었지? 주말에 바다 보러 오르후스 항구에 가고, 고성을 보자며 콜링도 가고, 빌룬드에서는 레고랜드에서 놀고 하루 잤잖아. 아, 네가 올보르 박물관 닫기 전에 꼭 가보고 싶다고 해서 핫도그 먹으면서 운전한 게 언제였더라. 내가 늦었다고 했더니 그랬지. '내가 지금 아니면 언제 가 보겠어?'

나는 덴마크 전역에 쌓아 둔 전생의 업보를 기억해 냈다.
- 걱정 마. 난 경주면 충분해.
박상윤은 뒤에서 팔짱을 끼고 웃고 있었다. 주차장으로 와 트렁크에 짐을 실은 후, 리케는 조수석에 앉았다. 나는 그에게 말했다.
- 감사했어요. 5번 게이트로 나가면 서울로 나가는 리무진 많을 거예요.
- 지금요?
박상윤이 핸드폰을 들어 시간을 보여줬다. 첫 차 시간은 멀었다. 그는 '박 샘도 차암.' 하며, 차키를 내 손에 쥐어 주더니 바로 뒷자리에 탔다.
- 같이 가요.
- 네? 어딜요?
- 경주요. 운전해 드릴게요., 교대로.
- 저, 정말 괜찮아요.
- 난 안 괜찮은데.
내가 지금까지 경계심을 풀고 있었다는 것과 그 느슨함을 그가 느끼고 있다는 걸 알았다.
이건 전형적인 할리우드 클리셰 아닌가. 문화센터에서 만난 동료와 외국인 친구랑 셋. 우연한 만남. 어쩔 수 없는 합류. 인과 없는 해프닝의 연속인 로드 무비.
무슨 문제라도 있냐며 리케가 나를 봤다. 가겠다는 사람은 셋 중 둘이었고 나는 이들에게 납치당하는 느낌이었다. 선택은 하나였다. 납치당한 사람이 운전을 하는 것. 시동을 걸고 주차장을 빠져나오고 고속도로를 타다가, 심지어 셀프로 주유를 하고, 휴게소 편의점에 들러

납치범들에게 물과 간식까지 제공하는 기묘한 상황이 연출되었다.

　뒤에서 분위기를 살피던 박상윤은 이미 그녀의 편이었다. 얼마 만에 가 보는 경주냐며 꼭 한번 다시 가보고 싶다는 거였다. 수학여행 때 유스호스텔에서 16명이 한 방을 썼다는 이야기라든지, 여자 친구한테 이니셜을 새긴 하트 펜던트 기념품을 받았는데, 친구들과 한잔 걸친 상태라서 잊어버리고 말았다는 것, 다른 여학생이 준 도깨비방망이 모양의 열쇠고리는 지금도 가지고 있다는 것까지. '왜 하필 도깨비방망이였을까요. 재질은 왜 야광고무 이기까지 할까요. 손잡이는 핑크색이고요.' 그는 물었다.

　- 어제 일은 기억이 안 나면서 30년 전 일이 생생한 건 왜 그럴까요. 참 도깨비 같은 일이죠.

　목적지는 불국사였다. 토함산 일출로 여정을 시작할 생각이었다. 불과 몇 시간 전만 해도 어둠을 뚫고 영동고속도로를 달리게 될 줄은 생각조차 하지 못했다. 박상윤과 열심히 수다를 떨던 리케는 의자까지 젖히고 자고 있었다. 다음 휴게소에서 교대하겠다던 그도 창문에 머리를 대고 있었다. 나도 약간 피곤했고, 자꾸 눈이 감기려고 해 음악을 틀었다. 스크래치가 많아 자주 튕겨져 나오는 CD들이었다. 운전할 땐 무조건 보니 엠이었고, 간혹 최근 곡을 듣고 싶을 땐 알 켈리나 제이슨 므라즈 정도였는데, 잠을 깨기 위해서는 스키드 로우나 얼스 윈드 앤 파이어, 스틸 하트와 건즈 앤 로지스, 본 조비가 동원됐다. 왜 나는 고등학교 때 들은 것만 평생토록 반복해서 들을 수밖에 없는 것일까 의문이 들 때쯤 상주 근처를 지났다. 눈을 뜬 리케가 내 비게이션을 봤다.

- 아직 더 가야 하네. 존은 피곤한가 봐.

- 애들은 어떻게 했어?.

- 부모님한테 맡기고 왔지. 덴마크는 할머니 할아버지 없이는 아무것도 돌아가지 않아.

- 세계 1위 복지 국가에서 그게 할 소리냐.

- 1위든 어디든 똑같을 걸. 그거 알아? 우리 헤어졌어. 좀 됐지. 더 이상 서로 사랑하지 않는다는 걸 깨달았거든. 다행히 아이들도 이해하고 있고.

- 아, 유감이야. 너희 좋아 보였는데. 그런데 애들이 사랑에 대해 뭘 알까. 도대체 뭘 이해하겠어.

- 넌 사랑이 뭐라고 생각하는데?

- 의리? 또…… 머리를 거치지 않고 마음을 관통하는 헌신.

- 그렇구나.

- 그런데 둘 중 한 사람만 그런 생각을 가지면 재앙이 오는 거야, 우리처럼. 한 사람은 머리만 거치고, 다른 사람은 마음만 거치게 되면, 마음만 쓰던 사람도 머리를 쓸 수밖에 없게 돼.

- 너희가 어때서.

나는 말없이 앞을 주시했다. 룸미러를 보니 박상윤이 창밖을 보고 있었다.

*

토함산 중턱에 이르렀을 때, 하늘이 조금씩 밝아왔다. 플래시 없이도 계단을 오를 수 있을 정도였고, 리케와 박상윤의 얼굴은 파랗고도 또렷하게 보였다. 저 멀리 능선의 하늘 위로 보일 듯 말 듯한 노란 점이 나타나 금세 주변을 붉게 비추었다. 먼 길 때문이었는지 벌써 하루가 지는 느낌이었다.

박상윤은 뜨는 해를 향해 소원을 빌자고 했고, 나는 불과 몇 시간 전에도 곰에게 소원을 빌지 않았었느냐고 했고, 자꾸 소원을 빌 시간에 소원을 위한 다른 구체적인 노력들을 하는 게 어떻겠느냐고 제안했다. 리케는 박상윤에게 모니카는 원래 현실적인 사람이며, 말은 이렇게 해도 속은 용암처럼 뜨거운 여자라고 했다.

- 뜨겁다니. 차가워서 얼어버릴 지경이야. 내가 얼마 전 MBTI 검사를 해봤거든.

- 그게 뭔데? 뭐, 혈액형 같은 건가. 난 주치의한테 물어봐야 하는데.

- 심리유형검사야. 이 테스트로 16가지의 성격 유형을 구분할 수 있어. 나는 ISTJ라고 하는 거야. 나도 이게 뭔가 해서 검색을 했지. 내용이 하나같이 이래. 우리 아들이 ISTJ로 나왔어요. 얘를 도대체 어떻게 키워야 할지 걱정입니다. 제 와이프가 ISTJ라고 하는군요. 어쩐지, 제가 왜 결혼생활이 힘든지 알겠어요. 뭐 이런 글만 있는 거야. 어떤 성격인지 알겠지?

- ISTJ는 세상의 소금 같은 존재예요.

박상윤이 말했다.

- 마르께스의 「썩은 잎」에 나오는 퇴역 군인 같은 사람이죠. 마을 사람들이 죽은 의사를 저주하며 장례도 치르지 않을 때, 자진해서 시신을 거두죠. 그런데 박 샘은 소원이 뭐예요?

- 없어요. 소원 같은 거.

― 왜 있잖아. 오랫동안 빌었던 거. 천사가 찾아오게 해 달라고.

― 천사요?

나는 그만하라고 속삭였다.

― 존은 친구라며. 아니면 포기한 거야?

땀이 식으며 한기가 느껴졌다. 점퍼 모자를 뒤집어썼다. 더 이상 뭔가를 빌고 싶은 생각도, 원하는 것도 없었다. 유충이 벗어놓고 간 껍데기가 된 것 같았다.

나비는 날아가 어디쯤에 닿았을까. 아름다운 꽃을 찾아다니며 꿀을 빨아먹는 달콤한 생을 살고 있을까. 허물은 무엇이 되나. 썩은 잎과 함께 나무 아래를 뒹굴다 땅속으로 사라지는 일뿐일까. 새해를 앞두고 나는 내게 남아 있는 어떤 가능성이라도 박박 긁어봐야 했다.

안 쓰면 편할까. 써야 편할까. 좋아. 안 쓴다고 치자. 안 쓰면 안 쓸수록 편할까. 안 쓰면 처음엔 편하다가 나중에 불편할까. 아님 줄기차게 편할까. 아님 불편한 것 같지만 편해질까. 좋아. 본격적으로 쓴다고 치자. 쓰면 쓸수록 편할까. 처음엔 불편하다 나중엔 편해질까. 아님 줄기차게 불편할까. 그럼에도 불구하고 후련할까. 꼬리에 무는 생각들과 함께 산에서 내려왔다.

핸드폰에는 톡이 여러 개 와 있었다. 엄마는 오늘의 말씀과 성경 구절을, 남편은 베타가 폭번을 했다며 치어들이 가득한 사진을 보냈다. '매일 브라인슈림프를 끓여서 먹이고 있어. 영양식을 먹였더니 아이들이 쑥쑥 자라.' 지수는 아들이 나온 방송의 유튜브 링크를 공유했다.

다른 문자는 병원에서 온 것이었다. 냉동배아의 보관날짜가 임박했다는 내용이었다. '보존기간 연장 동의서가 작성되지 않고 보존 기간이 경과한 냉동배아는 생명윤리 및 안전에 관한 법률에 의하여 별도의 동의 절차 없이 30일 이내에 폐기됩니다.' 이전과 중복이었다. 나는 메시지를 전부 삭제했다.

산에서 내려오자 불국사 입구에 커다란 범종이 있는 정자가 보였다. '석굴암 통일대종. 1인 1타 천 원. 불우이웃 및 소년소녀가장 돕기.' 성덕대왕신종을 본떠 만든 것이었다. 그것은 아침 안개에 잠겨 신비롭게 보였다. 리케는 직접 쳐 볼 수 있냐고 했다. 박상윤이 그녀를 안내했다. 또 소원인가. 가는 곳마다 온통 소원이 만들어낸 무덤이 있군, 하고 나는 계단에 걸터앉았다. 멀찍이 그들의 모습이 보였다.

종지기 어르신이 다가가 그녀에게 뭔가를 설명했고, 박상윤이 손짓을 해가며 통역을 했다. 리케가 줄을 몸 쪽으로 당기더니 종을 세게 쳤다. 아침을 시작하는 소리에 산 능선이 한꺼번에 깨어나 주변으로 몰려오는 것 같았다.

- 와, 모니카, 너도 해봐.

- 그만 좀 하자, 소원 타령.

나도 모르게 우리말로 내뱉었다.

- 일어나요. 소원이 없으면 통일이라도 빌어요. 통일대종이니까.

그가 내 가방을 덥석 들더니 나를 일으키려 손을 내밀었다. 나는 못 본 척 일어나 정자 쪽으로 걸어갔다.

- 아, 남편분이 알려주시면 되겠네.

어르신이 물러났다. 그가 모금함에 지폐를 넣었다. 나에게 당목의 왼쪽에 서서 양손으로 줄을 하나씩 잡으라고 했다. 그는 반대편에 섰다. 쇠사슬이 차가워 손이 시렸다. 그가 줄을 약간 뒤로 당겨주었고, 연꽃무늬의 당좌에 방향을 맞춰야 한다며 조준해 주었다. '뭘, 그렇게 까지요.' 나는 피식 웃으며 그에게서 줄을 낚아 챈 지체 없이 휘둘렀다.

 나는 놀랐다. 좀 전과는 다른 소리였다. 이전의 소리가 땅에 머물며 소용돌이쳤다면, 이번엔 하늘을 휘젓는 고음이었다. 치는 사람마다 종소리도 다른 걸까 생각했을 때, 박상윤이 내 뒤로 와 나의 양 손목을 잡더니 종의 표면에 손바닥을 갖다 대게 했다.

 - 이렇게 하는 거랬어요. 여기에 대 봐요.

 그의 손이 내 손등에 닿았다. 나는 얼른 손을 빼려고 했지만 그보다 빠르게 그의 손이 덮었다. 종의 표면에 양극으로 새겨진 비천상이 있었다. 부처님께 무엇을 공양하기에 저렇게 행복한 표정일까. 그가 손에 힘을 주었다.

 - 눈 감고 그대로 있어요. 아무 말 하지 말고.

 손바닥에 전달된 공명이 머리부터 발끝까지 퍼지더니 발바닥을 치고 올라와 다시 가슴을 훑었다. 커다란 울림이 핀볼처럼 굴러 여기저기에 부딪쳤다. 진동은 오래 머물렀다. 멀리 사라진 것 같으면 다시 다가왔으며, 내 몸을 깊이 파고들었다고 생각했을 때는 이미 빠져나간 뒤였다. 전류가 흐르듯 미세한 흐름이 그의 손으로 전달되었고, 그에게서 다시 내게로 오더니 종으로 모든 파동이 빨려 들어갔다. 파도의 한가운데에 서서 밀물과 썰물의 흐름을 온몸으로 받아내는 것 같았다. 마침내 공명의 감각이 완전히 멀어졌을 땐 내 안에 고여 있던 무엇인가도 모래처럼 흩어져 어디론가 휩쓸려 나갔음을 느꼈다.

 그의 입술은 내 귓가에 있었고, 뭔가를 주저하는 듯한 떨리는 호흡이 느껴졌다. 우린 너무 가까웠다. 그의 몸이 밀착된 것 같았지만 완전히 닿지 않은 것은 확실했다. 나는 이 거리의 의미가 무엇인지, 저렇게 짧은 들숨과 날숨은 무엇 때문인지 알 수 없었다.

나는 주머니 속에서 손가락을 꼼지락거렸다. 그와 나의 손을 관통하며 오갔던 감각이 그대로 남아 있었다.

우리는 산에서 내려왔다. 박상윤은 조수석에 앉아 내비게이션 목적지와 경유지를 순서대로 입력하느라 열심이었다.

강에 구슬을 던지다

- 이 유물들이 마립간이라는 킹이랑 같이 묻혔다는 거지?

천마총을 둘러보며 관모나 허리띠, 금제장식이 있는 곳을 리케가 가리켰다. 여기 있는 건 복제품이고 원본은 박물관에 있다고 해도 연신 감탄이었다. 다 합치면 수 십만 년은 될 유물들을 뒤로하고 우리는 군데군데 부서지고 무너져 공사 중인 길을 따라 관광지를 돌았다.

- 저걸 봐. 내가 저걸 보자고 한 거야.

신라역사관에 들어섰을 때 그녀가 한 전시품을 가리켰다. 검은색 조각에 금색 테두리가 있는 장식이었다.

> 비단벌레는 갑충류로서 딱정벌레목 비단벌레 과에 속하는 곤충입니다. 겉날개는 적색과 녹색의 금속성 광택을 냅니다. 철, 구리, 마그네슘 등 금속 성분이 포함되어 있기 때문입니다. 보통 곤충은 날개가 7~8겹으로 이루어져 있는데, 비단벌레는 특이하게도 17겹으로 이루어져 있어 보는 각도에 따라 다양한 빛깔을 냅니다.

장신구 옆에는 말띠드리개와 발걸이의 복원품이 있었다. 나무판 위에 비단벌레의 날개를 촘촘히 붙이고 금동판을 씌운 기법이었다. 1천5백 년간 무덤 안에 있다가 75년에 출토되었고, 햇빛을 받자마자 변색하고 바스러져 버렸다는 설명과 함께 미공개의 말구 사진도 걸려 있었다.

> 이 유물은 소나무 판재 위에 백화수피(자작나무 껍질)를 촘촘하게 깔고 그 위에 실제 비단벌레 날개 2000여 장, 또 그 위에 정교하게 무늬를 뚫은 금동판이 옻칠로 붙여져 있습니다. 빛이 차단된 무덤은 결과적으로 비단벌레 날개의 빛깔 보존 기능을 합니다.

17겹으로 이루어진 2천여 장의 날개로 만든 1천5백 년 전의 유물. 보존을 위해 글리세린 용액에 담겨 빛이 차단된 곳에 보관 중이라고 했다. '비단벌레 장식 말안장 뒷가리개'는 사진으로만 봐도 여전히 반짝이는 금빛의 연녹색을 내뿜고 있었다.

- 봐, 우리는 1천5백 년 전의 비단벌레를 보고 있는 거라고. 과거의 현재를 공유하는 거야.
- 나도 현재를 살고 있는 과거의 생명을 하나 가지고 있지.
- 그게 무슨 말이야?
- 저렇게 작은 벌레의 날개조차도 수천 년 보존이 가능한데, 왜 마침표보다도 작은 수정란은 5년 만에 폐기되어야 하는 걸까.
- 지금 IVFM 중이야?
- 더 이상은 어려울 것 같아. 냉동란이 하나 남았는데 병원에서는 곧 폐기한대. 나에게는 어쩌면 마지막 기회라고 할 수 있는데. 알이 만들어졌을 때와 지금의 우리는 많이 달라져 있거든. 이제 와서 부모가 되는 게 무슨 의미가 있을까.

한옥 호텔 커피숍에 들렀다가 마당을 기웃거렸다. 툇마루에 윷점 안내판이 세워져 있었다.

- 윷점?

4개의 윷을 한꺼번에 3번 던져 한 해의 점을 보는 거라고 박상윤이 리케에게 설명했다. 리케는 걸걸윷. 중이 속인이 되어 업종을 바꾼다. 박상윤은 걸도윷. 강에 구슬을 던지다. 어렵게 얻은 보물을 쉽게 잃어버릴 징조이다. 나는 웃었다.

- 강에 구슬을 빠뜨리는 것도 아니고 던지다뇨. 왜 그러셨어요.

박상윤은 자신은 그럴 리 없다며 억울해했다.

- 그래도 박 샘이 웃었으니 성공!
- 조심하세요. 잃어버리지 않게.

내 차례였다. 윷도도. 부모가 아들을 얻다. 뜻한 소망이 이루어진다. 나는 코웃음을 쳤다.

- 이거 순 엉터리네.

박상윤이 계림과 교촌마을을 지나며 표지판의 설화를 읽었다. 아름다운 곳에는 반드시 슬픈 이야기가 있었다. 대부분의 설화가 그렇듯이 희극보다는 비극, 특히 희비극이 많았다. 행복하게 살다가 병들거나 이별하거나, 뭘 구하다가 실패하거나, 기다리다가 죽거나. 선택하고 후회하던가. 어디선가 들어본 듯하고 어쩌면 지금도 누군가에게 매일 반복되는 것 같기도 한 얘기들이 곳곳에 있는 것을 보면, 인간 역사의 원형은 시행착오 그 자체인 듯 보였다.

우리는 첨성대, 계림, 석빙고, 월정교를 지나 다시 동궁과 월지까지 갔고, 황리단 길로 왔을 때는 해가 기울고 있었다. 마침 해장국집이 눈에 띄었고, 해장할 것이 없는데 해장국으로 해장을 해야 했으므로 소주나 곁들이기로 했다.

리케는 하얀 쌀밥에 찬으로 나온 잡채와 깍두기와 어묵 볶음을 맛있게 먹었다. 국물을 맛본 그녀는 해장국 다대기를 마요네즈처럼 튜브로 만들어 유럽에 수출해 보자고 했다. '나, 업종을 바꾼다고 윷점에 나왔잖아.'

- 20피트 컨테이너로 덴마크까지 오는데 드는 운임이랑 통관비 합쳐서 음……. 얼마에 수입이 가능할까?
- 바다 한가운데서 터지지 않을까요.

박상윤이 심각한 표정으로 말했고, 나는 공장 출고부터 선적까지 냉장컨테이너가 필요하므로 비싼 운임을 물기보다는 차라리 현지에서 만들어 파는 게 더 효율적일 거라 조언했다.

- 둘은 어떻게 알게 됐어요?

리케가 물었다. '우연히.'라고 내가 대답했고, '원래 모든 만남은 우연 아닌가요.' 하고 박상윤이 대꾸했다.

- 소설을 쓰다 보니 만나게 된 거죠. 쓰지 않았다면 못 만났을 거고요. 우리 박 샘을요.

- 자꾸 우리라뇨. 근데, 샘은 영어를 어쩜 그리 잘하세요?

그가 씩 웃으며 내 잔을 채웠다.

- 모니카가 얼마나 글을 잘 쓰는 줄 알아요? 우리 클래스에서 가장 주목받는 대작가예요.

- 풋. 대작가는 무슨. 중작가? 소작가, 아니다. 미세작가…. 그것도 아니네요. 초미세작가 정도.

- 왜 점점 작아져요. 꼭 등단해서 책을 내야만 작가입니까. 소설을 쓰고 있으면 소설가인 거죠.

- 모니카는 팩스를 써도 그랬어요. 이메일만 봐도 동료들이 그랬죠. 무슨 문장을 이렇게 잘 써? 오더 납기 연장이나 제품 단가를 올려 받는 재주가 있었죠. 설득에서는 보스감이었거든요. 트롤스가 널 얼마나 신뢰했는데.

- 농담하지 마.

- 팩스고 메일이고 그런 것도 다 글이니까요. 아무튼 제가 제일 좋아하는 말은 글 쓰는 재능은 타고 나는 게 아니라는 거예요. 이보다 더 희망을 주는 말은 없죠. 샘도 이제 자신의 얘기를 써보세요. 써야

하는 것 말고, 쓰고 싶은 걸 쓰세요. 자유롭게. 문학이라는 게 엄숙할 필요도, 진지할 필요도 없는 것 아니겠어요. 자신을 믿으세요. 할 수 있어요, 충분히.

그에게서 취기와 열기가 동시에 느껴졌다. 나는 마주앉아 있는 그를 최대한 자연스럽게 대하려고 애썼고, 그 노력이 어색해 보일까봐 잔을 돌리며 연거푸 잔을 비웠다. 식탁 위에 초록 병이 늘어갔다.

내가 기억하는 마지막 장면은 갈라진 보도와 부서진 채 쌓여있던 기왓장들이다. 잠시 바람을 쐰다고 나갔다가 길을 잃었고, 어느 주택 대문가에 앉아 있다가 잠이 든 것 같다. 누군가 나를 세게 흔들었다. 나는 게슴츠레 눈을 떴다. 주위엔 아무도 없었다.

'여기가…… 어디지?'

여행지에서 길을 잃는 건 내가 그토록 바라던 것 아니었나. 있던 곳으로 돌아가지 못하는 것. 돌아가봐야 아무것도 없다는 이유로. 내가 찾는 건 어디에도 없는 걸 알면서 다른 어딘가에는 분명 있을 거란 믿음으로. 머릿속으로만 그리던 상황이 실제가 되었는데, 서러웠다. 눈시울이 뜨거워졌다. 나는 웅크려 앉아 꺽꺽 거리며 한참을 울었다.

'괜찮으세요?' 어떤 이가 지나가며 물었다. 그이가 옆에 떨어져 있는 내 폰을 발견했고, 마침 내게 전화를 걸고 있던 박상윤과 연결됐다.

— 맥없이 무너지죠, 요즘 집들은. 천사백 년 넘은 첨성대도 멀쩡한데.

동네 주민인 것 같은 남자가 철근이 삐져나온 콘크리트를 가리키며 말했던 것 같다. 박상윤이 나의 팔짱을 끼고 일으켰다.

— 우리 박 샘도 내진 설계가 되어 있지 않은가 보네.

그 여자의 불온한 일상 239

그가 손수건으로 볼을 닦아 주었다.

- 기대요, 나한테. 자.

그 한마디에 나는 더 울었다. 누가 나에게 기대라는 말을 한 적이 있던가.

정신과 육체가 동시에 통제되지 않는 게 얼마 만인지 몰랐다. 주량이 줄었나. 술 먹고 길에서 잠들고, 깨어나 울다가 업혀가는 여자, 내가 얼마나 혐오하는 모습인가. 게다가 잘 알지도 못하는 남자 앞에서 두 번이나 울다니. 그가 내 팔을 목에 감고 옆구리를 부축했다.

등이 너무 뜨거웠다. 몸이 땀으로 흥건했다. 사방이 캄캄해서 아무 것도 보이지 않았다. 간신히 몸을 일으켰지만 머리가 아프고 어지러워 도로 쓰러졌다. 속이 울렁거려 머리를 괴고 모로 누웠다.

잠시 후, 방문이 열렸다. 검은 그림자가 다가왔고 내 옆에 앉는 게 어렴풋이 보였다. 그림자는 손을 뻗더니 나의 젖은 머리칼을 쓸어 귀 뒤로 천천히 넘겨주었다. 그리고는 일어나 방을 나갔다.

다시 눈을 떴을 때 방안에는 옅은 달빛이 감돌았다. 온돌은 여전히 뜨거웠다. 머릿속에 자갈이 오백 개쯤 들어 있는 것 같았다. 어떻게 여기에 온 것인지 기억나지 않았다. 곁에는 약 봉투와 드링크제가 놓여 있었다. 나는 냉장고를 더듬어 생수를 꺼내 벌컥벌컥 마셨다.

방에서 나오니 박상윤이 어두운 마루에서 자고 있었다. 이불도 없이, 두루마리 휴지를 베고. 리케는 보이지 않았다. 기척을 느낀 그가 벌떡 일어났다.

- 좀 괜찮아요?
- 네 푹 잤더니. 근데 어떻게 제가…….

그가 피식 웃었다.

- 하늘 봤어요? 달이 얼마나 밝은지 몰라요.

박상윤은 창밖을 가리키며 말했다. 다행히 가까운 숙소를 잡을 수 있었다고. 최근에 관광객이 끊겨서 썰렁한 모양이라고.

- 어찌나 무겁던지. 밤새우고, 빈속에 깡 소주를 그렇게 마시면 누가 견디겠어요.

박상윤이 장난기 어린 눈으로 나를 흘겼고, 어깨를 주무르며 앓는 소리를 냈다. 나는 화끈해지는 얼굴을 조금이라도 감추려고 화장지를 뜯어 괜히 이마를 꾹꾹 눌렀다.

- 아무튼 좋은 하루였습니다, 덕분에.
- 정말 죄송해요. 제가 실수한 건 없나 모르겠네요.
- 실수라기보다는……. 술주정이 진짜 심하던데. 고성방가로 누가 신고해서 경찰까지 왔었어요.

나는 아연실색했다. 박상윤이 내 표정을 보고 폭소를 터트렸다.

- 농담이에요, 농담.

우리는 나란히 앉아 창밖을 바라보았다. 보름달이 한옥 지붕을 비추며 마당에 검은색 물결무늬를 만들었다. 처마의 그림자는 꽃무늬를 닮아 있었다. 박상윤은 하늘을 쳐다봤다.

- 박 샘, 술김에라도 다시는 그런 말 하지 말아요. 생각도 하지 고요.

내가 그에게 무슨 말을 했던 걸까. 나는 그를 쳐다봤다. 그저 춥고 어두운 골목에 앉아 있던 것만 기억이 났다.

- 무슨 일이 있는지, 어떤 어려움이 있는 건지 모르겠지만……. 살아요. 지금 사는 게 싫다면, 사는 게 좋아질 때까지 살아요. 버티다 보면 잘 살았다고, 살아보길 잘했다고 생각하게 될 거예요, 분명히. 그

때를 기다리며 살아요. 그렇게 결심하시길 저는 바래요.
 그가 나를 향해 고개를 돌렸다. 나는 그를 응시했다. 우리는 말없이 서로를 바라보며 한참을 앉아 있었다, 달빛 아래서, 무너지고 갈라진 땅 위에서. 그러니까 누가 방에 들어왔었느냐고, 왜 내 머리를 쓸어 넘겼느냐고 물어보려 했는데, 그러지 못했다.

그도 어쩌면 나만큼

전형적인 초겨울 날씨였다. 갑자기 추워졌다가 다시 따듯해지며 미세먼지가 내려앉았고 다시 쌀쌀해지기를 반복했다. 낮에는 포근했다가도 오후가 되면 흐려지며 간간이 비가 내렸다. 나는 천변에 나가 더 달리고 싶었다. 아무 일이 없는데도 머리는 꽤 복잡한 상태였다.

이웃 여자는 토요일이면 광화문에 갔다. 아파트 입구에서 만난 그녀가 나지막이 말했다. '같이 촛불을 들어야 하지 않겠어요?' 이상하게도 그 달에는 토요일마다 비가 왔다. 유모차에는 비닐이 덮여 있었고, 표면이 촉촉한 채 엘리베이터 앞에 서 있는 게 목격되었다. 엄마와 동생이 광화문에 간 사이, 큰아이는 아파트 단지 주변을 배회했다. 생각해 보니 아이의 아빠를 본 적이 없었다.

- 먼 훗날 우리가 그토록 원하던 세상이 왔을 때, 나는 역사의 현장에 있었다고 당당히 말하고 싶어요.

그녀가 아이들의 손을 꼭 잡았다. '촛불을 드는 것보다, 아이를 보살피는 게 더 중요하지 않을까요? 각자의 자리도 어떻게 보면 역사의 현장이니까요.' 나는 아이가 혼자 비를 맞으며 돌아다니더라고 알려주었다. 그녀를 보자 마르크스의 자본론을 탐독하며, 우리가 뭉치기만 하면 수입농산물도 막을 수 있고, 한미 행정협정도 철폐하고 주한 미군도 내쫓을 수 있을 거라 믿었던 순수의 시대가 떠올랐다.

조깅을 하고 샤워를 한 후 고구마 샐러드를 먹으며 책을 읽었다. 레프 톨스토이의 작품에 인생의 답이라도 있는 듯 「이반 일리치의 죽음」을 재독 했다.

결혼에 대한 의무를 수행하려면, 다시 말해서 사회가 바람직하게 여기는 품위 있는 생활을 꾸려나가기 위해서는 결혼에 대해서도 공적 임무를 처리하듯 일정한 태도를 취해야 한다는 것이 그가 도달한 결론이었다.

그렇다면 내가 취해야 할 일정한 태도란 무엇인가를 생각하며 나는 문화센터로 향했다. 거기서라면 뭐라도 쓸 수 있어서인지, 아니면 그가 있어서였는지는 모르겠다. 수업이 끝나면 박상윤과 나는 차를 마시며 문학에 관해 이야기했다. 나에 대해 아무것도 모르는 그는 언제부터인지 나에 대해 모든 걸 알고 있다는 눈빛이었다. 경주 일을 생각하면 그와 마주치는 것이 민망하면서도 함께 있는 시간만큼은 편안했다. 오랜만이었다.

우리는 그동안 읽었던, 지금 읽고 있는, 또는 앞으로 읽어야 할 작품에 대해서만 얘기했다. 대화의 주제로 발터 벤야민, 밀란 쿤데라와 오르한 파묵, 빅터 프랭클과 프리모 레비, 위화와 이문구, 비스바와 쉼보르스카와 제임스 테이트가 언급됐다. 오로지 문학만이 대화의 소재였다. 마치 다른 세상에서 공전하는 수많은 별 중 하나를 툭 떼어내듯 무작위의 소설 이야기를 했다.

하루는 「동물농장」 얘기가 나왔다. 앞에 놓인 빵 접시가 덴비였는데, '아, 이거군요.'하고 그가 알아봤다. 농장주를 몰아낸 동물들이 덴비 그릇을 세팅하고 만찬을 즐기는, 혁명에 성공한 파티 장면이 인상 깊다고 했다. 마지막 문장 '누가 돼지이고 누가 사람인지 구별하기란 이미 불가능했다.', 이 한 마디는 인류가 존재하는 한 영원히 적용될 수 있는 주제문이라고. 그는 자신이 조랑말 몰리 같다고 했고, 나는 아는 것만 많지 실행하지 못하는 당나귀 벤을 나와 비슷한 캐릭터로 꼽았다.

- 근데 몰리는 여자 아닌가요? 벤이 남자고?

그가 웃었다.

경주 이후, 우리는 개인적인 질문을 하지 않는 것이 불문율인 듯 서로의 과거에 대해서는 물론 그 어떤 신상에 관해서도 묻지 않았다. 어디서 태어나서 어떻게 살아왔는지 지금 어디 사는지조차 몰랐지만, 좋아하는 작가와 소설에 대해 이야기하는 것만으로 서로가 맞닿은 이야기임을 알았다.

문학에 대해 말하는 한, 나는 그와 굳게 손을 잡고 있는 것 같았다. 그 손을 놓고 싶지 않았다. 단단히 연결된 느낌은 나 혼자만의 감정이어야만 했으나, 그렇지 못했다.

언제나 쾌활하고 밝았던 그의 얼굴은 점점 어두워져 갔고, 항상 무표정했던 나는 웃음을 되찾았다. 그는 자꾸 고맙다고 하다가도 미안하다고 했다. 미안하지만 고맙다는 건지, 고마운 게 미안하다는 건지 알 수 없는 상태로 나의 얼굴만 빤히 쳐다보는 시간이 늘어갔다. 침묵은 너무 많은 말을 하고 있어서 듣기에 버거웠다. 아무 말 없이 그가 나를 보고 있으면 나도 그를 바라보는 걸로 대답했다. 실로 엄청난 머뭇거림이었다. 상대의 깊은 곳을 들여다볼수록 각자를 둘러싼 세계가 훤히 보였다. 우리는 전화도, 문자도, 톡조차도 하지 않았지만 끝없이 메시지를 주고받을 수 있었다. 소설이 구실로 전락하기 전에 멈춰야 했다.

그는 복직이 얼마 남지 않았다고 했다. 소설을 마무리하고 봄에 있을 공모전에 투고해 볼 예정이지만, 당선되는 것보다 더 중요한 건 계속 쓰는 거 아니겠느냐고. 같이 써보자고 했다. 박 샘과 나 같이.

- 박 샘 목표대로 입은 웃고, 눈은 울게 되는 소설을 써보세요. 완성되면 나한테 제일 먼저 보여주기예요.

나의 소설을 어떻게 그에게 보여준단 말인가. 정리해야 할 시점이라는 걸 둘 다 알고 있었다. 나는 건필, 건승, 건강, 건투를 빈다며 건전하게 손을 뻗었다. 악수라도 하고 헤어지고 싶었다.

- 고마웠어요, 모든 게.

그는 손을 내밀지 않았다. 우린 계속 만날 수 있다고 다시 못 볼 사람처럼 왜 그러느냐고 화를 냈다. '음, 그럴 수도 있겠네요.' 하고 나는 손을 물렸다. 우리에겐 불확실한 전제나 약속마저 불가능하다는 걸 알고 있었다. 당신이 복직을 하고 일상으로 돌아가더라도 다음에 곧, 조만간, 다시, 언젠가라고 무슨 말이든 시간을 나타내는 짧은 부사라도 덧붙여야 했지만 하지 못했다. 스티븐 킹의 글쓰기 조언대로 부사가 없어도 문장은 성립되었고, 간결했으며, 명확했다. 내가 먼저 카페를 나섰다.

눈발이 날렸다. 어디서 많이 본 상황이었다. 내가 소설에 묘사했던, 실제로 경험했던 그날과 똑같았다. 사람들의 머리와 어깨가 하얬고, 강한 바람까지 불어와 모두가 종종걸음 쳤다.

그가 따라 나와 옆에 서더니 내 코트 주머니에 뭔가를 쑤욱 넣었다. 핫 팩이었다. 나와 그의 손바닥이 겹쳐졌다. 그는 지체 없이 내 손에 깍지를 끼더니 꼭 힘을 주었다.

- 미안해요. 다음 주 수업 때 봐요, 꼭.

그는 멀어지는 나를 끝까지, 모퉁이를 돌 때까지 바라봤다. 아니, 그 이후에도 바라보고 있었을 것이다. 보지 않아도 알 수 있었다. 나와 내가 싸웠다. 이제는 사랑하고 싶다고 발버둥 치는 나와, 사랑보다는 의리가 먼저라는 내가 치열하게. 핫 팩을 만지작거렸다. 바스락거리는 활성탄이 뜨거워 나는 울었다. 발길을 돌리고 싶었지만, 정말 미치도록 돌리고 싶었지만 그와 마주쳐서는 안 됐다. 그의 눈을 보는 순간 내가 돌이 되어 버릴 것 같았다. 그런데 메두사는 여자 아니었나?

*

- 왔어?
- 말도 없이. 웬일이야.
- 웬일은. 내가 내 집에 오는데 이유가 있어야 하나? 현우 결혼식 때문에 휴가 좀 냈지.

그는 소파에 누운 채 나를 힐끔 쳐다보더니 다시 TV로 시선을 돌렸다. 나는 가방을 바닥에 놓고 위에 재킷을 올려놨다.

의자에 밧줄로 꽁꽁 묶인 남자의 몸에 휘발유가 뿌려졌다. 남자가 살려달라고 외쳤다. 모든 걸 사실대로 말하겠다고, 다시는 안 그러겠다며 발버둥쳤다. 보스는 입에 물고 있던 담배를 가볍게 던졌다. 쓰레기통에 코 푼 휴지라도 던지듯 툭. 남자의 몸은 순식간에 타올랐고, 불길 안에서 몸부림치는 그에게 보스가 총을 쐈다. 아마도 여섯 번쯤. 그리고 말했다. '이건 모두 너를 위해서야.' 울부짖는 소리는 더 이상 들리지 않았다. 두목은 새 담배를 꺼내 물고 불을 붙였다. 그의 눈동자에 불타는 그림자의 실루엣이 또렷하게 클로즈업되었다.

- 너무 잔인하다. 저런 게 재미있어?

- 이게 뭐가 잔인해. 남의 췌장을 먹는 게 더 잔인하지.

그가 소파 위에 놓인 일본어판 책을 가리켰다.

- 혹시 병원에서 문자 받았어?
- 무슨 병원?
- 그 병원. 기간 지나면 자동 폐기라던데.
- 그런가 보지 뭐.
- 정말 안 할 거야?
- 했으면 좋겠어?
- 당연한 거 아냐? 집안 첫 손주도 현우한테 뺏겨서 억울한데. 우리도 분발해야지.
- 이게 무슨 경쟁이야? 내가 더 이상 안 한다고 한 거 잊었어?
- 가능성이 있는데 왜 안 해. 이식하고 집에 누워만 있는 것도 못해? 냉동은 훨씬 쉽잖아. 더 힘든 것도 그렇게 많이 했으면서 이번엔 왜 못하는 건데?
- 당신이 매번 이런 식이니까.
- 내가 뭘.
- 봐. 난 식물도, 동물도 키우는 족족 죽이고 요리도 못하는 여자야. 나랑 안 맞아. 그냥 다 포기해. 할 만큼 했어.

식탁 위 수조의 거북이 한 마리가 머리를 내밀었다. 잠시 침묵이 흘렀다.

- 자기가 예전에 출장 갔을 때 사온 시계, 멈췄어. 배터리를 갈았는데도 안가.
- 그냥 하나 사, 다른 걸로. 그거 열대어 사료 값도 안 돼.
- 이 시계가 딱 좋은데. 정도 붙었고. 근데, 자기야. 잠깐만 이리

와봐.

나는 그에게 다가갔다. 그가 갑자기 내 손목을 잡아당기더니 옆에 앉혔다.

- 나 안 보고 싶었어?
- 술 먹었어? 뭐 그딴 걸 물어봐.
- 하나도 안 보고 싶었냐고.
- 당신이랑 똑같아.
- 그럼 보고 싶었단 얘기네.

그가 내 손을 잡더니 끌어안으며 몸을 밀착시켰다. 그가 내 옷자락을 일으켰고, 거친 손과 거스러미는 가슴팍을 긁었다.

- 지지리도 말 안 듣는 내 마누라. 병원이 싫으면 다시 이 방법이지.

그는 내 가슴을 움켜쥐었다. 차가웠다. 다른 손으로는 내 머리를 딱딱해진 그의 곳으로 밀었다. 바지가 내려갔고 그것이 내 입으로 들어왔다. 녹아서 흘러내리는 하드를 핥아먹을 때처럼 나는 열심히 빨았다. 의리를 저버린 내가 나에게 벌이라도 주듯 전심으로. 그는 절정을 조절하는 방법을 알았다. 목표를 지연시키고 다시 내 위로 올라와 온몸을 더듬었다. 그의 몸은 물컹하고 끈적거리며 유연하기 짝이 없는 해파리로 변했다. 해파리의 촉수는 나의 귀 목 어깨 가슴 옆구리를 거쳐 곧장 심연으로 들어갔다.

*

권총 자살한 작가의 책을 읽었다. 우연이었다. 아마도 그는 시대에 남을 걸작을 쓰고야 말았다는 것을 스스로 안 것 같았다. 그건 곧 더 나은 작품을 쓸 수 없다는 좌절을 의미하기도 했을 테지. 불필요하게도 그의 감정을 자꾸 헤아렸다. '사랑해야 한다.'라는 마지막 문장을 썼을 때와 차가운 총구를 턱에 대는 순간, 그의 생각은 같았을까. 책을 읽으며 중얼거렸다. 자기 앞의 생을 스스로 완결시키기 위해서는 총기 소지부터 자율화되어야겠군.

소설을 투고했던 신문사에서 신춘문예 예심 평이 속속 나왔다. 일단 내 품을 떠난 글은 그들의 운명을 살도록 내버려 둬야 했으나, 나도 모르게 기사 검색까지 해가며 원고의 희미한 존재감을 더듬고 있던 것이다.

어느 신문에서는 단편소설 응모작이 작년의 두 배라고 했으며, 어떤 곳은 8백 편이 넘는다고 했다. 역대 최다 응모작 중에서 새로운 문장과 새로운 소설을 기대했으나 눈에 띄는 작품은 찾기 어려웠다는 것이 중론이었다. 벽돌처럼 굳건히 쌓여 있는 원고 더미 앞에 서 있는 심사위원들의 사진도 곁들여졌다. 과연 내가 제대로 미친 짓을 한 거구나 확인이 가능했고, 나 말고도 그런 일을 벌이는 사람이 많다는 동질감에 안심이 되기도 했다. 이 정도의 경쟁률이라면, 떨어지는 것은 너무나 당연한 일이었고, 붙는 건 아주 이상한 일임이 분명했다.

이야기는 왜 경쟁해야만 하는 걸까. 누가 더 완벽한지, 어느 것이 더 뛰어난지, 어떤 게 더 재미있는지 겨루는 게 무슨 의미일까. 의미가 없다면, 왜 끊임없이 투고를 해야 한단 말인가. 독자 없이도 이야기는 성립되지 않는가. 여우의 신포도 정신으로 근원적인 질문들을 곱씹었다. 그저 심사위원인 윤성희나 이기호, 김숨 작가 중 한 명이 내 소설의 몇 줄을 읽었을 거라는 것으로 위안을 삼았다.

밤에 쓰기 시작하면 금방 아침이 되기 일쑤였다. 회색빛으로 밝아오는 창밖을 바라봤다. 지금 누군가도 이야기를 쓰고 있을까. 까만 어둠을 지우고 등장하는 아침의 빛을 보며 나처럼 암담해하려나. 그의 얼굴이 떠올랐다. 궁금한 것과 보고 싶은 것은 전혀 다른 차원의 일이었으나, 구분하기 힘들었다. 톡의 알림 음이 울릴 때마다 내가 특정인의 연락을 기다린 것을 깨달았다. 그와 톡을 한 적이 없는데도 핸드폰만 보면 이상하게 명치가 아렸다. 프로필 사진에 세 아이들의 즐거운 일상이 자주 업데이트되었으나 그의 사진은 없었다. 몇 번이나 통화버튼을 누르려다 말았고, 망설이는 나를 경멸하며 전화번호를 차단 후 삭제해 버렸다.

어디서든 다시 수업을 들을 필요가 있었다. 누구라도 같이 쓰고 읽는 게 혼자보다는 나았지만 센터엔 나갈 자신이 없었다. 혹시나 그와 마주치기라도 한다면 일이 굉장히 복잡해질 거란 생각이었다. 그동안 나와 그 사람의 관계를 알면서도 모른 척해 준 열편네 문우들과 강사에게는 앞으로 출석이 어렵다는 문자를 보냈다.

- 슬럼프냐. 백수가 참 가지가지한다.

아무것도 모르는 지수가 말했다.

- 혹시 아냐? 그 할머니. 그 시인이 불멸의 멘토가 될지. 힘들 때 연락하라고 했다며.

나는 폰 주소록을 살펴봤다. 김서린 시인. 그대로 저장되어 있었다. 나는 잠시 고민하다가 문자를 보냈다. '안녕하세요. 전에 지하철에서 뵈었던 사람입니다. 조언을 구하고 싶습니다.' 며칠이 지나도 답이 없었다.

예전 문화원에서 알려줬던 문학의 집이 떠올랐다. 검색해 보니 마침 회원을 모집 중이었고, 고심 끝에 손바닥 소설 쓰기반을 신청했다. 손바닥이든 발바닥이든 길바닥이든 뭐라도 써야 정신을 차릴 수 있을 것 같았다.

첫날 강의실에 들어서자마자, 나는 도저히 믿을 수가 없었다. 그 사람이 교실 한가운데에 앉아 있었다. 어떻게 그가 이 시간, 바로 여기에 있는 것인지. 드라마도 영화도 소설도 아닌 현실에서 이게 가능한 일인가.

그가 나를 보자마자 벌떡 일어났다. 나는 못 본 척하고 반대편 창가 자리로 걸어갔다. 바로 강사가 들어왔고 수업이 시작되었다. 어떤 말도 머리에 들어오지 않았다. 도중에 나가버릴까 고민했지만, 그게 더 이상해 보일 것 같았다. 강사는 원고지 10매 내외의 엽편 소설 써오기를 과제로 내주었다. 인생의 단면을 압축한 장면을 써오라는 거였다. 수업이 끝나자마자 그가 내게로 왔다.

— 박 샘, 왜 그래요? 혹시…… 저 피하는 거예요?

— 피하긴 뭘 피해요?

— 아까도 처음 보는 사람처럼. 센터는 왜 그만뒀어요?

— 그러는 샘은 왜 여기 있는데요.

그가 정색하는 모습은 처음이었다. 그의 귓바퀴가 붉어졌다. 수강생들이 힐끔거리며 뒷문으로 나갔다. 주위를 살피던 그는 한숨을 쉬며 옆에 앉았다. 이번엔 로드 무비가 아니라 안방 드라마 짤이라도 찍어야 할 판이었다.

— 왜 그래요, 도대체?

그가 내 얼굴을 빤히 쳐다보았다. 내가 그를 노려보았다. 왜 그러는지 정말 몰라서 묻는 건가. 무엇을 뭣 하러 알려고 하는지. 그냥 당신의 자리로 돌아가면 되는 것을. 그의 모습이 갑자기 뿌옇게 보였다. 그가 나의 뺨을 쓰다듬었다. 부드럽고 따듯했다. 손가락이 내 목을 깊이 감쌌다. 그의 엄지가 내 입술 위에 머물렀다. 나는 무슨 말을 하려 했으나, 아무 소리도 나오지 않았다. 떨리는 입술을 깨물었다. 고개를 돌리려고 했지만, 불가능했다. 당신이 이렇게 가까이 있어도 되는 건가. 그가 내 어깨를 꼭 안았다.

— 미안합니다. 1분만요. 이러고 잠깐만.

그는 내 머리칼에 얼굴을 묻었다. 그리고 낮게 속삭였다.

— 나 좀 그만 기다리게 해요. 제발.

*

얼마나 많은 이야기를 들었나. 이웃 남자와 여자, 연인의 친구, 직장 선후배나 동료, 스승과 제자 사이……. 약속한 상대를 두고 다른 이를 탐하는 건 절대로 있어서는 안 될 일이라며 나는 탄식하곤 했다.

'이런 안나 카레니나 같은 인간들을 봤나. 나중에 주인공이 어떻게 되는지 알지? 철로에 뛰어내리잖아.' '지가 자초한 거지!' 쓰레기 같은, 의리도 없는 것들은 다 없애 버려야 한다고 소리를 높였다. 하지만 절대로 있어서는 안 될 일이란 곧 얼마든지 있을 수 있는 일을 의미한다는 걸 깨달았다.

'남자는 애가 셋인데, 와이프는 일한대. 소설 쓴답시고 육아휴직한 건데, 애들은 제쳐두고 바람이 났더라고. 역시 남자들은 틈만 나면 한눈을 판다니까. 여자는 주말부부인데 그 나이에 아이도 없다더라.' '몇 살인데?' '글쎄, 사십 몇이랬나.' '근데 애가 없어? 역시. 그러니까 그렇게 자유롭지.' '그 여자도 소설 쓴대.' '작가야?' '작가는 무슨. 문센 습작생이래. 서로 글 봐준답시고 붙어 다니다가 그랬나 봐.'

제삼자의 입장에서 본 우리는 대충 이런 이야기로 간주려졌다. 식상한 플롯이었다. 만약 시나리오로 썼다면, 내가 제작자였다면, 원고 뭉치를 둘둘 말아 작가의 머리를 내리쳤을지도 모른다. 저속한 스토리지만 등장인물들도 할 말은 있었다. 아이가 없다고 자유로운 건 아니라고. 남편이 없어서 다른 생각을 한 건 아니었다고. 이런 상황이 닥쳤는데 남편도 아이도 곁에 없던 것뿐이라고. 그건 우연일 뿐 의지대로 되는 일이 아니었다고. 겉보기에 다정한 부부라고 해서 마음도 그 자리에 있는지 어떻게 아느냐고. 생각은 잘못이 아니라고. 마음은 어쩔 수 없는 거라고.

가정법 과거와 과거 완료를 상기한다. '내가 새라면 너에게 날아갈 텐데. 내가 부자라면 차를 살 수 있을 텐데. 날씨가 좋았더라면 소풍을 갔을 텐데.' 따위의 예문을. 글을 쓰지 않았다면 재미있는 걸 할 수 있었을 텐데. 그날 병원에 가지 않았다면, 그 일을 겪지 않았을 텐데. 당신과 계속 연을 맺었다면 이렇게 슬프지는 않았을 텐데. 현재나 과거의 사실에 반대되는 말은 곧 후회를 표현하는 문법이었다. 나는 매일 도서관에 가서 읽고, 쓰고, 생각하고, 고민하다가 엎드려 있었다.

남편은 우리에게 서준 군이라 정중히 불리는 옆집 아이와 배드민턴을 쳤다. 바람이 불어 셔틀콕이 커브볼로 날아가는데도, 아이가 친 공이 사정없이 땅으로 곤두박질치는데도 그는 '잘하네, 오 잘하네.' 하며 좋게 대했다. '당신은 아이에게 참 친근하네, 꼭 아빠처럼.' 했더니 비꼬는 거냐고 했다. 의도치 않았던 의미들이 그와 나 사이의 공기 속에 생성되었다.

분리수거함에는 맥주 캔이 늘어갔다. 편의점이 만원에 네 캔 행사를 멈춘다면 그만 마실 수 있을까. 자루에 쏟을 때마다 고철 부딪치는 소리가 길고 요란했다.

지수 아들의 방송은 토요일 밤에 볼 수 있었다. 오디션의 막바지였다. 월요일 아침마다 이모의 건강 상담 코너를 들었다. '골반 울혈 증후군에는 필수 아미노산이 들어있는 돼지고기와 아스파라거스, 팥과 현미가 도움이 됩니다.' 엄마는 간혹 전화를 해왔고, 기도는 하고 있느냐 물었으며, 하느님이 주시는 선물을 기쁘게 받으라는 말만 되풀이했다. 받은 선물은 이미 반송했다 말해주고 싶었다. 앞으로 다른 선물이 온다면 무엇이건 간에 감히 포장을 뜯고 싶지 않은 마음이었고, 그 마음을 고스란히 담은 채 자판을 두드렸다. 경주는 약한 여진이 계속된다는 뉴스가 있었고. 시민들은 여전히 촛불을 들고 광장에 모였다. '송박영신(送朴迎新)'이라고 쓰인 피켓이 클로즈업되었다. 1월 1일자 일간지에는 신춘문예 당선자들의 작품이 실렸다.

아침이면 눈을 뜨자마자 핸드폰을 봤다. 메시지는 없었고, 간혹 있을 때도 있었지만 그에게서 온 것은 아니었다. 기모 트레이닝에 패딩과 장갑과 모자로 무장하고 안양천을 달렸다. 계속 쓰거나 달리는 것 외에는 하고 싶은 것도, 할 수 있는 것도 없었다. 대략 외로웠다.

비혼주의자들의 결혼식

급성 편도염이라고 했다. 입원을 권유받았으나, 그냥 집으로 왔다. 고열이 계속되었고, 심한 근육통이 찾아왔다. 한번 기침을 시작하면 멈출 줄을 몰랐고, 밤이 되면 더욱 심해졌다. 얼음을 잔뜩 물고 쿠션에 기대어 눈을 감았다. 돌아누울 때마다 옆구리가 아파 깼다. 어서 편히 잠들어 이 밤이 지나가 버리길 바랐다. 기왕이면 영영 깨어나지 않는 것도 여러모로 바람직해 보였다.

약을 먹고 며칠 쉬자 열은 내렸고, 기침도 진정되었다. 큰 고통 없이 침을 삼킬 수 있게 되어 죽을 조금 먹었다. 남편은 오래간만에 집에 왔는데 병수발까지 해야 하냐며 투덜거렸다.

이튿날은 시동생 결혼식이었다. 오랜 기침으로 퉁퉁 부은 얼굴을 화장대에 비춰봤다. 메이크업 아티스트가 예쁘게 해 드릴게요,라고 했고 나는 예쁘기보다는 그냥 인간답게 보이게만 해 달라고 폰 메모장에 적어 보여줬다. 여전히 목소리가 나오지 않았기 때문이었다.

그들의 결혼식에 참석한 건 하기 싫은 일을 기어코 해냄으로써 내 불온함에 대한 죄책감을 덜어보려는 수작이었다. 주인공들은 행복의 정점이 오늘이라는 듯 환한 웃음을 그치지 않았다. 신부의 화려한 드레스 옆에서 나의 빛바랜 한복이 퀴퀴한 냄새를 뿜었다.

숙모들은 내 어깨를 두드리며 한마디씩 했다. '아이고, 네 맘이 오죽하겠니. 네 속이 속이겠니.' '괜찮아요. 저는. 아무렇지도.' 나는 최대한 입모양을 크게 만들었다. 임신한 거 숨기느라고 먹기 싫은 잡채를 꾸역꾸역 먹은 적이 있더라는 신부 친구들의 대화는 멀리서도 잘 들렸다. 입덧과 잡채의 상관관계에 대해서 나는 비로소 알 수 있었다.

대부분의 결혼식이 그렇듯 누구는 행복해했고, 일부는 눈물을 흘렸으며, 몇은 사진 촬영만 하거나 식사를 하자마자 떠났다. 나는 모쪼록 시간이 빨리 흐르길 원했다. 말이 안 나와 답답했지만, 목소리가 나온들 하고 싶은 말도 없었다.

남은 항생제를 가방에서 꺼내 입에 털어 넣었다. 뷔페에 앉아있어 봐야 뭘 먹을 수도 없었으므로, 남편과 회랑에 서서 하객을 배웅했다. 옆구리가 아파 인사할 때마다 미간이 찌푸려졌다. 그는 인상이나 쓰고 있을 거면 뭐 하러 왔느냐고, 분위기 망칠 거면 집에나 가라고 했다.

나는 화장실로 가 속눈썹을 억지로 떼어냈다. 눈꺼풀까지 뜯겨나간 느낌이어서 얼얼한 눈에 손바닥을 댄 채 세면대 앞에 서 있었다. 내가 우는 줄 알았는지 어머니는 날 보자마자 흐느꼈다.

- 선우한테 들었어. 마지막으로 해보자. 가능성이 있으니까 병원에서 오라고 했겠지. 엄마가 도와줄게. 딱 한 번만. 응?

어머니가 손을 잡았다. 나는 대답을 해야 했다. 뭐라 말했지만, 목소리는 여전히 나오지 않았다.

집에 오는 길, 우리는 토요일 저녁의 도로 위에 있었다. 하늘은 미세먼지로 인해 밤인지 낮인지 알 수 없을 정도로 어두웠다. 디스토피아 분위기를 풍기는 거리를 라이트를 켠 차량들이 서행했다.

한참 만에 공덕 오거리를 통과해 마포대교에 진입했을 때였다.

갑자기 숨이 턱 막혔다. 수 십 명의 장정이 내 몸에 올라탄 것 같은 압력이 가슴을 짓눌렀다. 심장박동이 빨라지며 머리가 깨질 듯이 아팠다. 점점 더 숨을 쉴 수가 없었다. 나는 운전하고 있는 남편에게 말했다. '창문 좀 열어줘, 제발.' '뭐라고? 안 들려. 왜 그래?' '창문 좀. 문!' 나는 어항 속 물고기처럼 빠끔거렸다. 열대어들이 하는 말은 잘 이해하던 그가 내 말은 쉽사리 알아듣지 못했다. 그가 비상등을 켜고 속도를 낮췄다.

나는 정신없이 락을 풀고 차 문을 연 뒤 무작정 뛰어내렸다. 옆 차선의 차가 급정거하며 길고 날카로운 경적을 울렸다. '야, 이 미친년아. 죽을라고 환장했어!' 나는 차도를 가로지르고 난간을 넘어 보도에 엎어졌다. 뒤 따라오던 차들의 거친 소리가 뒤섞였다. 우리의 낡은 경유 차가 매연을 내뿜으며 멀어져 갔다. 나는 오랜 잠수를 하고 뭍으로 나온 것처럼 깊은숨을 몰아쉬었다.

시간이 얼마나 지났을까. 호흡이 돌아왔다. 옷에 땀이 흥건해 한기가 돌았다. 턱이 덜덜 떨렸다. 지금 여기가 어딘지 겨우 알 수 있었다. 나는 다홍치마에 색동저고리를 입고, 보라색 마고자를 걸친 채 다리 한가운데 쭈그려 앉아 있던 것이다. 지나가는 차량들의 시선이 느껴졌다. 나는 힘겹게 일어나 집의 반대 방향으로 걷기 시작했다. 손이 시렸다. 핫팩이 간절했다.

20 대 80

마포대교 호흡곤란 사건은 피로 누적과 스트레스로 인한 것 같다고, 의사가 추측했다. '현대인의 고질병이죠.' 환자 문진보다 셀프 진단이 시급해 보이는 그는 충혈된 눈을 껌뻑이며 말했다. 그는 상담 프로그램을 처방했다.

신뢰할 만한 표본오차를 가지고 있는 테라피스트에게 간단한 심리 검사를 받았다. 좋은 말은 하나도 없었다. 나는 다소 내향적이고, 타인을 배척하며, 자주 공상에 빠지는, 강박에 둘러싸인 인간이다. 대충 이 정도로 요약되었다. 자아 효능감을 키울 수 있도록 취미생활이나 커뮤니티 활동에 전념해 보라는 충고가 있었다. 상담 내용을 전하자 지수는 내게 도플갱어냐고 했다. 20년 넘게 봐왔지만, 적어도 넌 내향적이지는 않았다며. 어쨌든 안심이었다. 내가 의학적으로 밝혀진 인간의 카테고리 안에 속한다는 것만으로.

이혼과 임신을 동시에 계획했다. 내가 생각해도 신선한 발상이었다. 가급적 관계를 단칼에 잘라내 절단면이 너저분해지지 않는 걸 목표로 했다. 우리 사이에 그 어떤 미련도, 미련을 불러올 만한 요소조차도 남기면 안 되었다. 그러기 위해서는 한 가지 마무리가 필요했다. 더 이상 희박한 확률에 온갖 희망을 걸지 않는 것. 너무나 익숙해져서 이젠 정상처럼 느껴지는 착상 수치 0을 그에게 마지막 선물로 줄 요량이었다. 최후의 수정란은 우리에게 결실이 아니라 확인사살이어야 했다.

늦기 전에 당장이라도 이식을 하겠다고 하자, 남편은 정말이지 방금 태어난 아기라도 본 것 마냥 기뻐했다. '드디어 정신을 차렸군. 그러게 여자들은 나이를 자각하는 게 저렇게 느리다니까.' 콧노래를 부르며 어항 이끼를 스크래퍼로 긁어내는 그를 보자, 처음으로 그가 불쌍하다는 생각이 들었다. 관자놀이 옆에만 있던 새치는 정수리와 뒤통수까지 침범해 있었다. 나를 만나지 않았다면 인생의 낙을 찾느라 고생하지 않았을 텐데.

어쩜 그도 힘들지 않았을까. 속으론 괴로웠으면서 밝은 척한 것일지도 모른다. 대부분 나이 들수록 감정을 감추는 데는 능숙해지니까. 보고픈 사람이 있는데 아무렇지 않게 지내는 나처럼. 우리는 서로의 마음을 아는 척만 했을 뿐, 실은 아무것도 모르고 있던 것 아닐까.

생애 마지막 프로젝트를 감행하기 위해 나는 생활 방식을 바꾸었다. 좋다고 알려진 방법을 총동원해 볼 생각이었다. 흰밥은 유기농 현미로 바꾸고 두부와 생선, 채소 위주의 식단을 짰다. 고기는 기름기 없는 살코기 위주로 먹었다. 몸을 차게 한다는 밀가루, 인스턴트, 기름진 음식이나 탄산을 피했다. 찬 성질이 있다는 오이와 바나나도 제외했다. 키위, 오렌지, 토마토가 착상에 도움이 된다고 해서 매일 먹었고, 비타민, 미네랄, 오메가 3와 엽산은 폰 알람에 맞춰 빼먹지 않고 복용했다.

어머니는 다시 전복과 추어탕을 공급했다. 예전처럼 냉동실에 묵히는 대신 바로 요리해 먹었다. 커피를 끊고 대추차와 생강차를 마셨다. 카페 라테가 간절할 땐 믹스커피에 우유를 섞었는데 설탕은 뺐다. 우유의 철분 흡수를 방해할까 봐 신경이 쓰여서였다. 하체가 따듯해지도록 매일 반신욕을 했고, 손바느질로 만든 팥 주머니를 전자레인지에 데워 배 위에 올려놓고 잤다. 고무줄이 명치까지 오는 임부 팬티와 수면 양말도 몸을 따듯하게 해주는 것 같았다. 운동으로 바람 부는 안양천을 뛰는 대신, 등산과 단전을 병행했다. 무엇보다도 나의 밤을 구성하는 제5원소 - 책맥을 끊었다. 먼지 쌓인 몰 스킨

다이어리를 꺼내 일지를 썼고, 체크리스트를 만들어 O, X로 수행평가를 했다. X는 거의 없었다. 곧 그날이 비쳤고, 일정대로 프로기노바 복용을 시작했다.

— 40대는 난자의 개수도, 질도 현저히 떨어집니다. 완전히 불가능한 건 아니지만. 아무래도 과배란은 확률이 낮으니, 이번 시술을 기대해 보시죠.

'5일 배양. 포배기 배아. 상급'. 스피커에서 건조한 목소리가 들렸다. 차가운 금속 깔때기가 깊숙이 끼워졌다. 활짝 벌린 가랑이에 힘이 들어갔다. '이식 진행합니다.' 5년 동안 질소탱크에 보관되어 있던 냉동 눈사람이 깨어나자마자 화면 모퉁이로 사라졌다.

아무 느낌도 없었지만, 어떤 느낌은 있었다.

배아 1개당 착상 성공률 20%. 나는 80%를 압도적으로 지지했다. 무엇보다 노력은 나를 배신할 거라는 확신이 있었다. 지금껏 그래 왔듯이 최선을 다해도 안 되는 건 영원히 안 된다는 걸 보여주고 싶었다. 실패하기 위해 이렇게 노력을 기울인 건 처음이었으나 마음만은 가벼웠다. 이러다 너무 건강해져서 장수라도 하면 어쩌지 하고 노후의 안위가 걱정될 뿐이었다. 프로게스트 주사를 맞고 집으로 돌아왔다. 주사는 엉덩이에 맞았는데, 심장이 따끔거렸다.

*

머릿속은 여전히 그 사람으로 가득했다. 나는 여기 문장을 배우러 왔나, 아니면 우연이라도 그를 만나 소설 얘기를 하며 서로의 눈을 맞출 수 있을 거란 기대를 하는 걸까. 문학적 유대감이 에로스로 변하는 이야기는 성공적인 플롯일까.

'요즘 뭐 쓰세요?' '한 남자에 대해 쓰고 있어요. 그가 사랑을 표현하는 특별한 방식에 대해서요.' '남자에 대해서 모르면 아예 안 쓰는 게 나아요. 헤밍웨이도 그랬대요. 난 여자의 심리에 대해서는 모른다. 그래서 자세히 안 쓴다.' '몰라서 네 번이나 결혼했나. 알려고?' '톨스토이는 40 후반에 중년의 위기를 겪었어요.' '40대가 어때서요. 뇌의 인지 능력이 초절정의 성과를 내는 나이대는 45세에서 53세래요.' '우리네요.' '샘이 그렇게 젊어요?'

아마도 그는 문학의 집에 더는 출몰하지 않기로 한 게 틀림없었다. 그만 좀 기다리게 해 달라던 그는, 기다리다 지쳐 이제 나를 기다리지 않아도 되는 곳에서 다른 것을 기다리고 있을 것이었다.

블라인드의 그림자는 책상에 줄무늬를 만든다. 회의시간에 맞춰 사람들이 들어온다. 생수 뚜껑을 여는 소리가 정적을 깬다. 대표가 들어오자 사원들이 벌떡 일어난다.

나는 마우스를 흔들어 노트북을 깨운다. 조명이 꺼지며 회의가 시작된다. 스크린에 문서가 뜨고, 프레젠테이션이 시작된다. 내 엉덩이가 축축해지기 시작하다. 팬티 아래에서 시작된 느낌은 사타구니까지 빠르게 번져나간다. 의자도 흥건하게 젖는다. 놀란 나는 회의실의 어둠을 틈타 밖으로 나간다.

화장실은 아래층 복도 끝에 있다. 급히 비상구 계단으로 내려간다. 여자 화장실 앞에 다다르자 한 할머니가 보인다. 그녀는 바닥에 앉아 마늘을 까고 있다. 파란색 타포린 돗자리 위에는 줄기가 다발로 묶인 마늘 더미가, 빨간 바구니에는 깐 마늘이 가득 담겨 있다. 햇마늘 좀 가져가요. 그녀가 말한다.

나는 대답할 여지도 없이 화장실로 뛰어 들어간다. 변기는 하나뿐이다. 할머니가 따라와 그 칸은 문이 고장 나 안에서 잠글 수가 없다고 한다. 이런 썩을. 할머니는 기꺼이 문 앞에서 지켜주겠다고 한다. 나는 안으로 들어갔다. 이건 뭐야. 벽과 바닥은 곰팡이 낀 모자이크 타일로 되어 있다. 한가운데 금이 가고 누렇게 때가 절은 양변기가 덩그러니 있다. 문을 살짝 닫는다.

치마를 걷어 올려 턱에 받히고, 스타킹과 팬티를 한꺼번에 내린다. 팬티부터 치마까지 피로 홀딱 젖었다. 난감하다. 마침 선반에 탐폰과 팬티가 두루마리 휴지와 나란히 놓여 있다. 난 스타킹과 팬티를 벗어버리고, 대충 휴지로 몸을 닦은 뒤 탐폰을 뜯어 아래에 삽입한다. 도무지 들어가지 않는다. 아무리 힘을 빼고 무릎을 구부리고 엉거주춤한 자세로 서 있어도 실패다. 나의 밑은 돌처럼 딱딱하다. 들어가려다 만 탐폰은 쓰레기통에 던져 버리고 새 팬티로 갈아입는다. 밖에는 거울이 없다. 치마의 허리를 앞으로 돌려 본다. 깨끗하다. 얼룩이 어떻게 지워졌는지 의아해하며 나온다. 할머니는 그동안 아무도 지나가지 않았다며 기분 나쁜 웃음을 짓는다.

난 회의실의 위치가 기억나지 않는다. 할머니는 엘리베이터를 타고 올라가라고 한다. 기묘한 일이 일어나고 있는 것 같다. 이 건물에는 원래 승강기가 없다. 나는 뒤를 돌아본다. 할머니도 화장실도 마늘도 사라졌다.

검은 정장에 짙은 선글라스를 낀 세 명의 남자가 승강기에 타고 있다. 나는 문을 향해 돌아선다. 버튼이 셀 수 없을 정도로 많다. 회의실이 몇 층인지 기억나지 않는다. 무수히 많은 숫자판을 바라보고 있을 때, 문이 쾅하고 닫히더니 하늘로 치솟는 느낌이 든다. 내가 서 있는 곳은 투명한 큐브로 변한다. 하늘을 향해 빠른 속도로 올라간다.
 발아래 구름 사이로 빌딩과 차들이 보인다. 큐브는 밧줄에 달려 있다. 이번에는 좌우로 진자 운동을 한다. 난 주저앉는다. 주위엔 잡을 것도 없다. 난 벽을 오가며 이리저리 부딪친다. 온몸의 뼈마디가 저릿하다. 어지러워 속이 울렁거린다. 나는 안간힘을 다해 남자의 다리를 붙든다. 그는 무표정한 얼굴로 나를 내려다본다. 어디로 가는 걸까.

 과제를 발표하는 내내 수강생들이 나를 힐끔대며 미간을 찌푸렸다. 어떤 이는 원고를 엎어놓고 휴대폰만 봤다. 강사가 코끝에 안경을 걸치고 나를 주시했다.
 - 이 글이 어떻게 인생의 단면을 보여준다는 건지 말씀해 보시겠습니까?
 마녀재판인가. 제대로 설명하지 않으면 기요틴에 서야 하거나 화형을 당할지도 모를 분위기였다. 나는 왜 다른 이들처럼 즐거운 일상이나 풍경, 가족의 사랑이나 친구와의 우정에 대해 쓰지 못하는 건가. 아름다움을 예찬하는 글을 보면 왜 분노가 치미는가. 어쩌다 감동을 거짓이라 생각하게 됐나.
 문화센터에서 배운 대로 마늘과 탐폰과 큐브의 이미지를 자연스럽게 연결시켜 이들을 납득시켜야 했으나, 이번엔 불가능해 보였다. 그야말로 불쑥 떠오른 것인데 뭘 어쩌겠는가. 내 맘대로 되지 않는 상황과 복잡한 생각과 주변의 기대와 줄기차게 한 사람에게로 가고 싶은 마음, 그럼에도 불구하고 아무것도 할 수 없는 지금이 똘똘 뭉쳐져 이런 정경을 만들어낸 건데. 누가 큐브를 흔드는 것인지도 모른 채 그 안에서 내가 박살 나고 있는 걸 느꼈을 뿐인데.

거칠게 일어난 입술 각질을 뜯어내며 나는 대답했다.

- 그냥 쓴 거예요. 쓰고 싶어서. 다른 이유가 꼭 있어야 하나요?

나는 앞머리를 신경질적으로 쓸어 올리며 벌떡 일어섰다. 사람들이 주목했다. 나는 강사와 수강생들 사이를 돌며 그들이 갖고 있던 내 원고를 회수해 가방에 구겨 넣었다.

다 갖다 버려야지. 지금까지 써온 모든 글을 파쇄기에 갈아버려야지. 깡그리 태워서 가루를 내야지. 기어이 허공에 날려 버려야지. 죽어라고 써봐야 난 항상 그 자리였고, 바뀌는 건 아무것도 없었다. 배우면 배울수록 더 이해가 안 되고 그래서 더 배울 수밖에 없는 소설. 한식에 성묘하듯 때가 되면 글쓰기 수업을 기웃거리는 것도 그만하자 이제. 시간이 한참 남아 있었지만 나는 뒤도 돌아보지 않고 강의실을 나와 버렸다. 나는 혼잣말을 반복했다. 모든 노력은 헛되도다. 모든 것은 헛되다……. 이식 9일째, hCG 60.8 IU/L이었다.

*

- 100 이상이어야 안정권이지만, 착상은 된 거라고 볼 수 있겠네요. 아직 극초기이므로 잘 쉬시고, 1주일 뒤에 보시죠.

유례없는 수치가 나오자 남편은 돌변했다. '이 날을 위해 우리가 그 고생을 한 거였어.' 그가 나를 와락 껴안으며 눈물까지 글썽였다. 처음 보는 사람 같았다. 우리? 우리가 언제 우리인 적이 있었나? 의사는 다음 주에 피검사를 더해봐야 정상 임신인지 확실히 알 수 있다며 난색이었다.

　- 자기는 기쁘지 않아? 표정이 왜 그래?

　- 그럴 리가 없어.

　- 뭐? 무슨 말이야, 그게? 수치가 나왔잖아.

　- 왜 하필 지금이냐고. 그럴 리가 없다고.

　- 그러니까 지금 온 게 어디야. 우리가 부모가 된다고. 모든 것은 때가 있다더니. 와, 진짜 이럴 수가.

　- 지금은 아니야. 잘못 찾아왔어. 너무 늦었어.

　나의 반응을 의아해하는 의사에게 남편은 연신 감사하다며 굽신거렸다. 나는 황망히 진료실을 나섰다. 밖은 대기 중인 사람들로 만원이었다. 문이 열리자마자 사람들의 이목이 나에게로 집중되었다.

　- 또 안 됐나 봐.

　앞에 앉아 있는 여자의 얼굴이 구겨졌다. 20대 80. 왜 20에 희망을 걸 땐 80이 이기고, 80에 올인할 땐 20의 가능성이 승리하는 걸까.

　- 아무것도 하지 말고 누워만 있어. 내가 다 할 테니까.

　드라마에서나 보던 여왕대접이 시작되는가 싶어 피식 웃음만 나왔다. 소파에 앉아 있는 내게 어디서 스툴을 가져와 다리를 올려주었다. 뭐 하는 짓이지? 나는 왜 진심이라고 느껴지지 않지. 왜 당신은 진정성이 없어 보이지.

　완전히 자리 잡느냐, 떨어져 나가느냐. 두 가지 경우의 수가 남아 있었지만, 이후의 일은 나중에 생각하기로 했다. 결과를 예측할 수도 없을 뿐더러 예상하기도 싫었다. 의사 말대로 확률은 반반이었는데, 그건 약간 짬짜면처럼 짜장면의 양이 많아 보이기도 하고, 짬뽕이 더 푸짐해 보이기도 하는 모호한 상태였다.

하루종일 소파에 누워 TV 시리즈를 몰아 봤다. 최대한 잔인한 미드로. 싸우고 찌르고 자르다 화면에 피가 몇 방울 튀거나, 총을 쏘고, 폭발하는 장면이 이어지는 장르였다. '장르소설 취급은 무슨? 순수문학은 장르가 없나요. 순수문학은 무슨? 장르소설은 순수하지 않나요.' 말꼬리를 잡던 그의 장난기 어린 얼굴이 떠올랐다.

전 시즌은 60편이 넘었고 시간은 꽤 잘 갔다. 인물들이 모두 그의 얼굴로 분할 때만 빼면. 스카일러가 물었다. 'Why are you here (여긴 왜 왔어).' 'I needed a proper good bye (제대로 된 인사가 필요했거든).' 월터가 말했다. 더 이상 그의 목소리가 들리지 않길 바랐다. 남편은 이렇게 잔인한 드라마로 태교하는 엄마는 당신밖에 없을 거라며 있지도 않은 모성을 강요했다.

- 지금이 얼마나 중요한 시기인데. 좋은 것만 봐도 모자랄 판에.

그가 채널을 돌렸다. 뽀로로 4기가 연속 방영 중이었다. 벌새 해리는 북극곰 포비를 집으로 보내고 여름 섬에 머문다. 원주민 원숭이가 해리에게 말했다. '넌 포비를 정말 좋아하는구나. 친한 친구를 보지 못하게 됐을 때 외로움을 느끼는 건 당연한 거야.' 해리는 뽀롱뽀롱 숲으로 돌아가 포비를 만난다. 벌새와 북극곰도 다시 만나는데, 우리는 왜.

나는 갑 티슈를 껴안고 울었다. 남편이 다가와 나를 살포시 안았다.

- 요새 왜 이렇게 자주 울어. 걱정 마. 다 잘 될 거야.

경주에서의 윷점은 새해 점괘로는 맞을 수도, 틀릴 수도 있는 것이었다. '부모가 아들을 얻다.'와 '뜻한 소망이 이루어진다.' 둘은 서로 같은 결과를 말하는 것처럼 보였으나, 알고 보면 대치되는 내용이었다. 그렇다면 후자가 맞기를. 그 사람처럼 강에 구슬을 던져 버릴 수 있기를.

네가 어떻게 임신을

도서관은 캠퍼스의 가장 높은 지대에 있었다. 입구는 마치 지하철 개찰구 같아서 바코드를 스캔한 뒤 차단기를 회전시켜야 출입이 가능했다. 학생증이 필요하다는 걸 깨닫고 아줌마 둘은 당황했다. 한 학생이 오더니 슬쩍 자신의 카드를 대 주고 사라졌다. 맨 앞 추천 도서 칸에는 「아프니까 청춘이다」가 여러 권 꽂혀 있었다.

- 명색이 대학도서관이면 「철학의 기초이론」이나 「새는 좌우의 날개로 난다」를 전면 배치해야 되는 거 아냐? 저런 게 책이라고, 쯧쯧.

지수가 혀를 찼다. 서가의 창밖으로 멀리 주택가와 한강이 내려다 보였다.

- 저런 작은 집이나 한 채 사서 알 박기하면 대박일 텐데.

90년대 감성에 젖어 있다 즉시 현실로 돌아온 그녀가 말했다.

- 넌 왜 그렇게 앞뒤가 안 맞냐. 좌익과 시장경제는 안 어울려. 한 가지만 해.

- 캠퍼스에서 낭만을 찾기는커녕 재개발구역이 눈에 들어오는 걸 보면 우리도 어엿한 꼰대야. 그치? 저 다가구들은 우리가 학교 다닐 때쯤 지은 거 같은데 재건축할 때가 됐네, 벌써. 너도 애 키우려면 이런데 관심 좀 가져야 돼.

- 야, 그 얘기 좀 그만하라고.

- 넌 그렇게 힘들게 임신해 놓고 표정이 그 모양이냐. 나 같음 잔치라도 할 텐데.

지수는 삐죽거리면서도 '이번엔 맞을 거야. 두고 봐.'라며 나를 노려봤다. 앞으로는 잠수 타지 말고 모임도 다 나가고, 활발하게 지내자며.

나는 아침 일찍 채혈을 하고 지수를 만났다. 결과는 오후에 전화로 통보해 준다고 했으나, 나는 직접 가겠다고 말해 두었다. 하루 종일 폰을 쥐고 병원 연락을 기다리며 온몸의 피가 마르는 경험을 한 건 지난 시간들로 충분했다.

모임 시간까지는 여유가 있어 교내를 거닐었다. 실로 수십 년 만이었다. 신축 건물이 많았고, 학생회관은 막걸리 쩐내도 풍기지 않았으며 깔끔했다. 건물마다 편의점은 물론 스타 벅스, 맥도널드 같은 체인점이 자리했다. 이곳이 대학인지 시내 번화가인지 구분할 수 없을 정도였다. 신년 동기모임에 온 김에 학교나 둘러보며 추억이나 곱씹으려던 기대와 달리, 과거의 흔적은 남아 있지 않았다.

한동안 발을 끊었던 모임이었다. '정신 차려. 나이 들어 남는 건 친구밖에 없대.' 지수가 독려했다. 우리는 대학가 브런치 카페에 모였다. 고등학교 교사인 미진, 학원을 운영하는 혜선, 사회복지사 민정, 얼마 전 공사로 이직했다는 준우도 나왔다. 그들은 내게 왜 이제 나타났냐며 한 마디씩 했다.

한때 캠퍼스와 광장에서 구국을 도모하던 우리는 비슷하게 달라져 있었다. 교육제도를 비판하면서 사교육을 신봉하고, 자본주의의 폐해를 지적하면서 재테크에 열중하고, 정부를 욕하면서 정치에는 무관심했다. 신기한 것은 모든 대화의 주제가 로또 당첨과 이민으로 귀결되는 거였다. 우리는 저렇게 살지 말자고 기성세대를 삿대질했던 우리는, 그 손가락이 가리키던 모습과 똑같이 변해 있었다.

크림맥주로 건배가 오고 갔지만 나는 계속 물만 마셨다. 미진이 작게 말을 건넸다.

 - 주연아, 좋은 소식 있더라. 축하해. 근데 네가 어떻게 임신을 했

대? 세상에.

－ 아, 아직 확실한 거 아니야.

다른 테이블에 있던 친구들의 시선이 쏠렸다. 나는 지수를 째려봤다. '나, 아무 얘기도 안 했어.' 지수가 양손을 저었다.

－ 진짜 축하해. 의학이 발달하긴 했나 보다. 40 넘어 첫 임신이라니. 너, 결혼한 지가…… 한 10년? 아니다. 와, 훨씬 지났네.

－ 얘들아, 그 얘긴 나중에 하자.

－ 정말 너무너무 축하한다. 어쩐지 아까부터 음식에 손도 안대더라. 입덧 시작인가? 이거라도 좀 먹어봐. 과일은 잘 넘어갈 거야. 우리 다 같이 건배 한번 하자.

민정이 샐러드 접시를 앞으로 밀었다.

－ 건배는 무슨.

－ 사실 내가 빅뉴스를 듣자마자 선물 좀 준비했지. 자, 받아. 내가 며칠 동안 열심히 만든 거야. 정말 축하해.

혜선이 쇼핑백을 내밀었다. 나는 그걸 받자마자 의자 옆에 내려놨다. 친구들이 '주연이의 순산을 위하여!'라고 외쳤다. 나의 물 컵이 여러 번 부딪쳐 찰랑거렸다. 미진은 궁금한 게 많은 듯했다.

－ 진짜 어떻게 임신한 건지 말해주면 안 돼?

－ 뭘 어떻게 임신해. 나도 포유류니까 똑같지.

－ 아니, 병원을 다녔거나, 뭐 시험관 같은 거 했어?

시험관 같은 거? 도대체 뭘 알고 싶은 건가. 무슨 설명을 듣고 싶은 걸까.

－ 아직 확실한 건 아니라서.

－ 수치가 나왔는데 당연히 임신이지. 얼마나 축하할 일이야. 이 나

이에 첫 임신인데. 비결이 있었을 거 아냐. 말해주면 안 돼?
　- 그럼…… 너는 어떻게 임신했었는데?
　- 어?
　- 어떤 자세로 몇 번씩 했어? 앞으로 했어, 뒤로했어, 아니면 옆으로 했어?
　- 무슨 소리야. 그게.
　- 주로 배란 전에 했어, 당일 날 했어? 하고 바로 씻었어, 아님 안 씻고 누워있었어? 남편이 오래 했어, 아니면 금방 쌌어? 넌 어떻게 임신했는데? 먼저 얘기해 주면 나도 말할게.

　미진의 얼굴이 붉어졌다. 준우는 시선을 피해 말없이 폰을 만지작거렸다. 옆에 있던 혜선이 나의 팔을 흔들었다. 한동안 정적이 흘렀다.

　병원에 갈 시간이었다. 나는 일이 있다고 둘러대고 자리를 떴다. 나는 지수에게 눈으로 말했다. '죽었어, 너.' 민정이 따라 나와 배웅했다.

　- 너무 신경 쓰지 마. 미진이도 다른 뜻은 없었을 거야. 친구들 마음은 다 똑같아. 네가 행복하길 바라는 거. 또 보자, 꼭.

　　　　　　　　　　＊

　2차 피검사 결과가 의사의 입에서 흘러나왔을 때, 나는 타이밍이라는 단어가 떠올랐다.
　- 기적 같은 일이네요. 1448. 착상 후 2일마다 더블링된다고 볼

때, 안정적인 수치라고 할 수 있습니다. 그동안 병원 다니시느라 정말 고생 많으셨어요.

그는 확신에 차 있었다. 5일 뒤면 초음파로 아기집도 보일 거라며 진료의뢰서를 써 주었다. 말 그대로 난임 클리닉 졸업이었다. 빳빳한 핑크색 산모수첩도 건네받았다. 엄마 손가락을 꼭 잡은 아기의 손 사진이 표지에 있었다. 줄곧 무표정했던 간호사의 얼굴도 처음으로 환하게 펴졌다.

하필 왜 지금이지? 일이 어쩌다 이렇게 되었을까? 누구에게도 이 소식을 전하고 싶지 않았다. 그동안 기울였던 노력. 가능한 모든 방법을 동원해서 실패하려던 시도들이 나를 20%의 영역에 데려다 놓고 말았다. 일부러 저지른 실수에 누구 탓을 하겠는가. 어떻게 하면 다시 시작할 수 있을까.

그는 나를 사랑하기 위해 아이가 필요했고, 나는 그와 헤어지기 위해 아이를 이용했다. 나는 그를 지탄했지만 결국 나도 똑같은 인간이었다는 걸 스스로 증명한 셈이었다. 2세가 모든 걸 해결해 줄 거라는 우리의 믿음은 얼마나 어리석었나. 시간이 흐르면 나아질 수 있다는 희망, 아이만 있다면 미래는 지금보다 행복할 거라는 추상적 기대가 결국은 그 어떤 것도 우리의 상황을 좋아지게 하는 건 없을 거라는 확신만 주었을 뿐이었다.

병원을 나서자 배가 고팠다. 종일 먹은 거라곤 물밖에 없었다.

그날의 간단한 요기는 내 인생에 어떤 영향을 주고 무슨 결과를 가져왔나. 붕어빵을 사 먹지 않았더라면 어땠을까. 잠깐 기다리라는 걸 기다리지 않았더라면. 버스를 놓치지 않았거나, 다음 차가 더 일찍 왔더라면. 그들을 내버려 뒀더라면. 나만 피했더라면.

가벼운 입원

정신이 들었을 때 응급실이었다. 의료진들이 분주하게 오갔다. 눈을 뜨자마자 난 그 사람을 찾았다. 당연히 그는 없었다. 있을 리가 없잖아. 환청도 모자라서 이젠 환영까지. 웃음이 나왔다.

어지럽고 춥고 졸렸다. 침대는 급히 이곳저곳을 굴러 다녔고, 몸 여기저기를 찍었으며, 간호사는 몇 번이나 채혈을 해가더니 급기야 수혈 주머니를 달았다. '오늘 피 많이 뽑네.' 난 흐흐하는 정도로 힘없이 또 웃었다. 곧 남편이 왔다. 그는 나를 보자마자 피떡이 된 머리카락을 훔치며 울부짖었다.

- 그러게 전화로 알려주는 걸. 거긴 왜 갔어. 다 내 잘못이야. 내가 미안해. 내가 잘못했어. 다 내가……

나는 바로 수술실로 옮겨졌다. 그곳은 눈부시게 밝았고, 이가 딱딱 부딪칠 정도로 추웠다.

코에 호스가 들어와 인두와 식도를 통과했다. '삼키세요, 꿀꺽. 그렇지, 그렇지.' 나를 어르는 소리를 들었다. 투명 대롱 안으로 검은 덩어리가 빨려 나왔다. '이 환자, 뭐 먹은 거야?' 파란 가운을 입은 젊은이가 가위로 나의 옷을 이리저리 잘랐다. 팔과 다리와 가슴이 그대로 노출되었고, 주요 부위에 차가운 면도날이 스치며 삭삭 소리를 냈다. 위에 빳빳한 포가 덮였다. 난 자꾸 웃음이 나왔다. 왜 이렇게 기분이 좋지. 좀 미쳐 가나 봐.

- 마취 들어갑니다. 잠들 때까지 저랑 대화하실 거예요.

의사가 머리맡에서 질문을 시작한다. '제일 좋았던 일이 뭐예요?'

- 말할 수 없어요.

파란 마스크 위로 그녀의 눈이 웃었다.

'비밀이에요?' '네.' '그럼 언제가 행복했어요?' '그것도 비밀이에

요.' '보고 싶은 사람 있어요?' '네. 있어요.' '누군데요?' '비밀이에요.' '비밀이 많으시네.'

'집에 가면 뭐 하고 싶어요?' '장편을 쓸 거예요. 쓰려다 만 소설이요. 꼭 완성해야 해요.' '아, 소설 쓰시는구나. 무슨 내용이에요?' '사랑 이야기예요.' '그게 다예요?' '네. 내용이라면 꼴랑 그 한 단어인데 왜 이리 길어질까요. 쓰면서 마신 커피만 몇 잔인지……'

박 샘, 소설가들의 공통점이 뭔 줄 알아요? 뭔데요. 소설이 뭔지 잘 모르겠다고 하는 거예요. 덜 써서 그런 거 아닌가? 더 써야겠네요, 알 때까지. 쓰면 쓸수록 더 모를걸요. 그럼 안 쓰면 되잖아요. 안 쓰면 진짜 영영 모를 텐데? 진퇴양난이네요.
박 샘의 글은 너무나 매력적이고, 문장도 수려하고, 묘사도 탁월해요. 내가 쓴 글은 바로 나여서 당신이 내 글에 대해 얘기하는 건, 모두 나에 대한 말처럼 느껴져요.

허벅지에 알코올 솜이 문대졌다. '차가워요?' '네.' '여기는요?' '뭐가요?' '열어. 더 더 더.' 누군가 꾸중했다. '나사 박으려면 과감하게 찢어야 되는 거 몰라?' 허리에서 시작된 차가운 기운이 온몸으로 퍼져나갔다. 곧이어 공사장에라도 온 듯 드릴 소리가 요란했고, 누군가가 내 몸에 망치질을 하는 감각과 함께 몸이 흔들렸다. 소음은 희미해져 갔다.
'기대요. 나한테.' 그 사람이 내 뺨을 닦아주고 손을 꼭 잡는다. 당신일 리가 없어. 당신이 뭔데. 내가 어쨌기에. 우리가 같이 한 게 뭐 있다고 자꾸 보이는 건가. 당신이 왜 여기 있는 건가. 내 의식의 끝에.

*

환자복에 ICU라고 적혀 있었다. 침대끼리의 간격은 넓었고, 주위는 조용했다. 턱이 아팠다. 입에는 호흡장치가 물렸고, 갖가지 기계의 선들이 복잡하게 얽혀 있었다. 머리를 제외한 부위는 내 몸 같지 않은 느낌이었다. 거미줄 한가운데 걸려 옴짝달싹 못하는 말벌이라도 된 것 같았다.

남편과 어머니가 왔다. '당분간 환자를 재울 겁니다.' 의사는 두개골 골절, 미세 뇌출혈, 비장파열, 대퇴골 골두의 폐쇄성 골절, 경비골 분쇄 골절……. 그 외의 진단명도 한참이나 열거했다. 어떤 단어는 처음 듣는 용어라서 쉽게 알아들을 수 없었다. '피가 고여 있어 경과에 따라 재수술을 해야 할 수도 있습니다. 임신은 안타깝게도…….' 그는 문장을 끝내지 못했다. '머리는 어떤가요? 걸을 수는 있을까요?' 어머니가 물었다.

나는 잠이 쏟아졌다. 마스크에 장갑과 비닐 가운까지 입은 남편이 바스락거리며 내 귀에 속삭였다.

- 괜찮아. 우리끼리도 잘 살 수 있어, 행복하게. 이렇게 잠만 자도 좋으니까 옆에만 있어줘.

코미디 같았다. 그 말이 와닿지 않아 난 웃었다. 왜 내가 기다리는 것은 모두 늦게 오는가. 내 마음은 이미 딱딱해졌어. 부딪치지 않게 조심해. 당신만 다칠 거야. 나는 중얼거렸다. 당신이 그렇게 우는 건 나 때문이 아니라 자기가 불쌍해서 그런 거야. 그만해.

'주인공은 저렇게 초음파 사진 받자마자 꼭 일이 터지더라. 임신인 거 알자마자 죽어.' 영화 「아저씨」를 보며 그는 말했었다. 식상하게도 행복의 정점에서 불행이 닥친다고. '그거야 사건을 극적으로 보이려고 하는 거지. 복수를 위한 강력한 동기부여. 사람들은 행복한 장면은 공감하지 못하지만 불행은 금방 납득하거든. 그럴 땐 알면서도 넘어가 주는 거야.'

나는 현실과 꿈의 중간쯤 되는 지점에서 출발해 양쪽을 왕복했다. 맥박과 비슷한 박자의 비프 소리가 자장가처럼 들렸다. '코드블루, 코드블루!' 하는 소리에 잠깐 정신이 들었다. 옆 침대가 바닥까지 꺼지며 환자 몸 위에 의료진이 올라탔고, 가슴을 빠르게 눌렀고, 침대째 어디론가 끌고 나갔다. 텅빈 자리를 멍하니 바라보았다. 나는 그저 딸기가 먹고 싶었다.

몇 번의 수술이 더 이어졌다. 어느 부위를 어떻게 하는 건지 알 수 없는 상태로 수술방을 오갔다. 수술이란 추운 곳에서 잠이 든 뒤, 고통스럽게 깨는 과정이었다. 일상을 누리던 날들이 아득하게 느껴졌다. 날짜가 어떻게 지나는지 몰랐다. 중심 정맥관 삽입 따위의 시술을 하거나 촬영 검사를 위해 중환자실을 벗어날 때만 아직 내가 지구에 붙어 있다는 것을 확인할 수 있었다. 환자용 엘리베이터에 누워서 이송될 때마다 면회객들이 뚫어져라 쳐다봤다.

다만 하루 두 번의 면회로 밤낮 정도는 실감할 수 있었다. 주로 낮에는 손님들이, 밤에는 남편이 왔다. 엄마의 기도소리는 잠꼬대를 닮아 있었다.

'전능하시고 영원하신 하느님, 우리 불쌍한 모니카를 어여삐 여기소서. 주님의 손으로 일으켜 주시고, 주님의 사랑으로 이끄소서.'

신부님은 묵주의 기도 1단을 하고 '희망은 최고의 선물입니다.'라고 적힌 프란치스코 교황의 엽서를 놓고 갔다. 기도하는 내내 아버지는 자꾸 얼굴을 비볐다. 시동생 부부도 왔었다. 세정씨는 배가 나온 게 큰 잘못이라도 되는 듯 자꾸 옷자락을 여몄다. 지수는 완이가 오디션에서 우승했다고 전했고, 민정은 말없이 한참을 울다 갔다. 나쁜 것들. 빈손으로 와 놓고 내 갑 티슈 한통을 다 쓰고 갔다. 전 직장 사람들도 왔다. 이 대리와 최 주임은 사장이 보낸 봉투를 머리맡에 놨다. 나는 그녀에게 스노볼에 대해 말하고 싶었으나 하지 못했다. 서준 엄마도 얼굴을 비췄다. '곧 끝날 거예요.' 그녀가 말했지만 무슨 뜻인지 알 수 없었다. 나는 그들에게 겨우 눈만 깜박였다. 사고 때 함께 있었던 아이 엄마도 왔었단 얘길 들었다.

중환자실의 하루는 1년처럼 흘렀고, 나는 그 괄목한 만한 속도를 견뎌야 했다. 매일 오후 남편은 따듯한 물수건을 가져와 얼굴과 귀, 목을 닦아줬다. 욕창이 생긴 엉덩이에 조심스럽게 마데카솔 파우더를 뿌렸다. 발톱이 새 부리처럼 안으로 말렸고, 손톱엔 요철이 생겼다. 그는 휴지를 깔고 손발톱을 깎고 거칠어진 발꿈치에 크림을 발랐다. 그러더니 울었다.

- 봄이 오고 있어.

그가 말했다.

*

버스는 차량 이상을 발견해 승객들을 모두 하차시킨 뒤 회차 중이었다. 내리막길에서 내려오던 버스는 브레이크 이상으로 서지 못했다. 사거리에서 급회전하며 가속이 붙었고 신호대기 중이던 차량들을 추돌했지만 거기서도 멈추지 못했다. 운전사는 모퉁이의 주유소를 피하기 위해 핸들을 꺾었고 버스는 중앙선을 넘어 내가 서 있던 맞은편 인도로 돌진했다. 불과 몇 초만이었다. 남편은 폰으로 뉴스 영상을 검색해 보여줬다. 화면 속에서 나 혼자 3배속으로 움직이고 있었다.

- 시민들이 대피해 인명 피해는 없었습니다만, 아이를 구하려던 행인 한 명이 크게 다쳤습니다.

일반 병실로 옮기며 대부분의 삽관과 머리에 연결했던 피 주머니도 제거되었다. 일반식을 먹었고, TV도 볼 수 있어서 좋았지만, 여전히 누워 지내야 했다. 근육이 빠져 앙상해진 다리에는 하얀 각질이 말라버린 물풀처럼 덮여 있었다. 소변 줄을 뺀 후에는 볼일을 처리하느라 간병인과 남편의 손이 바빴다.

후유증으로 시력이 많이 떨어졌고, 날짜와 숫자의 계산은 어려웠다. 책을 읽어도 글자만 보일 뿐 의미를 파악하는 데 많은 시간이 걸렸다. 어떤 단어는 영 떠오르지 않아 말을 더듬기도 했다.

- 뇌출혈 후유증은 대부분 최근의 기억부터 망각하게 합니다. 사람에 대한 기억은 오래 남는 편이고요. 나머지 정보는 시간이 좀 걸리죠. 열심히 재활하면 곧 좋아지실 거예요. 아직 젊으시니까.

회진하는 의사의 표정은 밝았다. 제대로 걸을 수 있는 가능성에 대해서는 아무도 말하지 않았다.

며칠 후 버스회사의 영업부장이라는 사람이 찾아왔다. 남편이 그를 데리고 휴게실로 갔다. 남편의 언성이 높아 복도가 쩌렁쩌렁 울렸다. 다음날엔 버스 운전사까지 같이 왔다. 합의를 해달라는 거였다.

- 합의?

- 응. 버스공제조합에서 보험 처리하겠거니 했는데, 그게 아니네.

이건 인사사고라서 벌점이 높고, 시에서 회사에 주는 보조금도 삭감된대. 그래서 사고 나면 기사한테 알아서 처리하라고 떠넘기는 모양이야. 해결 못하면 그만두라는 거지. 잘리기 싫으면 빚이라도 내서 합의해야 하는 거고.

- 그 사람 개인이? 그 사람 잘못이 아니잖아. 차가 고장 났다며.
- 어쨌거나 지들 사정이지. 멀쩡한 사람을 이 모양으로 만들어놨는데. 그리고 또……. 그 생각만 하면……. 사정 봐줄 필요도 없어. 우린 원칙대로 하면 돼.

얼마 후 병원에서는 퇴원을 요구했다. 병상 부족이니 동네로 전원하라는 거였다. 걷지도 못하는 사람한테 퇴원이라니. 남편이 항의했으나 소용없었다. 나는 말했다.

- 그냥 원칙대로 해.

재활요양병원 신세를 졌다. 4인 병실은 나를 빼고 모두 팔순이 넘은 어르신들이었다. 조선족 간병인이 상주했다. 젊은 사람이 왜 이렇게 됐대. 다들 혀를 찼다.

그곳의 환자는 두 종류로 나눌 수 있었다. 화장실에 갈 수 있는 사람과 그럴 수 없는 사람. 일주일에 한 번 목욕할 수 있는 건 최고의 장점이었다. 마치 대입 기숙학원처럼 일정은 빡빡했다. 아침 약을 먹고 오전엔 인지 치료와 작업치료를 했고, 오후엔 운동치료와 보행훈련, 수 치료를 받았다.

앳돼 보이는 작업치료사는 나를 볼 때마다 '오늘이 몇 월 며칠이죠?' 하고 물었고, 나는 저 어린것이 날 바보로 아나, 생각하며 당당하게 '98년 11월 4일'이라고 대답했다. 1천 원을 내고 7백 원짜리 과자를 사면 얼마를 거슬러 받아야 하느냐고 물었을 땐 정말 화가 나서 카드로 결제하겠다고 소리를 질렀다. '곧 집에 가실 수 있겠는데요.' 그녀가 웃었다.

대통령이 파면되었다는 뉴스로 한동안 시끄러웠고, 얼마 지나지 않아 침몰했던 배가 수면 위로 모습을 보였다. 나는 휠체어에 앉아 고박된 선체가 끌어올려지는 모습을 TV로 지켜봤다.

나는 보행기를 잡고 일어서기를 시도했다. 도구에 의지해 절룩이며 걷기까지는 상당한 노력이 필요했다. 그럼에도 불구하고 다리는 여전히 앙상했고, 관절은 굽혀지지 않았고, 어깨는 넓어졌다. 왼팔에도 약한 편마비가 왔다. 팔을 흔들 때마다 손 모양이 어색했다. 거울을 보고 싶지 않았다. 얼굴엔 뾰루지와 점이 만발했고, 더벅머리로 가르마가 사라진 지 오래였다. 가장 괴로운 건 아무것도 쓸 수 없다는 것이었다. 그건 노력조차 가능하지 않았다.

집에 돌아왔을 땐 늦가을이었다.

젊은 시절의 글

식탁 위에 두꺼운 잡지가 쌓여 있었다. 이 자리에 다른 게 있었던 것 같은데 뭐지? 하고 한참을 만지작거리다, 문학잡지를 구독했던 걸 생각해냈다. 마지막 페이지에는 구독 만료 안내장이 끼워져 있었다.

재활훈련은 효과를 발휘해 어떤 사물을 접했을 때와 그에 관련된 정보를 불러오기까지의 시차를 줄어들게 했다. 의사는 좋은 사인이라고 했다.

연재소설의 한 단락과 시 몇 편을 읽었다. 눈도 거북했지만 여전히 무슨 얘기인지 이해하기 어려워 머리가 아팠다. 페이지를 넘겼다. '김서린 시인 1주기 추모행사가 고인의 문학과 삶을 기념하여…, 지병으로 타계했던…', '신간 리뷰', 좁쌀 같은 글씨들 위로 큰 글자의 공고가 보였다.

○○문학상의 제23회 수상작이 심사위원회의 결정에 따라 박상윤 작가의 「대지의 역사」로 선정되었습니다. 문학상 선정경위…… 억압된 식민지의 저항의식을 살려 낸 수작…… 우리가 잊었던 문학의 뿌리. 대하소설의 정통성을 되찾은…… 조정래의 代를 잇는다. 갑자기 오리가 꽥꽥 거리는 소리가 들렸다.

많이 불러본 이름이었고, 줄기차게 들어본 소리였으나 그 둘이 뭘 의미하는지 몰랐다. 당선소감도 있었다.

'끝까지 쓸 수 있도록 문학의 불을 밝혀준 나의 도반 JYP 선생님께 이 상을 바칩니다. 항상 건강하고 행복하시기를. 또 만납시다. 우리.'

'JYP는 회사 이름 아니었나?' 나는 책을 덮었다. 소파에 누워 손으로 이마를 짚었다. 울퉁불퉁한 흉터가 만져졌다.

남편은 근무지를 본사로 옮겨 매일 통근이 가능해졌다. 회사 측의 배려였다. 그는 큰 상실을 겪은 후에야 작은 뭔가를 얻은 것 같았다. 퇴근 후엔 저녁을 차려주고 살림을 도맡았다. 안양천에 같이 나가 걷는 연습도 함께 했다. 누구의 도움도 없이 혼자서 걸을 수 있다는 건 정말 엄청나게 큰 축복이라는 걸 나는 보행기를 떼자마자 알았다. 얼마간은 목발을 사용해야 했다. 다리 여러 군데에 철심이 박혀 있어서 제거 수술 전에 정상 보행으로 돌아가는 게 목표였다.

주말엔 시동생 부부가 종종 들렀다. 아인이는 손에 잡히는 건 모두 입에 넣으려 애썼다. 뒤집기도 곧잘 했다. 나는 발도로프 인형을 만들어 선물했다. 세정씨가 인형을 보고 눈물을 글썽였다.

이모는 매달 한약을 집으로 보내줬다. 전에 먹던 약이랑 다른 거라고 했다. 친구들도 자주 안부를 물어왔고, 미진이는 에어 마사지기를 택배로 보내줬다. 엄마는 신부 수녀님을 대동하고 집에서 매주 감사 기도회라도 열 기세였다.

— 과분한 사랑을 받고 있네, 살아서.

TV를 보며 빨래를 개는 남편의 뒷모습이 허전해 보였다. 나는 왜 당신의 뒷모습만 보이는 걸까. 그냥 이렇게 살면 되는 걸까, 우리는. 그에게 꼭 하려던 말이 남아 있는 것 같았다.

집에 왜 이렇게 책이 많을까. 제목이 낯익기는 한데, 자세한 내용은 기억나지 않았다. 버스에 부딪쳐 날아가는 순간 수백 권의 정보가 고관절과 함께 모두 분쇄된 모양이었다. 나는 책꽂이에 가로로 누워 있는 책 한 권을 꺼냈다. 책 표지에 담배를 물고 있는 작가의 사진이 있었다.

- 이탈로 칼비노가 잘생겼어요, 카뮈가 잘생겼어요?
- 둘 중에 뽑으라면 당연히 이태리 남자죠. 사실 둘 다 제 취향은 아니에요.
- 그럼 작가 중에 얼굴 천재는 누구 같아요?
- 데이비드 밴이요.
- 이태리, 프랑스 남자를 다 제쳤네요, 미국 남자가. 아이고, 부러워라.

누군가와 이런 대화를 했던 것 같다.

- 샘은 언제부터 글 쓰는 걸 좋아했어요?
- 국민학교 4학년 때부터요. 공책에 10줄 써오라는 글짓기 숙제를 2장 써갔죠.
- 칭찬받았겠다.
- 아뇨. 두들겨 맞았어요. 시키는 대로 안 했다고.
- 그럼 글쓰기가 싫어졌겠네.
- 이상하게 좋아지더라고요. 하지 말라는 건 더 하고 싶던데…….

- 저는 쓰는 것보다 고치는 게 더 힘들어요. 퇴고 전문가란 직업이 있으면 좋을 거 같아요. 개발새발 쓰면 스토리도 고쳐주고 문장도 다듬어주는 거죠. 수고비 좀 받고.
- 떼돈 벌겠네요. 전국의 문창과 학생들이 일감 몰아주겠어요.

- 박 샘을 만나고는 어째 쓰는 시간보다 먹는 시간이 많아지는 거 같

아요. 먹는 시간보다는 차 마시는 시간이 더 길어지고. 내가 문장을 배우려고 온 건지, 식도락 동호회에 가입한 건지…….
 - 식도락 동호회 아니었어요, 여기? 난 그런 줄 알았는데.

 - 박민규 작가라고 알죠?
 - 네. 워런 버핏과 저녁식사 한 사람? 파인 땡큐, 앤 유 했던?
 - 문체가 하루키와 박민규를 합쳐놓은 것 같다는 얘길 많이 들어요. 칭찬인지 비난인지 모르겠는데. 사실 그 작가들 책을 읽은 적이 없거든요. 어쩌면 작가끼리도 평행이론 같은 게 있을지 몰라요. 같은 공간과 시간대에 문장이 닮은 사람이 존재하는 것일 수도. 그렇잖아요. 외모와 인생사가 닮은 사람이 있는데, 문체가 예외란 법 있어요?

 - 그 책 저 빌려 주시면 안 돼요?
 - 절판된 책이라, 음……. 이거 귀한 건데. 도서관에도 없는 거라. 나중에 꼭 돌려주셔야 해요.

나는 책을 덮었다. 글자가 하나도 눈에 들어오지 않았다. 누구와 그렇게 많은 얘길 나눈 걸까. 분명 지수는 아니었다. 다시 머리가 아파와 베란다 문을 열었다. 눈이 오고 있었다.

남편이 퇴근길에 태블릿을 사 왔다.
 - 종일 인형 꿰매느라 애쓰지 말고 일기라도 써, 이걸로.
아인이 옷을 만드는 데 재미를 붙이고 있을 때였다. 서툴렀지만 모자나 조끼 하나만 떠도 시간이 훌쩍 가는 게 좋았다. 뜨개질은 마음의 요가라는 말처럼 마음도 편안해졌다.

— 일기는 뭣하러. 내가 쓸 내용이 뭐가 있어. 매일이 똑같은데.

— 글 쓰는 거 그렇게 좋아했으면서. 지금부터라도 조금씩 써봐. 아무거나.

그는 태블릿의 문서 프로그램을 열었다. 글자를 치는 데 오래 걸렸다. 「절.믄.시.절.의. 글.」

— 아, 맞다. 당신한테 뭐 왔었는데. 보내는 사람 이름이 없던데.

나는 그가 건넨 편지를 살펴봤다. 모퉁이엔 '우리나라 최초의 느린 우체통'이라고 적혀 있었다. 주소를 쓴 글씨는 낯선 서체였다. 앞면에는 하늘색 곰이 주황색 아기 곰을 머리 위에 올리고 있는 조형물의 사진이 있었다. 나는 봉투의 세모난 입구를 살살 뜯어 종이를 펼쳤다.

안쪽 칸에는 여자의 얼굴이 그려져 있었다. 둥근 얼굴에 해맑은 미소를 띤 머리가 긴 여자. 속눈썹이 과장되게 길고, 코가 오뚝했지만 그건 누가 봐도 내 얼굴이었다.

웃을 때 더 아름다운 JYP 샘.
그대여, 제발 웃어요.
앞으로 자주 봅시다, 우리.
아, 이 편지는 1년 뒤에 가죠.
그럼 자주 보고 있겠네요. 안녕!

— 드로잉을 발로 배운 PSY 드림.

P. S: '단 하루도 과거로 돌아가고 싶지 않은 오늘이 되기를.' 이 문장 너무 좋아요. 샘 편지는 나에게로 ☺.

편지를 읽자마자 떠오른 한 사람, 바로 그 사람, 내가 어떻게 그 사람을 잊고 있었지? 남편은 내 표정을 보자마자 '왜 그래? 무슨 일이야? 누가 보낸 건데?' 하며 편지를 집어 들었다. 'PSY? 싸이? 싸이가 누구야? 왜 울어?' 나는 이렇게 말할 수밖에 없었다.

— 모르겠어. 정말 모르겠어. 기억이 안 나…….

*

오래된 노트북을 찾았다. 부팅하는데 시간이 걸렸다. 폴더를 열었다. 내 컴퓨터 > 내 문서 > 천하무적 슈트름 > 기어이 문센.

기어이문센 폴더를 더블 클릭 했다. 다른 폴더들이 꼬리를 물었다. 끄적끄적 / 되지도 않는 글 / 손바닥 소설 / 모닝 페이지 / 쥐뿔 단편 / 개뿔 장편 / 공모전 / 신춘…….

— 폴더 이름도 참.

파일은 모두 157개였다. 참 어지간히도 썼다. 나는 쥐뿔 단편의 파일 중 하나를 열었다. 제목 「가벽」. 클릭하자마자 내용의 뒷부분이 화면에 떴다.

목도리 틈으로 칼바람이 파고드는 날이었다. 예비 초등생들은 후문파 엄마들에 둘러싸여 각종 학원을 돌았다. 마트료시카 가족에게는 새로운 일원이 추가되었다. 다들 아무 일 없었다는 듯 평화로운 일상으로 돌아와 있었다. 나는 틈나는 대로 정문을 돌아나가 주변을 맴돌았다. 대단히 도덕적인 삶을 살아오지도 않은 내가 알 수 없는 의무감에 이끌리고 있었다. 죄책감이 흙탕물처럼 고여 있었다. 평소엔 맑은 물이었다가도 출렁이기 시작하면 걷잡을 수 없이 혼탁해졌다. 시간이 갈수록 뿌연 물은 좀처럼 맑아지지 않았다.

후문파? 그럼 정문파도 있나? 화면을 더 내렸다.

듣고 있어?
응.
그래서 집을 좀 알아봤는데, 학교 정문 바로 앞 동에 매물이 하나 있긴 한데, 지금 매수자들이 줄을 서서…….
가야지, 그럼.
응?
가자고, 거기로, 이사.
정말?
그래. 우리 애는 그런 데서 키워야지. 정문에서 학교 보내자고.
그렇지? 당신도 그렇게 생각할 줄 알았어.
나는 점퍼 주머니에 핸드폰을 넣었다. 흔들리는 패널 바로 옆에는 벼룩시장 가판대가 있었다. 전단지 한 장 없이 텅 빈 채였다. 받쳐둔 벽돌을 치우니 가판대는 쉽게 움직였다. 나는 머리 위로 그것을 번쩍 들어올렸다. 그리고 있는 힘껏 휘둘러 가벽을 내리치기 시작했다. 패널은 단단했지만 여러 번 찍으니 움푹 파였다. 가판대는 이내 산산이 부서져버렸다. 이번에는 벽돌을 주워들어 있는 힘껏 가격했다. 얼마나 내려쳤는지 정신을 차렸을 땐 손가락 마디가 찢어져 피가 흐르고 있었다. 패널 내부는 스티로폼이었다. 부서진 파편이 바람을 타고 눈송이처럼 흩날리며 집 쪽으로 몰려갔다.

몇 단락만 읽어봐도 전체를 알 수 있었다. 한 가족이 초등학교 후문 근처에서 살다가 정문 쪽으로 이사 가는 내용 같았다. 그런데 이 아빠는 왜 엉뚱한 데 화풀이지?
도대체 이런 건 왜 쓴 걸까? 왜 쓴 걸까? 내가 말하고도 어디서 많이 들어본 말 같았다. '도대체 이런 건 왜 쓴 거 에요? 왜……'

요양이란 것은 몸이 아프거나 불편하지만 않다면 겪어볼 만한 것이었다. 정말이지 하루 종일 빈틈없이 한가했다. 집안일은 남편의 몫이 된 지 오래였다. 세탁기를 돌리거나 설거지 정도는 할 수 있다고 했지만, 그럴 시간에 걷는 연습이나 하라고 했다.
걷는 건 좀체 나아지지 않았다. 좌우 다리의 균형은 깨져 저렸고, 아팠고, 부었다. 무릎과 발목은 여전히 뻣뻣했다. 조금만 걸어도 발톱에 피멍이 들었고, 푹신한 신발을 신어도 물집이 잡혔다. 고관절도 문제였다. 앉아서도 누워서도 서 있을 때도 아파서 앉아 있다가 누웠다가 서 있기를 반복했다.
마사지기를 다리에 끼고 누워 태블릿을 터치했다. 말이 되든 안 되든 아무 문장이라도 적어볼 셈이었다. 왕년에 157개의 파일을 만들 정도의 글을 썼다면 거기에 몇 개쯤 추가해도 상관없지 않은가. 어차피 아무도 보지 않을 거니까.
남편은 내가 글, 이라기보다는 글자를 쓰기 시작하자, 도서관 신착

도서를 공수해 주었다. 거기엔 큰 글자 도서도 있었다. 게시판에 있는 글쓰기 공모전이나 독서모임 모집 내용도 찍어다 줬다.

- 주말에 뉴타운에 도서관 오픈하던데 같이 갈까? 공연도 한대.

그가 폰으로 '중앙도서관 개관식' 안내 포스터를 보여줬다.

- 사람들 많이 오겠네.

싫었다. 목발을 짚고 엉덩이를 씰룩이며 뻣뻣한 다리를 끌 때마다 사람들의 시선이 쏠리는 게. 아직 자라지 않은 머리카락과 뭘 발라도 그대로인 피부와 어색하게 흔들리는 팔뚝에 이목이 집중되는 것도.

- 다 나으면 갈게. 나중에. 더 좋아지면.

- 책도 다 새 거일 거 아냐. 좋지 않아? 자기도 다시 운전하게 되면 다니기 편할 거야. 신축건물이라 주차장도 넉넉하고, 장애인 주차도…….

그는 말을 멈췄다.

- 내가 도서관 갈 일이 뭐가 있어. 그냥 아무거나 빌려다 줘. 읽어볼게.

그렇게 마다했는데도 그는 나를 억지로 데려갔다. 신축 아파트 사이로 오페라 하우스를 닮은 것 같기도 하고, UFO처럼 보이기도 하는 둥근 건물이 보였다.

홀에서는 밴드 공연이 한창이었다. 좌석 가장자리와 무대 주변 계단까지 관객이 가득했다. 남편은 서 있는 사람들을 파고들어 가 맨 뒷줄 의자에 앉은 사람에게 뭐라고 말했다. 그이가 자리를 양보해 줬고 남편은 거기에 도넛 방석을 놓고 나를 앉혔다.

- 커피 사 올게.

그는 다시 사람들을 헤쳐서 갔다.

트럼펫 연주가 끝나고 팝페라 가수가 나와 「지금 이 순간」을 불렀다. 이게 무슨 노래더라. 대충 따라 부를 수 있었지만, 어떤 영화의 주제였는지 생각하는 사이 곡이 끝나 버렸다. 밴드가 퇴장하고 익숙한 BGM이 흘러나왔다. 천정에서 하얀 거품 눈이 내리고 바닥엔 안개가 깔렸다. 마치 혼자서 퀴즈 쇼라도 하듯, 가사가 나오기 전에 반주만으로 제목을 떠올리려고 안간힘을 썼다. 이번엔 꼭 맞출 거야. 맞출 수 있어.

- 지우야, 렛잇고 한다.

앞쪽에 앉아 있던 남자가 아이에게 말했다. 고개를 돌린 그와 눈이 마주쳤다.

손이 떨렸다. 금방이라도 토할 것처럼 속에서 뭔가 치밀어 오르는 느낌이었다. 나는 비니를 더 깊이 눌러쓰고 흘러내린 목도리를 당겨 황급히 얼굴을 가렸다. 당황한 건 그쪽도 마찬가지인 것 같았다. 나는 옆에 세워둔 목발을 급히 잡으려다 쓰러뜨렸다. 그가 얼른 와서 세워줬다. 나는 황급히 팔걸이를 잡고 일어서려 했고, 또 넘어질 뻔했다. 이번에도 재빨리 그가 내 팔을 잡았다. 새 고무장갑처럼 어색한 모양새로 내 왼손이 그에게 맡겨졌다.

거품은 어느새 함박눈이 되어 사람들의 어깨에 소복하게 내렸다. 노래는 클라이맥스로 접어들었다. '다 잊어. 다 잊어.' 우리는 말없이 서로를 보기만 했다.

인사를 할까? 잘 지냈느냐고. 상 받은 거 축하한다고. 계간지에서 봤다고. 신문에도 났더라고. 내가 무슨 말이라도 꺼내야 이 상황이 끝날 것 같았다. 어쩌다 이렇게 됐냐고 물으면 뭐라고 대답해야 하나? 머뭇거리는 사이 그가 먼저 말을 건넸다.

- 괜찮아요?

- 아, 네.

- 다 썼어요?

- 네?

- 썼냐고요. 제가 써보라고 한 거.

- …….

- 다 쓰면 만나요, 우리, 꼭.

- …….

- 기다릴게요.

남편이 커피를 들고 왔다. 그 사람이 꾸벅 인사를 했다. 남편도 반사적으로 고개를 숙였다.

- 왜, 무슨 일 있었어?

- 가자, 집에.

- 공연 더 보고 가지, 왜? 아직 책도 못 봤잖아.

- 괜찮아. 가자. 다리 저려 죽겠어.

- 아, 그래, 그럼.

아마도 지우라고 불렀던 아이의 옆 자리로 그는 돌아갔다. 노래가 끝나고 박수가 터져 나왔다. 그가 돌아봤다. 나는 최선을 다해 똑바로 걸으려고 했지만 그럴수록 더 절룩거렸다.

차에서 남편은 아까 그 남자가 뭐라고 했느냐 물었다.

- 목발을 놓쳤는데, 잡아줬어. 고맙다고 했더니, 괜찮다고…….

- 글이란 건 참 신기해요. 문장도 서툴고 맞춤법도 틀렸는데 감동을 줄 때가 있고, 매끄럽고 화려한 문장인데 와닿지 않을 때도 있으니

까요.

 ─ 저는 가벼우면서도 무거운 소설을 쓰고 싶어요. 눈은 울고, 입은 웃게 만드는 소설이요.
 ─ 박 샘은 할 수 있어요. 하고 싶은 이야기를 써 봐요. 거침없이. 쭉.

집에 오자마자 노트북을 열었다. 첫 문장과 마지막 문장이 같은 소설을 쓰고 싶었다. 첫 문장을 왜 쓰게 되었는지 긴 이야기를 펼쳐야 했다. 하고 싶은 얘기가 너무 많은데, 무엇 하나라도 제대로 할 수 있을지 알 수 없었다.
 나는 경직된 왼손을 달래 가며 키보드를 두드렸다.
 '버.스.는. 20. 분. 후. 도착. 예정.이었다……'

**2025 현대경제신문
신춘문예 장편소설 부분
심사평**

감성 풍부한 유려한 문장

이상문
(한국소설가협회 이사장)

  작가가 무슨 이야기를 쓰든 작품은 자신의 정신세계를 서사로 들어내는 행위일 뿐만 아니라, 세상 사람들에게 가치 있는 의미를 건네는 일이다. 작가가 재미에 담은 의미를 풀어내지 못한다면, 감동은 멀어지고, 함께 그 가치도 떨어질 수밖에 없다.
  「그 여자의 불온한 일상」(투고 당시 제명은 「구술을 던지다」, 오유경)과 「오징어는 죽지 않는다」(박연해)가 최종심에 남았고, 장편소설의 장단점을 서로 견줄 수 있어서, 모두 우수상으로 결정했다.
  「그 여자의 불온한 일상」은 10년 넘는 난임을 겪은 부부의 삶이다. 그러니 시의성이 있는 주제이기도 하다. 남편은 애완 열대어·거북이를 기르고, 아내는 소설 습작 활동으로 영위하는 삶에 피로감이 쌓이면서 생활에 균열을 일으킨다.
  작가는 감성이 풍부한 유려한 문장으로 부부의 삶을 풀어간다. 거기에 많은 독서와 음악 소양은 서사의 의미를 더욱 깊게 하면서

감성을 짙게 드러낸다. 하지만 지나칠 때는 서사 속에서 저항을 일으킬 수 있다는 우려를 작가의 염두에 두었을까.

두 갈래 서사를 서로 교차시킨다. 난임 문제는 남편의 미련 있음과 아내의 관심 없음으로 대결한다. 대신에 아내는 밖으로 눈을 돌려 사람들과 감정을 나누다가 한 남자에게 몰입한다. 하지만 소극적이어서 결말로 가는 서사 발전이 이루어지지 못한다. 막상 어쩌다가 임신이 이루어졌을 때는 교통사고를 당한다. 또 하나의 서사인 소설 습작도 성과를 내지 못했으니 미결 상태다.

장점이 많은 내용인데, 초반의 서사 진행이 설득력을 갖기에 부족했다. 대학 시절에 글쓰기를 했고, 졸업 후에는 장르를 정해 쓰기까지 했는데 막상 본격적으로 시작했을 때는, '몇 차례 계절이 바뀌도록' 왜 그리 더듬거렸을까.